A SÉTIMA CELA

KERRY DREWERY

A SÉTIMA CELA

TRADUÇÃO
IVAR PANAZZOLO JUNIOR

astral
cultural

Publicado originalmente por Hot Key Books, parte do grupo Bonnier
Título original: Cell 7

Este livro foi revisado segundo o Novo Acordo Ortográfico da Língua Portuguesa.

EDITORA RESPONSÁVEL Tainã Bispo
PRODUÇÃO EDITORIAL Aline Santos, Karen Barbarini e Natália Ortega
CAPA ORIGINAL Jet Purdie
ADAPTAÇÃO DE CAPA Aline Santos
FOTO DE CAPA Dreamstime e Shutterstock Images

Dados Internacionais de Catalogação na Publicação (CIP)
Angélica Ilacqua CRB-8/7057

D831c Drewery, Kerry
A sétima cela / Kerry Drewery ; tradução de Ivar Panazzolo Junior. — Bauru, SP : Astral Cultural, 2016.
320 p.

ISBN: 978-85-8246-265-2
Título original: Cell 7

1. Literatura inglesa 2. Ficção 3. Literatura juvenil I. Título II. Panazzolo Junior

16-0793 CDD 823
CDU 82(421)

Índices para catálogo sistemático:
1. Literatura inglesa

Astral Cultural é a divisão livros da Editora Alto Astral.

BAURU
Rua Gustavo Maciel, 19-26
CEP 17012-110
Telefone: (14) 3235-3878
Fax: (14) 3235-3879

SÃO PAULO
Rua Gomes de Carvalho 1507, conj. 91, bloco B
CEP 04547-005
Telefone/Fax: (11) 3048-2900

E-mail: contato@astralcultural.com.br

PARA REBECCA MASCULL E EMMA PASS
QUE CONHECEM A JORNADA.

Há um tribunal que está acima
dos tribunais de justiça,
e esse é o tribunal da consciência.
Ele supera todos os outros.
GANDHI

PRÓLOGO

Há dois sons na minha cabeça.

O *bang* do disparo da arma em meio ao silêncio.

E a minha própria voz gritando: Vá!

Os dois ecoam ruidosamente.

Há um aperto no meu peito. Uma sensação de calor. Como o nervosismo ao caminhar sob a escuridão da noite, ou uma batida na porta quando estou sozinha em casa. Aquela pontada no estômago.

Estou atordoada, mas estou respirando. Estou consciente. Viva.

O que foi que eu fiz?

Aquelas palavras se repetem mais uma vez.

Iguais, iguais, iguais.

A escuridão é esmagadora.

Minha respiração grita na escuridão; meu coração bate com força.

Ouço uma sirene ao longe; vejo os faróis, fracos.

Você pode correr, eu penso.

— Não há motivo — eu respondo em voz alta. — Esta é a chance de fazer alguma coisa. De mudar as coisas. Tenho que fazer.

A sirene está mais alta agora. Os faróis, mais fortes, também.

Os faróis aproximam-se, afogando-me em branco. Levanto a mão que segura a arma e protejo os olhos. Luzes azuis brilham sobre a minha pele.

Acesas, apagadas, acesas, apagadas, acesas...

E brilham sobre o corpo que está aos meus pés, revelando o líquido vermelho que escorre dele.

O que eu fiz?

Havia um eco em minha cabeça.

Fiz o que tinha que fazer, respondo a mim mesma. *Era a única escolha. Única chance.*

Faróis surgem. Homens em uniformes escuros saem dos carros, falando e dando ordens. Eu não escuto nada.

Eu solto a arma, coloco as mãos na cabeça.

— Fui eu! — gritei. — Eu atirei nele! Eu matei Jackson Paige. — Não sei dizer o que eles responderam.

Os olhares que eles me lançam estão cheios de desprezo, as algemas no meu pulso são geladas como os seus corações.

Eles vivem na bolha das Avenidas e da Cidade, deixam o brilho os cegar e não se perguntam o que há fora dali.

Eu vou morrer em sete dias porque é necessário, mas, depois disso, as bolhas deles vão estourar e todo mundo saberá a verdade.

CELA 1

NOTICIÁRIO

A principal notícia nesta manhã é o surpreendente assassinato de Jackson Paige, uma das nossas principais celebridades. Paige, que conquistou os corações da nação com suas participações em *reality shows* e seu incansável trabalho com instituições de caridade, foi baleado a poucos metros de onde estou neste momento, na rua Crocus, na área da cidade conhecida como os Arranha-Céus. Em uma reviravolta bizarra, a culpada, que permaneceu na cena do crime após os disparos, confessou sua culpa e sua identidade foi exposta pela polícia como Martha Honeydew, de dezesseis anos.

— Honeydew foi presa e, de acordo com a Lei dos Sete Dias de Justiça, foi colocada na Cela 1 do corredor da morte. Este será um caso histórico; Honeydew, com dezesseis anos, é ao mesmo tempo a primeira adolescente a enfrentar a pena de morte e também a primeira a ser julgada pelo singular sistema de *Votos para Todos* do nosso país, o sistema de justiça mais democrático do mundo, onde você, telespectador, decide o destino do acusado.

— Nós vamos acompanhar de perto aqueles que provavelmente serão os últimos sete dias de Honeydew. Você pode acompanhar o desenrolar dos acontecimentos por meio de todos os nossos portais de mídias sociais, assim como em nosso canal de televisão com transmissões

24 horas por dia, *Olho Por Olho*. Nosso programa *Morte é Justiça*, que vai ao ar todas as noites a partir das 18h30, irá analisar os detalhes deste crime verdadeiramente hediondo e a vida da acusada, buscando explicações sobre o que a levou a se tornar uma assassina tão fria, capaz de praticar esse crime brutal.

— A rapidez em admitir o crime pode já ter lhe reservado um lugar naquela cadeira elétrica quando os votos do público forem contabilizados e os resultados chegarem dentro de sete dias, mas, telespectadores, não percam a sua chance de votar neste caso histórico.

— Eu sou Joshua Decker e lhes desejo boa noite. Voltamos agora com Kristina, no estúdio.

ASSISTÊNCIA PSICOLÓGICA

Martha está sentada na mesa no centro da sala, à meia-luz. Seus cabelos longos foram raspados com a máquina zero e suas roupas foram substituídas por um macacão branco.

Ela olha para a parede, observando o ponteiro dos segundos do relógio marcando ruidosamente a passagem do tempo até as 9h05. Então, inflando as bochechas e suspirando pesadamente, vira-se e olha para fora da janela gradeada, para o lugar onde uma andorinha se empoleirou em uma árvore, ao lado de folhas que começam a se retorcer, tingindo-se de laranja e vermelho. A andorinha abre o bico e o fecha outra vez. Martha sabe como é o som que o pássaro emite, mas não consegue ouvir seu canto.

As correntes ao redor dos seus pulsos e tornozelos ressoam quando ela se mexe na cadeira e olha para a mulher de meia-idade com cabelos loiros e finos sentada à sua frente.

— O guarda lhe explicou a meu respeito? — diz a mulher, com a voz tranquila e afável, contrastando com o frio da sala.

Martha faz um sinal negativo com a cabeça.

— Meu nome é Eve Stanton. Fui designada para fazer o seu acompanhamento psicológico.

— Não preciso de psicóloga.

— Você pode querer alguém com quem possa conversar conforme se aproxima o dia... — Ela faz uma pausa, esfregando as unhas roídas enquanto procura pela palavra correta.

— ... da minha execução? — Martha olha para Eve com uma expressão feroz ao concluir a sentença. — Eu sei que vou morrer — diz ela. — Sou culpada. Eu o matei.

O olhar de Eve vacila, e ela olha para o outro lado. — Isso é o que você diz — murmura ela.

— E que razão tenho eu para mentir?

— Exatamente. Por que razão alguém iria mentir sobre uma coisa dessas, não é?

— Pois é.

As duas voltam a ficar em silêncio.

O relógio continua com o seu tique-taque.

A andorinha sai voando da árvore.

— Por que me mandaram uma psicóloga? — pergunta Martha. — Só porque eu sou adolescente?

— Não — responde Eve. — Todos os presos têm direito a acompanhamento psicológico.

— Por quê?

Eve cruza os dedos. — Algumas pessoas discordam da pena de morte, especialmente quando o acusado é um adolescente. Isto é uma... concessão para eles. Algo para o qual o governo pode apontar o dedo e dizer: "Sim, mas vejam essa gentileza que permitimos". — Ela sorri, pressionando os lábios. — Um lampejo da humanidade que alguns dizem que perdemos.

— Humanidade? Foi isso que perdemos? — diz Martha, deslizando os dedos pelos fios de cabelo bem curtos, rentes ao couro cabeludo. — O que você acha?

Eve observa a tensão no rosto da garota e a preocupação em seus olhos, e nada combina com as palavras que ela diz e a petulância que ela insiste em exibir. — Não importa o que eu penso — diz ela. — A lei é assim.

— Qual lei? Olho por olho, dente por dente? — pergunta Martha.

— Você não concorda com a lei?

— Você concorda? — retruca Martha.

Eve abre um sorriso torto. — Eu perguntei primeiro.

— E daí? O que eu penso não tem importância, não é mesmo? Diga-me, então. Você concorda com votações para saber se as pessoas devem viver ou morrer? Nada de tribunais. Nada de testemunhas. Nada de provas... júris... nada.

— Será que um sistema no qual todo o público tem o direito de votar significa, realmente, que todos são membros do júri? Que todos vão influenciar o resultado?

Martha revira os olhos. — Você sempre responde perguntas com outras perguntas?

Eve não responde.

— Você é igual ao resto da Cidade — diz Martha, desviando o olhar. — E as pessoas que vivem nas Avenidas ao redor daquele lugar. Não... você é pior, porque acha que está fazendo algo digno, e não está. De qualquer maneira, as leis podem mudar, não é mesmo?

— Não moro na Cidade nem nas Avenidas. Não exatamente. Estou mais para os lados da periferia.

— Bem, é a mesma coisa. Você não vem dos Arranha-Céus, não é?

— Isso é verdade.

— Como eu disse, você é igual a todos eles.

Ela estica as pernas até onde as correntes permitem e cruza os braços diante do peito.

— Quantas vezes eu vou ter que ver você? — pergunta ela.

— Todos os dias — responde Eve. — Exceto no dia sete.

— No dia sete? O meu último dia?

— Potencialmente o seu último dia.

— E vou receber outras visitas?

— Não.

— O quê? Nenhuma?

Eve faz que não com a cabeça.

Longe daquela conversa, a andorinha pousa novamente na árvore, com uma minhoca no bico. Martha a observa e depois se inclina para frente. — E se eu escrever uma mensagem? — sussurra ela. — Você pode entregar uma mensagem minha para alguém?

— Não posso fazer isso — responde Eve. — Lamento.

— Mas ninguém vai saber. — Ela olha ao redor da sala. — Não há nenhuma câmera aqui. Ninguém veria.

— Não posso...

Do lado de fora, o vento sopra os galhos da árvore, empurrando-os contra o vidro da janela conforme a andorinha balança para cima e para baixo.

— Para quem seria a mensagem? — pergunta Eve.

— Por que você quer saber? Você acabou de dizer que não vai fazer o que eu pedi.

— A sua mãe é...

— Você leu a minha ficha? — As correntes ao redor dos pulsos de Martha chocam uma contra a outra enquanto ela bate os dedos sobre a pasta que está na mesa. — Então você sabe que a minha mãe está morta.

Eve se encosta lentamente na cadeira e respira fundo. — Eu sei que a sua mãe está morta — responde ela, gentilmente. — E lamento por isso. Eu ia dizer que, como a sua mãe não está mais conosco e que o seu pai decidiu desaparecer ainda antes de você nascer, para quem seria essa mensagem? Para quem você quer escrever?

— Eu tenho amigos.

— Tem mesmo? — diz ela, e em seguida pega a pasta de cima da mesa, abrindo-a. — Porque aqui diz o seguinte: "Martha nunca foi uma garota muito sociável na escola. Tinha dificuldade para fazer amigos, preferindo ficar à margem, sem nunca fazer qualquer esforço para se juntar com os outros alunos".

— Isso é o que os professores dizem. Eles nunca gostaram de mim.

Eve ergue um dedo. — "... embora fosse uma moça muito inteligente, poderia ter chegado muito longe se tivesse se dedicado mais aos estudos".

— *"E se tivesse se dedicado"*? Por acaso isso é outra maneira de dizer *"Se ela se importasse com alguma coisa"*?

— Não, não é. Creio que é outra forma de dizer *"Se ela pudesse ter tido a oportunidade"*.

As duas se entreolham.

O tique-taque do relógio continua.

Os galhos da árvore raspam contra a janela.

— Tive que largar a escola — sussurra Martha. — Para pagar o aluguel. Sabe como é?

Eve faz que sim com a cabeça.

— Mesmo se eu não pudesse... se começassem a fazer perguntas... eu não queria ser... — O ar fica preso em seu peito enquanto ela inspira outra vez.

— Por você pagar o aluguel, as autoridades não perceberam que você é órfã.

— Acho que sim. Senão, teriam tirado o meu apartamento e me forçado a morar numa daquelas instituições de caridade com todos aqueles garotos. Eu não podia... — ela esfrega os olhos com as mãos e se vira para o lado.

Eve empurra a caixa de lenços de papel para ela. — Eu entendo — diz a psicóloga.

Martha volta a encará-la com lágrimas nos olhos. Funga ruidosamente e bate na caixa de lenços de papel, jogando-a no chão.

— Besteira — ela afirmou. — Você pode tentar, mas nunca vai conseguir entender.

Minutos se passam em silêncio.

A caixa continua no chão.

— Eu tinha amizade com uma pessoa... — sussurra Martha para Eve. — Uma pessoa muito boa.

— Como ela se chamava?

Martha olha para Eve. — Ele — diz a garota. — Era um garoto. Ele. Masculino. — Ela funga mais uma vez.

— Como ele se chamava? — pergunta Eve.

Martha se vira para olhar para Eve outra vez. — Isso aqui é confidencial? — sussurra ela. — Como numa consulta médica?

Eve faz que sim com a cabeça. — É claro.

— Se eu lhe disser uma coisa, você não vai ligar para os jornais ou ir para aquele programa *Morte é Justiça* para contar a eles?

— Não — sussurra Eve.

— E não vai anotar, também?

— Não — responde ela. — Prometo a você.

Martha se inclina um pouco mais sobre a mesa e engole em seco. — Ele... eu o conheci... depois que a minha mãe foi morta... ele...

A porta de metal bem atrás dela se abre repentinamente e bate contra a parede.

Martha gira quando um guarda entra na cela, com a barriga grande sobrando por cima das calças e os botões da camisa azul tensionados. Ele gira um cassetete na mão direita.

Eve olha firme para o guarda. — Eu disse que avisaria quando terminássemos a sessão.

Ele dá de ombros. — Achei que você tivesse me chamado.

— Não... — ela começa.

Os olhos de Martha correm pela sala. — Há alguma câmera aqui? — diz ela, enquanto o guarda se aproxima. — Isso está sendo gravado? Vai passar na TV? — Sua voz fica cada vez mais alta. — Achei que isso fosse confidencial. — A cadeira arranha o piso quando ela se levanta, e os elos das correntes batem uns contra os outros quando ela ergue as mãos, desesperada.

— Você falou que... — diz ela, avançando sobre Eve.

Mas o guarda agarra as correntes, puxa Martha para trás e ela cai no chão, desabando aos seus pés enquanto ele se inclina sobre o corpo dela, com o cassetete acima da cabeça e um sorriso sarcástico no rosto.

— Pare! — grita Eve.

— Ande logo! — grita Martha em resposta. — Bata em mim! Bata em uma garota indefesa, se você acha que é homem o bastante para isso!

O guarda olha para ela com uma expressão de desprezo.

— Pare com isso! — grita Eve.

— Esta aqui é uma assassina — diz ele. — Um animal. E é assim que deve ser tratada.

Martha tenta chutar o guarda, mas ele a puxa para o lado fazendo com que a sua cabeça e o seu ombro batam com força no batente da porta.

— Martha — diz Eve. — Tudo que se fala aqui é confidencial, eu garanto a você.

O guarda solta uma risada irônica. — Sim, a menos que eu ouça o que vocês dizem. Nesse caso...

Martha tenta se desvencilhar do guarda; por um momento a força dela o pega desprevenido, mas ele puxa as correntes outra vez e ergue o cassetete ainda mais alto.

— Pare com isso! — Eve se aproxima rapidamente, tirando o celular do bolso e apontando-o para ele. — Você quer que isso apareça nos jornais? — pergunta ela. — Ou na televisão? Quer que as pessoas que votam saibam como as coisas realmente acontecem aqui dentro?

O guarda a encara com um olhar duro. — Você não faria isso.

— Não duvide de mim — diz Eve.

— Foi por causa de pessoas como você, que se dizem humanitárias, que o país ficou naquela situação no passado — diz ele, baixando o cassetete e apontando o dedo para Eve. — Livrando assassinos de serem punidos por algum detalhe técnico, libertando pedófilos porque não havia provas suficientes.

— A melhor coisa que já fizemos foi acabar com os tribunais.

Aquilo não era justiça. Isso aqui — continua ele, apontando para fora das salas, indicando as celas e o corredor —, isso é justiça. *Morte é justiça* e não há lugar para você neste sistema, com suas ideias humanitárias estúpidas.

Ele balança a cabeça negativamente, e gotas de suor começam a se formar em sua testa.

— Eu sei como vou votar, e vou fazer isso mais de uma vez também. — Ele puxa Martha para cima, obrigando-a a se levantar. — Não me importa quanto isso custe. Gastaria o meu salário do mês inteiro para ter certeza de que você vai fritar, garota. Se dependesse de mim, você estaria naquela cadeira amanhã mesmo.

Ele enrola as correntes ao redor do punho e a puxa para bem perto do rosto. — Como você foi capaz de fazer uma coisa daquelas? — sussurra ele. — Como pôde matar Jackson Paige? Aquele homem nunca fez mal a ninguém. Pense em todas as pessoas que ele ajudou. O trabalho de caridade que ele fez. Ele podia ter saído deste país com todo o dinheiro que tinha, mas não o fez. Ele resolveu ficar e ajudar pessoas como você. Era uma pessoa exemplar.

— Ele era um mentiroso do caralho! — diz Martha.

A cabeçada fez com que ela recuasse, e, quando o guarda solta as correntes, ela bate contra a parede e desaba no chão.

Chocada demais, Eve não se move.

— Você gravou isso? — diz o guarda. — Gravou no seu celular? Conseguiu enquadrar direito? Porque eu não me importo nem um pouco. Vá vender isso para os jornais. Eles vão colocar a foto na primeira página e eu serei considerado um herói. — As bochechas dele se inflam enquanto ele sorri. — E vão me pagar para fazer tudo isso outra vez.

Martha observa enquanto a gargalhada do homem faz o seu corpo inteiro vibrar. Seu rosto se contrai, seus olhos se estreitam e, levantando-se diante dele e encarando-o de frente, ela cospe no rosto do guarda.

Antes que ele possa reagir, Eve pega Martha, puxa a garota para fora da sala e segue pelo corredor com ela.

— Acalme-se! — grita Eve para trás. — Vou cuidar disso. Vou dar um jeito nela.

No corredor há seis portas de metal fechadas, com exceção de uma pequena abertura. A sétima, a última, no final do corredor, está trancada e silenciosa.

— O que você fez, garota? — A voz grave de um homem vem de uma das celas.

— Cuspi na cara daquele ignorante — responde Martha.

A voz dá uma risada gostosa. — Ora, eu ganhei o dia com essa — diz ele. — Você vem dos Arranha-Céus?

— Ei, você não pode conversar com ninguém — diz Eve. — Aquele guarda vai chegar aqui em um minuto.

— Sim — responde Martha para a voz.

— Ahã. E por que está aqui? O que uma garota fez de tão ruim?

— Atirei em Jackson Paige — responde ela.

— Sério?

— Sério.

— Garota, agora sim eu ganhei o ano inteiro! Força para os Arranha-Céus! — diz ele, e, pelo buraco na porta da cela, um punho fechado aparece, com a tatuagem de uma rosa na lateral da mão.

— Ande logo — diz Eve. Mas antes que possa levar a garota dali, Martha corre para a porta e coloca a mão sobre o punho do homem.

Ela pressiona o rosto contra a fresta da porta. — O que você fez? — sussurra ela.

Olhos escuros a observam pelo buraco. — A única coisa que eu fiz de errado, garota, foi ter nascido no lugar errado.

— Martha, ande logo! Vamos, rápido.

— Boa sorte — sussurra ela para o homem e afasta-se da porta.

Eve abre a porta pesada da cela. — Você não devia ter... — ela começa. — Aquele guarda... ele...

— Que diferença faz? — responde Martha enquanto entra na cela.

— Ele vai transformar a sua vida em um inferno — diz Eve.

— O que sobrou dela, não é? — diz Martha, dando de ombros. — O que acontece aqui não tem importância. O que acontece lá fora é que vale.

MARTHA

O guarda não me segue para dentro da cela. Fico imaginando se Eve o impede. Será que posso confiar nela?

A cela é pequena e fria. As paredes são de um branco luminoso, sem uma única marca. Há uma janela no alto da parede que dá para fora do prédio, com grades brancas — eu acho que ela não abre — e, na parede oposta, há uma porta branca de metal. Está fechada e trancada agora, e a portinhola também. É como se eu estivesse em uma caixa. Se houvesse um incêndio no corredor, eu iria assar como um peru de Natal.

Tudo que há aqui dentro é branco — a cama encostada na parede é branca, com lençóis brancos e um travesseiro branco, e há um vaso sanitário branco no canto e também uma pia branca. E só.

Nada de prateleiras, escrivaninha, mesa, luminária, guarda-roupas, livros, canetas... nada. E por que eu precisaria de alguma dessas coisas?

A única coisa supérflua aqui dentro é um relógio, colocado no alto da parede, sobre a porta, contando cada segundo que resta na minha vida. E ele também é branco, com os ponteiros em neon.

Este lugar não tem coisa alguma. Nenhum tipo de estímulo. É como se os meus olhos tivessem sido desligados ou como se eu tivesse sido afetada por algum tipo de daltonismo. Não do tipo em que eu não consigo diferenciar as cores; mas como se eu tivesse perdido a capacidade de enxergá-las.

O macacão de presidiária que enfiaram em mim também é branco, e até o meu cabelo castanho se foi. Raspado e jogado em alguma lixeira.

Sinto-me como se tivesse perdido metade de mim mesma. O meu cabelo era eu; minhas roupas também.

O que eu esperava? Isso aqui é a prisão, diabos. É o corredor da morte. Não vai ser um lugar legal, não é mesmo?

A claridade é tão forte que chega a machucar os meus olhos e fazer a cabeça doer. Não consigo saber de onde vem a luz — não há nenhuma lâmpada no meio da cela, e também não há lâmpadas fluorescentes. Talvez esteja vindo do alto, do ponto onde as paredes se unem ao teto, mas...

Será que as paredes estão brilhando?

Será que isso é uma espécie de tinta que emite luz?

Algum tipo de tortura que conseguiram inventar?

Eu gostaria de fechar os olhos, deitar na cama e deixar a mente flutuar para longe daqui, mas, mesmo quando fecho os olhos, a claridade ainda é forte. Não devia ter imaginado que iria dormir muito mesmo e duvido que eles queiram que eu faça isso.

Tortura? Sim, acho que eu tinha razão.

Talvez eles tenham descoberto que o melhor jeito de lidar com essa situação é dormir e deixar o tempo passar. Mas eles não querem que seja fácil lidar com tudo isso; eles querem que você sofra.

Eu não poderia simplesmente passar a minha última semana dormindo, não é? Os últimos sete dias em que posso respirar e viver. Menos do que isso, agora. Quantas horas faltam? Quantos minutos? Segundos? Não quero saber. O que há para se fazer além de dormir e lembrar?

Deito-me, fecho os olhos e cubro a cabeça com os lençóis, tentando criar um pouco de escuridão. Porém, tenho certeza de que a claridade fica mais intensa. Por que eles têm que me torturar, já que eu vou morrer de qualquer maneira?

Pressiono a cabeça contra o colchão, aperto os olhos e me concentro no escuro que há dentro deles, tentando me lembrar de você.

Nós nos conhecemos no escuro. Você estava se escondendo nas sombras assim como eu, observando as ruas, os carros velhos que corriam pelo asfalto esburacado, o cheiro forte dos escapamentos. Você não estava lá todas as noites como eu; às vezes não ficava lá por muito tempo, mas eu tinha que ir até lá, entende? Não podia dormir sem dizer boa noite a ela.

Meu Deus, eu não quero me lembrar. Sinto saudades dela, sinto saudades de você. Detesto sentir isso. Não quero ser mole.

Quando peguei naquela arma, ela estava em minha mente, mas eu não fiz aquilo apenas por ela. Disse a você para ir embora naquela noite por todos os outros que podem ser salvos, pela justiça e pelo que é certo.

Você queria derrubar o sistema; no começo, tudo que eu queria era derrubar aquele homem.

Na realidade, não queria matá-lo, embora tenha sido isso que aconteceu. Queria exibi-lo e mostrar quem ele realmente era.

Quando esses sete dias chegarem ao fim, até mesmo aqueles que o amam tirarão ele do pedestal no qual o colocaram, e a minha parte chegará ao fim. Vou descansar em paz, e assim, finalmente, os outros também vão.

Você e eu tivemos nossos papeis definidos pelo lugar onde fomos criados — você pode ser o guerreiro, e eu posso ser a mártir. Afinal de contas, isso é tudo que uma garota dos Arranha-Céus como eu pode fazer. Não sou inteligente o bastante autoconfiante o bastante, não tenho dinheiro o bastante e não tinha nem mesmo um futuro antes de chegar neste lugar. Pensamos que poderíamos ficar juntos, mas isso foi pura ilusão.

Ame-me o bastante para me deixar partir.

ESTÚDIO DE TV

18h30. O programa *Morte é Justiça* está começando.

Em uma tela azul-escuro, fagulhas brancas zunem e estalam como eletricidade. Um olho enorme com a íris azul-gelo aparece no meio. Ele pisca e as palavras “Olho Por Olho Por Olho Por” giram num círculo ao redor da pupila preta.

VOZ DO LOCUTOR: Olho Por Olho Produções apresenta...

As palavras param de girar. O som de eletricidade ganha força mais uma vez e o estilo das palavras deixa de ser sólido e uniforme, adquirindo contornos serrilhados. O olho fica vermelho e se fecha.

VOZ DO LOCUTOR: ... a edição de hoje do programa *Morte é Justiça*, com a nossa apresentadora...

O azul esmaece e as luzes se acendem num estúdio elegante. O piso amplo reflete as várias luzes do estúdio em sua superfície metálica e azulada. À direita há uma tela enorme, tomada pelo logotipo do olho — as palavras giram lentamente ao seu redor e o olho pisca — enquanto, à esquerda, há uma mesa reluzente com banquetas altas e lustrosas colocadas nas laterais e atrás do móvel, de frente para a plateia do estúdio, que está escondida nas sombras.

VOZ DO LOCUTOR: ... Kristina Albright!

As luzes iluminam Kristina, à direita do palco. Ela é alta e magra; os cabelos loiros emolduram seu rosto perfeito e seus dentes brancos sorriem para a câmera. Seu vestido vermelho é justo e combina com o batom e os sapatos.

KRISTINA: Olá, e bem-vindos ao *Morte é Justiça*!

Aplausos ecoam pelo estúdio. Kristina sorri e cumprimenta a plateia com um aceno de cabeça.

KRISTINA: Eu sou Kristina Albright e, esta noite, temos notícias bem empolgantes para vocês.

É possível ouvir os cliques dos sapatos de salto alto de Kristina conforme ela atravessa o estúdio até chegar perto da tela, no lado direito. O olho é substituído pela fotografia de um homem bonito e sorridente, com uma bela esposa e um filho adolescente.

KRISTINA: O noticiário da noite passada nos trouxe a história dramática do assassinato de Jackson Paige, celebridade e multimilionário.

A fotografia é substituída por outra, em que o mesmo homem aparece com os braços para cima em triunfo, enquanto uma multidão o aplaude.

KRISTINA: Jackson conquistou um lugar no coração de milhões de pessoas depois de uma série de participações em *reality shows* na década passada. Originalmente, ele veio da área pobre conhecida como Arranha-Céus, assim chamada por causa da fileira de torres residenciais construída para solucionar a crise habitacional...

A tela se enche com uma tomada panorâmica da região dos Arranha-Céus: uma dúzia de torres de concreto que se estendem até um céu desbotado, um cachorro esquálido de rua, embalagens de comida para viagem vazias em sarjetas sujas e um garoto fumando um cigarro, com uma lata de cerveja na outra mão.

KRISTINA: Ele investiu seus ganhos com sabedoria, trabalhou duramente para sair da pobreza e tornou-se uma inspiração para todos...

O cinza dos Arranha-Céus desaparece, substituído por uma casa grande e branca com enormes portões de metal e um gramado verde e exuberante que se estende por toda parte. Flores rosadas, alaranjadas e amarelas enchem os canteiros e os limites da propriedade. Um carro esporte vermelho na viela de acesso brilha sob o sol. O homem sorridente, Jackson, posa ao lado dele.

KRISTINA: ... com suas aparições públicas, seu trabalho incansável com instituições de caridade, e, é claro, sem esquecer...

Imagens de Jackson passam rapidamente pela tela: ele sorrindo para a câmera sobre o tapete vermelho em um evento de gala, uma fotografia onde ele faz um discurso, trajando um smoking, e outra na qual ele passa um cheque enorme para um grupo de enfermeiras.

KRISTINA: ... o ato generoso de adotar um jovem garoto depois que um trágico acidente o deixou órfão.

Uma foto em preto e branco surge na tela. Jackson, com a testa enrugada, os olhos lacrimejando, a boca encurvada para baixo, segura no colo um garoto de seis anos que chora. Atrás dele, as torres dos Arranha-Céus aparecem embaçadas e acinzentadas, mas, no asfalto entrecortado por rachaduras, discretamente, aparece a única cor da imagem: um filete vermelho.

Kristina aperta as palmas das mãos e as segura diante da boca, como se estivesse fazendo uma oração. O estúdio fica em silêncio. Ela ergue a cabeça, pisca os olhos e volta a olhar para a câmera.

KRISTINA (com a voz branda): Falaremos mais sobre Jackson Paige daqui a pouco. Por enquanto, vamos concentrar nossa atenção no crime e em quem o praticou. Que tipo de pessoa poderia cometer um ato tão horrível? Vamos perguntar ao nosso repórter itinerante, Joshua Decker. Josh?

Ela fica de frente para a tela. Nela, uma faixa azul se estende pelo alto; um logotipo pequeno com o olho pisca no canto esquerdo, e as palavras "Joshua Decker - repórter itinerante" faíscam no centro, enquanto os dizeres "Cela 1 - adolescente assassina — Martha Honeydew" repetem-se perpetuamente na parte de baixo.

No meio da tela está Joshua, com a lapela preta do sobretudo erguida, luvas de couro segurando o microfone, olhos brilhantes e um sorriso no rosto apesar do frio de novembro.

JOSHUA: Sim, Kristina, boa noite. Espero que consiga me ouvir, apesar desse vento. Faz bastante frio aqui nos Arranha-Céus. Estou ansioso para ir para casa, tomar um banho quente e uma taça de vinho.

Ele pisca o olho. Vozes femininas murmuram na plateia.

JOSHUA: Estou a mais ou menos cem metros do local onde o crime foi cometido. Para os membros da nossa plateia que nunca estiveram aqui, este lugar fica próximo à estação de trem que leva até a Cidade e às Avenidas do entorno, apropriadamente chamado de Galeria.

A mão enluvada aponta para cima. A câmera segue o gesto, mostrando um enorme túnel para pedestres, escuro e úmido, com corrimãos quebrados e pequenos mourões já despedaçados colocados ali para impedir que motoristas usem o lugar como atalho. Mais adiante, já fora da sua sombra, há uma rua pequena seguida por uma fileira de lojas com as vidraças quebradas ou cobertas por tapumes, e, bem mais distantes, as filas de prédios residenciais com pequenos pontos de luz nas janelas.

JOSHUA: Este lado, o mais distante da estação, é uma área frequentada por traficantes de drogas e pessoas sem-teto.

KRISTINA: Diga-nos o que está acontecendo aí, Joshua. O que as pessoas estão dizendo sobre a nossa assassina?

A câmera focaliza Joshua mais uma vez.

JOSHUA: Bem, Kristina, na verdade, isso não está acontecendo. Ninguém quer falar. Para os residentes dos Arranha-Céus, é como se o assassinato nunca tivesse acontecido. Diferente do restante da população, como você pode ver aqui ao meu redor.

A câmera segue Joshua conforme ele anda, afastando-se para enquadrar flores, brinquedos de pelúcia, fotografias, mensagens manuscritas e velas acesas que foram deixadas no chão. Uma mulher, ajoelhada, coloca mais flores, e dois homens choram abraçados.

JOSHUA: Este é o lugar onde ele foi baleado. Estes fãs não conseguem conter a tristeza. Houve um fluxo constante de pessoas passando por aqui, durante toda a manhã. Adolescentes que pediram a seus pais para trazê-los antes de irem para a escola, dois médicos que vieram antes de começarem uma cirurgia, enfermeiras que vieram prestar homenagens após o plantão noturno. A maioria está abalada demais para falar. Mas... se eu perguntar sobre a opinião dos donos das lojas deste lugar, ou das jovens mães que levam seus filhos à escola, ou de adolescentes nas esquinas, ou pessoas que estão em filas para usufruir de benefícios públicos que o governo lhes dá... ninguém quer falar.

KRISTINA: Que estranho.

JOSHUA: Sim, com certeza. Parece que as bocas estão seladas. Mas, antes que tudo pareça perdido, este repórter itinerante conseguiu imagens exclusivas para vocês.

Ele abre um sorriso torto e inclina a cabeça para o lado.

KRISTINA (sorrindo para a plateia): Não vou perguntar como ele conseguiu essas imagens exclusivas, mas imagino que tenha a ver com o charme dele!

A plateia ri.

JOSHUA (piscando o olho): Sim, Kristina. Temos um vídeo de momentos logo após o crime. Acho que as imagens falam por si.

A imagem do repórter passa a ocupar um quadro no lado esquerdo da tela. À direita, outro quadro é preenchido por uma imagem trêmula captada em vídeo.

JOSHUA: Este é um vídeo gravado pela câmera acoplada ao uniforme da polícia. No início, pensava-se que o alarme havia sido acionado pelo circuito fechado de TV, mas parece que as câmeras desta área estavam quebradas.

O vídeo gravado de dentro do carro da polícia mostra ruas mal-iluminadas, com a chuva e o pára-brisa do carro obscurecendo boa parte do cenário. Ao longe, as silhuetas escuras dos prédios residenciais se erguem como lápides no céu da noite, e ao redor delas as ruas se espalham como rios enegrecidos. O azul intermitente das luzes da polícia reflete nas ruas úmidas e nas venezianas de metal dos prédios, e as sirenes gritam, furiosas.

As mudanças no cenário ficam mais lentas. Faróis viram em uma esquina e tingem de branco uma área sob o Galeria. O carro para. Banhada pelas luzes está Martha, com os cabelos longos e escuros úmidos por causa da chuva e olhos arregalados como os de um coelho. Ela está com as mãos para cima; em uma das mãos, uma arma de fogo.

A imagem balança conforme o policial sai do carro. Diante dela, um par de braços estão estendidos, com as mãos segurando firmemente uma pistola que está apontada para Martha.

POLICIAL (em off): Largue a arma e coloque as mãos na cabeça!

Ela se abaixa e coloca a arma no chão. Tremendo, a câmera se aproxima. Ela coloca as mãos na cabeça. A câmera focaliza o rosto da garota, que agora enche a tela.

MARTHA: Fui eu! Eu atirei nele! Eu matei Jackson Paige.

Na tela do estúdio, o quadro à direita faz uma pausa ao enquadrar o rosto de Martha, enquanto, à esquerda, Joshua suspira e balança negativamente a cabeça, devagar.

KRISTINA (em voz baixa): Obrigada, Joshua. Vamos conversar novamente sobre este assunto no programa de amanhã.

Ela baixa a cabeça por um momento, e depois a ergue novamente para olhar para a câmera.

KRISTINA: Martha Honeydew pode parecer muito meiga, mas, na realidade, seria ela uma assassina fria e sanguinária, que tirou de nós uma das personalidades mais famosas e queridas da nossa era? Ela mesma diz que sim.

MARTHA (apenas a voz, em gravação): Fui eu! Eu atirei nele! Eu matei Jackson Paige.

KRISTINA: São as palavras dela, telespectadores. E a arma estava em sua mão.

A palavra "ASSASSINA" é estampada em vermelho sobre a imagem congelada. Ainda de frente para a câmera, Kristina anda em direção da mesa. As luzes sobre a mesa ficam mais fracas.

KRISTINA: Um caso iniciado e encerrado, portanto. Ela é a primeira adolescente no corredor da morte, e parece muito provável que será a primeira a ser executada. Afinal de contas, por que você, a pessoa que vota, duvidaria da palavra dela?

A imagem congelada de Martha desaparece, e a tela é preenchida com o olho.

Kristina senta-se na banqueta que está diante da mesa, com suas longas pernas cuidadosamente posicionadas para o lado. As luzes ganham força, revelando um homem de estatura baixa que está sentado na banqueta à esquerda. Os ombros dele estão contraídos, a cabeça baixa, e os cabelos se erguem em tufos.

KRISTINA: Mas antes de falarmos sobre outro detento que está no corredor da morte, vamos verificar o que a nossa assassina de celebridades, Martha Honeydew, está fazendo neste momento e como ela está se sentindo.

Ela sorri para o homem.

KRISTINA: Gus, seja bem-vindo.

O rosto dele se ergue. O homem abre um sorriso e seus olhos correm rapidamente pela plateia. Agitado, ele desliza um dedo pelo interior da gola da camisa e puxa as mangas da jaqueta.

KRISTINA: Há cinco anos, você era uma dessas pessoas. Foi encarcerado por um crime. E o público votou e decidiu que você não era culpado. Você tem toda a experiência para nos dizer como ela deve estar se sentindo esta noite. O que estaria passando pela cabeça dela?

GUS (em voz baixa): Hmmm... bem, sim, como você disse, eu fui acusado de matar...

A voz baixa do homem vacila devido ao nervosismo.

KRISTINA: Com licença, Gus. Pode falar mais alto?

O corpo de Gus estremece enquanto ele respira fundo.

GUS (falando em um tom um pouco mais alto): Bem... eu... eu... cinco anos atrás, eu fui acusado de matar alguém, mas... mas... graças a vocês, telespectadores...

Ele se vira para a câmera, abre um sorriso largo, mas desajeitado; a plateia aplaude.

GUS: Eu fui inocentado.

KRISTINA: E como foi isso, Gus? Como foi aquela primeira noite? O que vai acontecer com a nossa prisioneira, agora que ela está enfrentando os últimos dias de vida?

GUS: Bem, primeiro, só para que os telespectadores saibam, ela foi presa ontem, mas só hoje foi indiciada e colocada no sistema e tudo mais. Então, ela só chegou ao corredor da morte hoje pela manhã. Por isso, como você disse, hoje é o primeiro dia. Dia um, Cela 1. Até o nascer do sol. Quando o sol nasce, você troca de cela.

KRISTINA: E como é a Cela 1?

Ele passa novamente o dedo pelo interior do colarinho da camisa, que agora está encharcado de suor. Olha para baixo, com uma expressão séria.

KRISTINA: Gus, nós entendemos que isso deve ser bem difícil para você, e sabemos que estamos pedindo muito. Mas tenho certeza de que você entende que isso é vital para nós que vamos votar. Precisamos compreender, de forma absoluta, a situação para termos a certeza de que vamos votar corretamente. Já sugeri muitas vezes que a instalação de câmeras ao vivo no interior das celas daria aos votantes uma compreensão muito melhor sobre o acusado.

Ela se vira para a plateia.

KRISTINA (acenando com a cabeça): Não concordam?

O público vibra e aplaude.

KRISTINA: Gus? Vamos lá. Cela 1. Fale sobre o lugar.

GUS: Bem... a... era...

Ele ergue o rosto, olhando para os rostos que o encaram fixamente. Endireita a coluna, leva a mão até a orelha e respira fundo.

GUS: ... bem básica. Havia uma cama e... hmmm... uma pia... e um vaso sanitário...

KRISTINA: Um vaso sanitário no mesmo cômodo em que você dorme?

Ele leva a mão até a orelha outra vez e solta uma risada forçada.

GUS: Ah... não, não... tem um banheiro. Foi o que eu quis dizer. E não é uma pia, também. É um lavatório para as mãos. E um vaso sanitário, no banheiro. E um chuveiro.

Ele engole em seco e respira fundo outra vez.

GUS: Na cela... tem... livros, muitos livros, e uma TV... e também... quadros nas paredes...

Ele esfrega as mãos, uma na outra.

KRISTINA: Não é assim que se espera que uma criminosa seja tratada, Gus.

GUS (em voz baixa): Acho que não...

KRISTINA: Tenho a impressão de que Martha não vai sentir que está realmente sendo punida. Só falta você me dizer que as portas das celas ficam abertas!

Gus toca a orelha, olha para a câmera e novamente para Kristina.

GUS: Ficam.

Kristina se inclina para trás, boquiaberta, levantando as mãos.

GUS: E eles... os prisioneiros... podem conversar uns com os outros.

Kristina estala a língua ruidosamente.

KRISTINA (para a câmera): Vamos pensar nisso, certo, votantes? A garota disse que cometeu o ato. Admitiu ter assassinado um homem a sangue frio e ficou olhando enquanto a vida dele se esvaía. Admitiu isso espontaneamente, sem mostrar remorso, e agora está sentada em uma cela, assistindo televisão, conversando e comendo... Gus, o que ela deve estar comendo agora?

GUS (murmurando): Hoje é dia de peixe com batatas fritas e pudim caramelado. E creme de baunilha.

KRISTINA: Bem, espectadores da justiça, está nas suas mãos, como sempre. Vamos dar uma olhada nos números e nas informações para a votação. Na parte de baixo do vídeo, vocês podem ver os números para votar no caso de Martha. Ligue 0909-87-97-77 e, para votar culpada, acrescente o número 7 ao telefone. Para votar inocente, acrescente o zero. Você também pode votar por mensagem de texto, enviando a palavra MORTE ou VIDA para o número 7997. Para votar pela internet, visite o nosso website, www.olhoporolhoproducoes.com, clique na aba "Martha Honeydew, Adolescente Assassina", e registre o seu voto. As chamadas têm um custo adicional. Não se esqueça de pedir permissão à pessoa responsável por pagar a conta para votar. Mensagens de texto custam cinco libras mais as taxas da sua operadora, e a votação online também custa cinco libras, mais uma taxa inicial de registro de vinte libras. Para uma descrição completa dos termos e condições do serviço, visite o nosso website.

Uma faixa azul com os números e detalhes escritos em prateado desliza pela parte de baixo da tela.

KRISTINA: Gus, como sempre, é fascinante poder conversar com você, e temos muitos outros assuntos que podemos falar: o motivo por trás do crime, a infância carente, o pai desaparecido, a mãe que morreu, mas ainda temos sete dias para debater.

GUS (murmurando): E a psicóloga.

KRISTINA: Psicóloga? Explique.

GUS (lentamente, como se estivesse repetindo): A psicóloga dela é Eve Stanton. A única psicóloga que nunca participou deste programa. Nunca concede entrevistas nem nada. Nunca faz nenhum comentário.

KRISTINA: Muito bem lembrado, Gus.

A câmera foca somente nela.

KRISTINA: E tudo promete ser bem empolgante, telespectadores. Vamos acompanhá-los durante os próximos sete dias. Temos muito a discutir e várias questões a desvendar. Continuem conosco depois da mensagem do nosso patrocinador, Cyber Secure, para examinarmos as últimas horas do acusado que está na Cela 7. Que julgamento ele vai receber? Vida? Ou morte? E, daqui a sete dias, o que acontecerá com a nossa mais nova residente: a adolescente assassina Martha Honeydew?

As luzes do estúdio se apagam. Gus arranca o ponto eletrônico da orelha e sai do estúdio, irritado.

EVE

— O que você está assistindo, mãe?

Eve tira os óculos e esfrega os olhos. Um breve sorriso ilumina o seu rosto enquanto observa o filho, Max, ir até a cozinha, colocar seu notebook sobre a mesa e abrir a geladeira para ver o que tem dentro.

Instintivamente, ela reorganiza os papeis que estão espalhados à sua frente, virando alguns para baixo ou colocando outros em pastas para esconder as imagens e os nomes.

— Nada de mais — murmura ela. — Só deixei a TV ligada.

Max olha para a TV. — *Morte é Justiça*? — Ele tira os fones de ouvido, e deles ecoa um som pesado de guitarra. — Você nunca assiste a isso.

Ele pega uma garrafa de suco e senta-se à mesa, do lado oposto ao que ela está, abrindo a tampa e observando a mãe enquanto ela organiza seus arquivos.

— Você é a psicóloga daquela garota? A que matou Jackson Paige?

— Quem foi que disse que ela matou...?

— Ei, você é mesmo, não é?

— E você não sabe se ela... — Eve fecha os olhos, coloca os cotovelos sobre a mesa e apoia a cabeça nas mãos.

Por um momento, Max apenas observa. Em seguida, pega o controle remoto e desliga a TV.

— Não assista a isso — murmura ele. Max se levanta, enche uma xícara com café e a coloca diante da mãe. — Isso é um lixo. Eles manipulam você.

— Max...

— Todo mundo sabe, mas ninguém diz a verdade. É só besteira. Não é justiça.

Ela geme.

Ele toma um gole da bebida. — Já jantou? — pergunta ele.

— Ainda não — responde ela. — Mais cedo... o café da manhã... um sanduíche no almoço.

Ele acena negativamente com a cabeça. — Venha comigo. — Pegando-a pelo cotovelo, ele a leva até o sofá do outro lado da sala.

— Não preciso que você cuide de mim — diz ela.

— E quem mais vai fazer isso? Sente-se.

Ela desaba sobre as almofadas e ele ergue as pernas da mãe, apoiando-as sobre o assento.

— Fique aí. Vou preparar algo para você comer.

...

Quando retorna com uma grande tigela de macarrão, ela já está dormindo no sofá. Max a cobre com um edredom para deixá-la mais confortável, apaga as luzes da sala e volta para a cozinha para jantar sem incomodá-la.

Na mesa, ele encara os papéis enquanto come.

Enquanto mastiga a primeira garfada, ele olha novamente para Eve; ela está com o rosto virado para o encosto do sofá, e sua respiração está pesada. Ele solta o garfo e levanta a primeira página.

MARTHA

Alguma coisa me acorda. Não percebi que havia dormido. Meus olhos doem com a claridade quando os abro. Ouço vozes. Alguém está entoando um cântico ou rezando, e outra pessoa está chorando.

Será que há uma pessoa em cada cela? Sete celas e sete pessoas, todas esperando para morrer?

Duvido. Ouvi dizer que o lugar nunca fica cheio. A ameaça de morte cuida disso, dizem. Faz com que as pessoas se comportem. Rumores sobre a construção de corredores da morte em Birmingham, Manchester e outras cidades continuaram sendo apenas rumores. Não foi preciso levá-los adiante.

Mandam o acusado, de onde quer que seja, para este aqui, em Londres. Não há entes queridos por perto. Nem suas famílias. Que importância isso tem? Eles não recebem visitas, de qualquer maneira. Um prisioneiro perde todos os direitos quando é acusado.

— Dizem que eles governavam com um sorriso de ferro — as pessoas normais veem apenas o sorriso, enquanto nós sentimos o ferro. Eu não me importava tanto — só queria ver Paige, aquele verme desprezível, perder tudo. Ou foi assim que tudo começou. Mas a vida não é tão simples, não é mesmo?

Quantas pessoas estão aqui, então? Qual dos prisioneiros está acordado e chorando? Alguém consegue dormir por mais de cinco minutos? Começo a me perguntar se vou vê-los quando trocarmos de cela, ao amanhecer. Ainda não há nenhum indício disso e está escuro do lado de fora da janela.

Quero ver o lado de fora.

Arrasto a cama até a janela. Ela raspa o chão, mas ninguém vem ver qual é a causa do barulho. Subo nela e me estico para cima, mas a janela é inclinada, e tudo que eu consigo ver é o céu. Agora que estou de costas para a luz, percebo que ele não é negro como parece; é um azul escuro e aveludado, cravejado de estrelas. Coloco as mãos ao redor dos olhos para bloquear um pouco mais da luz. A lua está cheia, olhando para mim da mesma forma que olhou para você e para mim ontem à noite. Antes que essa merda acontecesse.

Talvez nós devêssemos ter fugido juntos quando tivemos oportunidade. Esquecido de Paige e da dor que ele nos causou, tomado o controle das nossas próprias vidas e futuros...

A quem eu estou tentando enganar? A dor continuaria a me consumir por dentro até que não restasse mais nada, e nós dois seríamos forçados a observar a corrupção fazendo os ricos ficarem mais ricos, os pobres ficarem mais pobres e a justiça se desintegrar ainda mais.

— O céu era a única coisa que podíamos compartilhar, Isaac. — Eu suspiro ao falar.

Coloco as mãos na grade, até onde consigo alcançar, e vejo a lua. — Você está olhando para o céu também? Neste momento?

Nuvens começam a encobrir o céu e o luar desaparece. — Espero que isso valha a pena.

CELA 2

ASSISTÊNCIA PSICOLÓGICA

Martha senta-se diante de Eve na sala de consultas. Seu rosto é quase tão branco quanto o quarto onde ela passou a noite. Seu macacão da prisão ficou encardido ao redor dos punhos e tornozelos, e linhas cinzentas se formaram na parte da frente por causa das correntes.

Ela tilinta enquanto se move em seu assento e faz um forte barulho metálico ao colocar as mãos sobre a mesa diante de si, dedilhando a beirada da pasta de Eve, seu caderno e a caneta.

— Como passou a noite? — pergunta Eve.

Martha dá de ombros.

— A claridade estava forte? Eles fazem coisas engraçadas aqui.

— Hilárias — responde Martha.

Eve se aproxima ligeiramente. — Tudo isso é criado para abalar suas estruturas — sussurra ela.

— Ótimo. Isso significa que há alguma outra coisa hoje?

Eve a ignora. — Faltam menos de seis dias agora — diz ela.

— Você sabe como animar uma pessoa — responde Martha.

Ela vira o rosto, olhando para fora da janela gradeada, onde o vento faz os galhos da árvore rasparem contra o vidro.

— Não deviam ter plantado uma árvore dessa tão perto do prédio — diz ela.

Eve olha para trás, por cima do ombro. — Por quê?

— Não é óbvio? As raízes vão atingir os alicerces do prédio. Provocar um afundamento ou algo do tipo. Fazer com que o prédio desabe. Aposto que ninguém iria perceber até ser tarde demais.

Eve quase sorri. — Você sabe de muitas coisas.

— Por que eles iriam plantar uma árvore ali? — o rosto dela se retorce enquanto raciocina.

Enquanto o tique-taque do relógio continua a marcar o tempo, Eve observa Martha quando a garota abre a boca para falar, mas logo volta a fechá-la, e continua a observá-la quando Martha se mexe na cadeira, cruza os braços diante do peito, passa as mãos sobre a cabeça raspada e depois bate com os dedos no tampo da mesa.

— Eu a plantei — diz Eve.

— Você? — Martha se vira para encará-la, com as sobrancelhas erguidas. — Ah. Por quê?

— Achei que faria bem para os prisioneiros se pudessem vê-la — responde ela. — Uma andorinha fez um ninho ali. — Ela se vira para olhar novamente a árvore. — Ela não está ali agora, mas logo vai voltar.

— Eu a vi ontem. Você pode abrir a janela? Deixar entrar um pouco de ar fresco?

— Não — responde Eve. — Está trancada.

— É claro que está — resmunga Martha. E volta a olhar para Eve. — Você parece estar cansada — diz ela.

— Não estamos aqui para falar sobre mim. Diga-me quem você é.

— Não vejo motivo para isso — responde Martha. — Não vai mudar nada. Ainda vou morrer dentro de seis dias.

— Somente se os votos a declararem culpada.

— Eu disse a todo mundo o que fiz. Por que não votariam pela minha culpa?

— Talvez eles não acreditem em você. Talvez pensem que é fácil demais, ou comecem a se perguntar por que você admitiu a culpa, mesmo que você realmente tenha cometido o assassinato.

Martha cruza os braços outra vez. — As pessoas não questionam. Isso dá trabalho demais. Por que se incomodariam com isso?

— Como assim?

— Elas não querem saber a verdade. Simplesmente acreditam no que dizem para elas acreditarem. "Melhor deixar outra pessoa pensar por nós. Vamos simplesmente seguir a multidão", dizem. "Não importa se vocês inventam essas coisas, desde que pareça ser um escândalo". São todas ovelhas.

— Martha...

— Ovelhas bisbilhoteiras que gostam de exclamar "oh" e "ah" e ler manchetes de revistas de fofoca, que são um monte de merda inventada para vender jornais e faturar dinheiro.

Eve franze a testa, inclina-se para frente e apoia os braços sobre a mesa. — Martha, você disse à polícia que era culpada. Eles gravaram o momento em que você disse "Fui eu, eu atirei nele, eu matei Jackson Paige".

Martha confirma com um aceno de cabeça.

— Você está tentando me dizer que não cometeu aquele crime? Quer mudar a sua alegação? Posso informar isso à polícia.

Martha olha fixamente para a psicóloga.

— Você quer mudar a sua alegação?

Martha pisca os olhos, que brilham de preocupação.

— Diga-me — Eve sussurra para ela. — Você não fez aquilo, não é mesmo? A arma não era sua. Havia outra pessoa com você?

Martha não se move.

— Se você é inocente, tem que dizer isso. Não pode assumir a culpa pelo crime de outra pessoa.

— Não estou — diz ela, enxugando rapidamente uma lágrima do rosto. — Por que você está insistindo nisso? Cale a boca!

— Quem o matou? Se você me disser, eu posso ajudá-la.

Martha engole em seco e respira fundo. Olha fixamente para Eve. — Eu já disse — sussurra ela. — Fui eu quem o matou. A arma era minha. Eu a comprei de um cara que mora nos Arranha-Céus.

— Mas havia outra pessoa com você naquele momento, não é?

— Eu já disse que fui eu! — grita ela. — O que mais você quer? Nada mais importa! Nem se havia alguém comigo, ou se arma era minha ou não. Eu fiz aquilo! Eu atirei em Jackson Paige!

— Por quê?

— Porque... porque... ah, isso não é um daqueles tribunais de antigamente! Não tenho que responder isso. Eu só o matei porque tive vontade. Está bem?

— Se ainda tivéssemos tribunais, as autoridades poderiam perguntar por que você atirou nele exatamente no mesmo local em que a sua mãe foi morta.

O rosto de Martha se endurece. — Coincidência — resmunga ela. Seus olhos piscam repetidamente e a sua respiração começa a pesar no peito. Ela encara Eve com os olhos cheios de veneno, a boca aberta para dizer alguma coisa, mas não sai nada. Ela se levanta e vai até a janela. Enquanto os galhos balançam ao vento, ela toca o vidro entre as barras.

Atrás dela, Eve continua sentada.

Mergulhadas em seus próprios mundos, as duas ficam em silêncio.

O tique-taque do relógio continua. No corredor, do lado de fora, botas pesadas se aproximam e depois vão embora. Em uma das outras celas alguém grita algo ininteligível, em uma voz grave e dolorosa.

— Foi um atropelamento seguido de fuga, não é mesmo? — pergunta Eve em meio ao silêncio. — E deixou você órfã e sozinha.

Martha não responde.

— O filho do seu vizinho foi preso por aquele crime, não foi? Ele estava aqui, no corredor da morte. E foi executado.

As correntes tilintam quando Martha cruza os braços diante do peito. — Cale a boca e pare de fazer perguntas.

— Imagino que seja difícil pensar que você está na mesma cela em que o assassino da sua mãe esteve. Na mesma cama...

— Achei que o acompanhamento psicológico servisse para fazer com que eu me sentisse melhor — diz Martha.

— Por que não se senta?

Martha a ignora.

— Você provavelmente ficou aliviada porque a polícia apanhou o assassino da sua mãe tão rápido. Qual era mesmo o nome dele? Oliver...

— Ollie — diz ela. — Todo mundo o chamava de Ollie.

— Você deve ter ficado contente.

— Você leu o que falaram dele nos tabloides?

— Não leio tabloides.

Martha se afasta da janela, passa a mão pela cabeça e volta a se sentar diante da mesa. — As pessoas que votam no *Morte é Justiça* leem. E elas acreditam no que está escrito. Era Ollie quem cuidava de mim enquanto a minha mãe trabalhava, mas ninguém escreveu uma linha sobre isso. Não disseram que ele me ensinou a jogar xadrez, que consertou o motor da máquina de lavar roupa quando ela quebrou ou que nós comemoramos com ele e sua mãe quando conseguiu um emprego, e que eu assei um bolo quando Ollie comprou o seu primeiro carro.

— O mesmo carro com o qual ele atropelou a sua mãe?

As duas se entreolham intensamente. — Sim, é claro que eu fiquei aliviada quando ele foi preso e condenado. — Ela não desvia o olhar de Eve. — Triunfante quando eles o executaram. Quem não ficaria?

— Você acha que não foi ele o culpado?

Martha estala a língua. — Por que você está tão interessada nisso?

— Porque é óbvio que isso é importante para você.

— Você deve ter conversado com ele. Ele passou uma semana aqui.

— Não sou a psicóloga de todos os prisioneiros — responde Eve. — Há dois de nós aqui.

— Você trabalhou com ele?

Eve junta as mãos e as leva até o rosto. — Não me lembro — sussurra ela.

Martha a encara fixamente. — O tempo acabou — diz ela, levantando-se e indo para a porta.

— Martha...

— Aperte o botão, chame o guarda.

— Não é fácil ver as pessoas passarem por isso, sabendo que a probabilidade de que acabem morrendo é grande.

— Mas nós merecemos isso, não é?

Eve não diz uma palavra.

Martha volta para a mesa, coloca as palmas sobre o tampo e olha para Eve. — Não é?

— Se... — murmura Eve, cruzando os braços diante do peito e recostando-se em sua cadeira. — Se... — continua ela, com a voz baixa. — ... se você o matou... — ela dá de ombros. — A lei diz que, se o acusado for considerado culpado pelo crime de tirar a vida de outra pessoa, então a vida do acusado deverá ser tirada também.

— *Culpae poenae par esto* — diz Martha. — "O castigo deve ser proporcional ao crime". Eu sei o que diz a lei. Perguntei o que você pensa a respeito.

— O que eu penso não importa; o que eu faço, sim. Faço este trabalho porque acredito que todo mundo deve receber apoio naqueles que podem ser os seus últimos dias. Ninguém deveria ter que enfrentar a morte sozinho. E eu faço isso porque... — Ela engole em seco e afasta o cabelo da frente do rosto. — ... porque, acredite se quiser, eu me importo.

Martha volta a se sentar, observando Eve enquanto os segundos continuam passando, marcados pelo relógio acima das duas. Na janela, um movimento atrai sua atenção. Ela olha por cima do ombro de Eve e vê a andorinha de volta na árvore.

— Prove que você se importa — sussurra ela. — Faça uma coisa por mim.

Martha estende a mão sobre a mesa, puxando o bloco e a caneta. Com o braço esquerdo colocado diante do corpo, escondendo o bloco das vistas de Eve, ela começa a escrever.

— Quero que você leve isso para alguém. — Ela não ergue os olhos. — Mas não quero que você leia, ok? Você disse que se importa... se você realmente se importa, então faça isso por mim.

— Eu não posso...

— Tenho a impressão de que você também não podia plantar uma árvore diante da janela. — Ela termina de escrever, arranca a página do bloco, dobra-a ao meio e escreve algo do lado de fora.

— Para onde eu vou levar isso?

Martha levanta o rosto para olhar para Eve, com um sorriso surgindo tímido nos lábios. — O endereço está aí. — Ela empurra o bilhete por cima da mesa, colocando-o sob a pasta. — Prometa que não vai ler.

— Eu prometo.

— Agora, eu gostaria de sair daqui.

Colocando a mão embaixo da mesa, Eve aperta o botão para chamar o guarda.

Quando a chave range na fechadura, Martha encara Eve outra vez e assume uma expressão séria. — Você disse que o seu nome era Stanton.

— Sim — diz ela.

— Você é parente de Jim Stanton?

O guarda entra na sala. — Terminaram? — diz ele.

Ignorando-o, Eve faz um sinal afirmativo com a cabeça para Martha, levanta as mãos e gira a aliança de casamento ao redor do dedo.

Martha vai em direção à porta arrastando os pés, as correntes batendo uma contra a outra, mas ela se detém e olha para Eve uma última vez.

— Se tiver alguma importância — sussurra ela — ele parecia ser um homem bom.

EVE

Eve passa pelos arranjos de flores e pelos tributos a Jackson Paige que são deixados no local do crime e estaciona o carro ao lado da calçada.

Ela desliga o motor e rói uma unha enquanto olha para a paisagem do lado de fora do carro. As calçadas estão sujas, algumas até mesmo quebradas; sacos de salgadinhos, embalagens de batatas fritas e caixas de hambúrgueres vazias se amontoam nas esquinas e sarjetas, e, mais adiante, um gramado malcuidado leva a um parque com dois balanços enferrujados, um trepa-trepa com a estrutura quebrada e um banco de madeira no qual restam apenas duas tábuas no assento.

Uma gangue de garotos está sentada ao redor, com os capuzes das blusas cobrindo-lhes as cabeças e bem próximos uns dos outros para se protegerem do frio do inverno. Do outro lado do gramado há uma loja com as janelas cobertas por tapumes e um letreiro iluminado pela metade, com as lâmpadas tremeluzindo no escuro conforme lutam para continuar acesas. Diante do lugar, alguns rapazes e garotas conversam com as mãos enfiadas nos bolsos e as golas dos casacos erguidas para se blindarem do vento.

Fazendo sombras sobre tudo estão os Arranha-Céus. Prédios altos, cinzentos e desbotados de concreto, borrados contra um céu cinzento e nublado. Árvores de concreto em meio a uma selva de concreto.

Eve sai do carro e aperta o casaco ao redor do corpo, coloca também um cachecol em torno do pescoço e uma touca de lã na cabeça. Em seu bolso, o bilhete de Martha começa a ficar amassado.

Enquanto atravessa a rua e se aproxima dos Arranha-Céus, ela sente que os olhos dos garotos a observam.

— Ei, dona! — grita um deles. — Está perdida? Você saiu da estrada cedo demais!

Ela afunda o rosto no cachecol.

— Não há nada aqui para você, nem para a sua gente. A menos que queira acabar como Jackson Paige! — O riso dele crepita no ar gelado.

Eve continua olhando para a frente, os olhos nos Arranha-Céus, observando os prédios se aproximarem, mas ouve passos que chegam até ela correndo, cada vez mais altos, até que o ruído se torna lento e ela sente que há alguém ao seu lado.

— Você é da imprensa? — pergunta o homem. — Turista? Posso lhe mostrar onde ele morreu. Ainda tem sangue no chão. Você pode tirar uma foto.

Ela o ignora.

— Posso dizer muita coisa sobre o que aconteceu. Pelo preço certo. Sei tudo que acontece por aqui, sabe? Posso dar informações quentes para o seu jornal.

Ela olha de lado para a figura do rapaz enquanto caminha. — Não sou da imprensa.

— TV, então. Posso conseguir que uma das mulheres dê uma entrevista, pelo preço certo. Desde que você não mencione o meu nome.

Eve para. — Que mulheres? — pergunta ela. — Está falando sobre Jackson Paige? Está insinuando que ele estava tendo um caso?

Ele solta uma risada irônica. — Gente como você se tranca em torres de marfim e não tem a menor ideia do que acontece fora delas. Todos que moram aqui sabem que ele estava tendo casos! E eles sabem a verdade sobre o que aconteceu naquela noite.

— Você é o Gus. Eu vi você no *Morte é Justiça*.

Ele baixa os olhos, balançando a cabeça negativamente e arrastando os pés. — Não, você está enganada. Aquele cara não era eu.

Eve dá um passo cuidadoso à frente e olha fixamente para ele, e, quando levanta o rosto do cachecol, o homem recua ligeiramente.

— Era você, sim. — A voz dela está tranquila, e ela observa as unhas sujas do homem enquanto ele coça o rosto. — Por que você mentiu? — ela pergunta. — Por que você disse aquilo sobre as celas? Elas não são do jeito que você descreveu.

— Sim. Bem, eu sei disso, não é?

— Por acaso, você mentiu sobre já ter passado pelo corredor da morte também?

Ele faz uma pequena pausa. — Isso é você quem está dizendo.

— Não. Diga-me o que você sabe sobre Paige.

— Eu sei que informação é uma coisa importante. Sei que não devo dar nada de graça para pessoas como você, que podem pagar.

Eve volta a andar. — Não vou pagar nada — ela murmura.

Gus vem atrás dela. — Mas você quer saber, não é mesmo?

— Acho que você não sabe de nada — ela grita por sobre o ombro.

— Bem, eu sei. Eu ando bastante por aqui. Vejo as coisas, as pessoas cuidando das suas vidas e tudo mais. Eu não sou idiota, consigo juntar as peças.

— Ainda assim eu não acredito em você.

— Bom, eu sei que ele estava tendo alguns casos com mulheres deste lugar.

— Você já me disse isso.

— Sei que posso conseguir que uma delas fale com você, por um preço. Era por isso que ele estava aqui o tempo todo, para ver as mulheres e vender drogas.

Ele para de andar, enfia as mãos até o fundo dos bolsos e chuta a terra que está aos seus pés. O frio o castiga e seus olhos ficam úmidos enquanto ele a observa.

— Eu não a culpo por não se lembrar de mim! — ele grita contra o vento. — Afinal, só conversamos durante sete horas no total, não foi?

Ela para.

— Não precisa se sentir culpada ou coisa do tipo. Entendo que há coisas mais importantes na sua vida do que a possibilidade de que um cara como eu morra. Ou que não morra, como aconteceu.

Ela volta para perto dele, com seus gritos ecoando pelo parque. — Você é algum tipo de mentiroso patológico? Está tentando me envolver em algum dos seus joguinhos ridículos? O que você quer? Dinheiro? É isso?

— Dinheiro, dinheiro, dinheiro... Tudo é dinheiro para pessoas como você.

— É você que está tentando me cobrar para dar informações.

— Um homem precisa comer.

Ela dá as costas para Gus. — Isso não faz sentido.

— Cinco anos atrás. No verão. De 20 a 27 de julho. O verão mais quente em sabe-se lá quantos anos. Não havia ar condicionado na sua sala. A polícia afirmou que eu estrangulei um homem por ter roubado as minhas drogas. Tinham o corpo e todo o resto. Acordei e vi aquilo no meu apartamento. Fiquei em pânico. Logo depois, eles estavam derrubando a porta. Ela o observa fixamente.

— Eu disse a eles que nunca havia usado drogas, mas eles encontraram algumas no meu apartamento, é claro. Eu disse que as drogas foram colocadas ali de propósito. E o corpo também. Pedi para fazer um exame de sangue para provar, mas ele recusaram.

O vento castiga os dois, soprando o lixo pelos pés deles e pela grama malcuidada. O som do ar ao passar pelas correntes do balanço ao longe se parece com fantasmas assobiando ao redor dos dois.

Gus chuta a terra. — Eu tinha que fazer alguma coisa. Não podia simplesmente desistir, não é mesmo? Não queria que as pessoas se lembrassem de mim como um drogado assassino. Não era certo. Assim, fiz a única coisa que podia fazer. Eu parei de...

— Você parou de comer — interrompe Eve, falando em voz baixa, sentindo as lembranças retornarem como um jato.

— Isso — diz ele.

— Depois, recusou água também. — Por um momento, ela não faz nada além de estudar as feições dele.

— Você está bem diferente agora — diz. — Não o reconheci.

Gus dá de ombros.

— Desculpe — prossegue ela. — Eu devia ter feito mais por você naquela época, mas...

— Você tentou — diz ele. — Trouxe chocolates escondidos para mim, não foi? Me provocou para que eu caísse em tentação, mas não funcionou. Tudo isso não tem mais importância.

— Tem sim, mas... — Ela passa a mão na testa. — Pelo menos você se livrou.

Ele ri. — Claro. Claro que me livrei.

— O que foi? Não estou entendendo.

— Acorde! Foi combinado. Tudo aquilo. Foi uma armação porque eles queriam pegar alguém. Lembra-se daquele médico que veio até a minha cela? Ele não era médico. Ele me deu uma opção. "Posso tirar você daqui", disse ele. "Mudar o resultado da votação, mas você vai ter que fazer algumas coisas para nós", ele avisou. "Que tipo de coisas?", eu perguntei. E ele riu, mas não disse nada. *Peguei você*, ele pensou com certeza.

— Sabe para que serviu aquilo tudo? Para provar a todos que eles são os nossos donos. Podem fazer o que quiserem. Acusar, manipular, mentir. Sabe onde eu estou agora?

Ele segura na mão de Eve e gentilmente abre os dedos dela. — Bem aí — diz Gus, tocando-lhe na palma. — Bem onde eles querem que eu esteja, e não posso fazer nada a respeito. Não posso mudar as coisas, não posso escapar, não posso fazer nada. Se eles querem saber alguma coisa, eu tenho que descobrir. Eles querem que eu fique de olho em alguém? Tenho que ficar de olho. É como se eu fosse tipo um fantoche deles. E assim que eu fizer alguma coisa que eles não gostem... — Gus fecha os dedos de Eve. — ... eu vou morrer.

— Como eu vou saber se posso confiar em você? — pergunta ela. — Como posso saber que você não vai contar para eles que estive aqui, seja lá quem eles forem?

Gus dá de ombros. — Se eu quisesse abrir o bico sobre você estar aqui, por que estaria dizendo todas essas coisas para você? Sou apenas um cara decente em uma situação ruim. Algumas merdas eu conto para eles; outras, não.

— Não acha que isso é um jogo perigoso?

— Sim, mas algumas pessoas não merecem que eu dedure elas.

— Como a Martha?

Gentilmente, Gus baixa as mãos de Eve.

— Isso é diferente, não é?

Por um momento, os dois ficam em silêncio. Acima deles, as nuvens ficam mais escuras e mais pesadas; uma tempestade está se formando. Eles podem sentir a umidade da chuva que está prestes a cair, a vibração da energia estática à espera dos relâmpagos. Eve puxa o casaco, deixando-o mais justo ao redor do corpo, e enfia o queixo para dentro da gola.

— Diga-me para onde você vai e eu prometo cuidar para que você chegue até lá sã e salva.

— Vai tentar me cobrar por isso também? — pergunta ela, com o toque de um sorriso na voz.

— Que nada — responde ele. — Vou fazer isso de graça, porque sou um cara legal.

Ela o observa pelo canto do olho.

— Edifício Abrótea — comenta ela. — Décimo oitavo andar. Apartamento onze.

Ele a encara com uma expressão séria. — Esse não é o apartamento de Martha. É a casa da vizinha, da Senhora B. Por que você quer ir lá?

Eve ignora a pergunta.

— Tudo bem, não precisa me contar.

— Você conhecia a Martha, não é?

— Não vou falar sobre isso. Nem mesmo se você realmente me pagar.

— Estou tentando ajudá-la — murmura Eve.

— Certo — responde ele. — Imagino que esteja. Vamos lá, então. — Ele começa a andar. — É o prédio do meio. Não parece muito com uma abrótea, não é?

— Obrigada — diz ela.

— Por quê?

— Por me contar coisas de graça. — Ela abre um breve sorriso.

MARTHA

Não pensei que me sentiria tão sozinha.

Achei que teria permissão para receber visitas. Ou que haveria algo para fazer. Talvez ler, ter permissão para sair da cela, conversar com os outros acusados. Não só isto. Enfurnada em uma cela, vinte e três horas por dia. Nada além de pensamentos e preocupações. Memórias antigas, poucas delas boas.

Nunca me senti tão só.

Quando a minha mãe ia trabalhar à noite e eu ficava deitada na cama escutando o ranger e o estalar dos móveis ao meu redor, eu sabia que ela estaria de volta pela manhã. Depois que ela foi morta, a TV me fazia companhia e a Senhora B., a vizinha, sempre estava por perto e vinha dar uma olhada em mim para ver se eu estava bem.

Sinto saudades de você, Senhora B. Sinto falta de jantar com você e com Ollie depois que a minha mãe se foi, todos nós tristes, mas não dizíamos nada. O que poderíamos dizer? Você era como uma tia para mim, e eu lamento fazer você passar por isso de novo. Você sofreu demais, e ainda assim foi muito boa para mim e para a minha mãe. Espero que entenda minhas atitudes.

Quando Ollie foi preso e você chorou nos meus braços, dizendo sem parar que ele não havia feito aquilo, eu acreditei em você, porque já sabia a verdade — assim como toda a população dos Arranha-Céus. Mas isso não teve importância, não é?

"Como é possível que ele tenha atropelado a sua mãe, se o seu carro foi roubado?" Nós gritávamos para a televisão e para aquele programa *Morte é Justiça*. Todos os nossos conhecidos votaram pela inocência dele, e até mesmo pessoas que não conhecíamos vinham falar conosco na rua para falar que tinham votado, assim como fizeram suas mães, irmãos, pais, irmãs, tias, tios, vizinhos, e até mesmo o maldito cachorro teria votado, se pudesse!

Porque todos nós sabíamos quem tinha feito aquilo. Aquele bandido desprezível, com todo o seu dinheiro e as suas amizades com celebridades, influência na polícia e o diabo.

Jackson Paige.

Não podíamos enfrentar o poder dele, não é mesmo?

Ele podia programar o seu telefone para fazer ligações repetidamente, votando centenas, milhares, milhões de vezes. Estávamos praticamente desgastando os nossos sofás em busca de mais moedas para poder pagar por mais um voto.

— Podemos fazer uma refeição decente na semana que vem — eu me lembro de dizer a você. — Pagar as contas, o aluguel... tudo na semana que vem.

Eu te acompanhei na execução dele. A imprensa estava em festa.

"Filha da vítima acompanha o assassino da mãe", foi uma das manchetes. "O perdão vem com a justiça?" foi outra.

Justiça?

Que justiça?

Você nem conseguiu abraçar o seu filho uma última vez.

Quando a imprensa enfiou microfones nas nossas caras mais tarde, eu abri a boca para dizer a eles o que pensava, mas, antes que pudéssemos falar, fomos arrancadas dali pelos homens de Jackson, enfiadas em carros e jogadas de volta aos pés do Edifício Abrótea.

E aí você virou notícia antiga, não foi?

Ninguém está interessado. Outra pessoa já está enfrentando a cadeira elétrica. Quem se importa se essa pessoa é inocente ou culpada? É tudo entretenimento, não é?

Amargura? Pois é, quer saber? Sou uma pessoa amarga.

Mas também estou determinada.

Posso ficar sozinha por uma semana. E posso ser morta.

As pessoas vão ver, vão ouvir o que eu tenho a dizer, e talvez, talvez elas entendam. Talvez elas finalmente entendam, finalmente fiquem chocadas e tudo mais, e eu terei feito a minha parte. Depois, a bola vai estar com você, Isaac. Você vai ter que usar essa onda de choque para mudar as coisas para melhor.

EVE

As portas do elevador do Edifício Abrótea se abrem, trepidantes, e Eve sai para o corredor do décimo oitavo andar. As luzes acima dela brilham tremeluzentes contra as paredes vazias e o piso sujo.

— Também não tem cheiro de abrótea — ela murmura.

A fita amarela da polícia e as placas de "entrada proibida" do lado de fora a guiam como um farol até o número doze. Logo ao lado, discreto e inofensivo, fica o número onze. Respirando fundo, ela bate na porta, esperando e ouvindo sirenes da polícia e o alarme de um carro ao longe.

Depois de alguns minutos ela ouve o deslizar das chaves girando na fechadura, e, conforme a porta se entreabre, um par de olhos enrugados por trás de um par de óculos com aros grossos espia pela fresta delimitada pela corrente de segurança.

Os olhos se arregalam. — Eve Stanton — diz a mulher, com a voz embargada. — O que traz você até a minha porta?

— Tenho uma mensagem para você.

Os olhos continuam a encará-la.

— E então? — diz a Senhora B. — O que é?

Eve tira o papel dobrado do bolso, observa a nota por um segundo e depois a estende pela fresta.

A Senhora B. pega a nota e, antes que Eve possa dizer uma palavra, a porta bate com força na sua cara.

Ela balança a cabeça negativamente e fecha os olhos, que doem por causa das luzes oscilantes que quebram a escuridão.

— Que beleza — ela diz para si mesma. — O que vou fazer agora? — Mas antes que possa decidir, a corrente do outro lado da porta se agita e a maçaneta gira com um rangido.

— Entre, se quiser — diz a Senhora B.

Eve entra no apartamento e fecha a porta atrás de si.

— Não tenho nada a dizer, mas posso fazer uma xícara de chá para você, se quiser. — A Senhora B. desaparece pelo vão da porta lateral. — Você é primeira visita que recebo desde muito tempo — grita ela pela passagem, deixando em evidência o forte sotaque russo. — Acho que tenho biscoitos...

— Seria ótimo tomar uma xícara de chá. Obrigada.

A entrada leva até a sala de estar, que é tranquila, limpa e receptiva; um sofá coberto por novelos de lã, agulhas de tricô e revistas, uma televisão em um pedestal ao lado de um vaso de plantas que fica sobre uma pequena mesa de três pernas. Eve dá mais alguns passos para dentro do apartamento, parando para observar algumas fotografias na parede.

Uma delas é a de um rapaz com cabelos despenteados e um sorriso largo, apoiado no capô de um carro vermelho. Em outra, a mesma pessoa, embora muito mais jovem, está usando calças de uniforme escolar que parecem ser bastante folgadas dos joelhos para baixo, um paletó que fica um pouco largo na altura dos ombros e um blusão com mangas que lhe cobrem as mãos. Está segurando um cartão postal, com os dedos tocando as cúpulas da Catedral de São Basílio na Praça Vermelha, em Moscou.

— Primeiro dia na escola secundária — diz a Senhora B. por trás de Eve. — Meu garoto inteligente. Nunca tivemos condições de voltar para ver a família, então mandamos fotos mostrando que ele se lembra deles.

— Esse é Ollie? — pergunta Eve.

A Senhora B. confirma com um aceno de cabeça enquanto coloca a bandeja sobre a mesa, com duas xícaras estranhas com pires que não combinam com nenhuma das duas, uma chaleira com a tampa rachada, um açucareiro desbotado e uma vasilha de molho cheia de leite. No meio de tudo, um pacote ainda fechado de biscoitos.

— Então você deve ser a senhora Barkova.

— Você pode me chamar de Senhora B. É assim que todos me chamam. — Ela despeja o chá nas xícaras. — Viu foto no fundo, com moldura branca? Essa é lembrança mais feliz da vida minha.

Eve atravessa a sala, aproximando-se para observar os rostos.

— Quem são essas pessoas? — pergunta ela.

— Noite do Natal, nove anos atrás. Na direita estou eu, depois Beth, mãe de Martha, depois pequena Martha com uns sete anos, eu acho. Do lado dela, sem chapéu natalino, está meu Ollie.

— Ah, é claro — diz Eve. — Com o cabelo cacheado.

— É ele mesmo. — Ela coloca a chaleira sobre a bandeja novamente. — Era — sussurra ela. — Sente-se, tome o chá. Você parece cansada.

Eve se senta ao lado dela no sofá. — Você é a segunda pessoa que me diz isso hoje. — Ela faz uma pausa. — Martha foi a primeira.

Com as mãos sobre o colo, a Senhora B. observa Eve.

— E como está a nossa Martha?

Eve sopra o vapor do chá quente. — Teimosa — diz ela.

A Senhora B. sorri.

— Preocupada, eu acho. Mas não iria me dizer uma coisa dessas. — Ela toma outro gole e coloca a xícara sobre a bandeja outra vez.

— Ela não cometeu aquele crime — prossegue Eve. — Embora insista no contrário.

A Senhora B. não se move, nem diz qualquer palavra.

— A mensagem era para você? — pergunta Eve. — Pode responder para ela e pedir que mude a sua alegação?

— A mensagem não para mim. Vou passá-la para pessoa certa.

— Por que ela não me pediu para fazer isso?

A Senhora B. ri. — Não queria que você soubesse para quem é mensagem. Mas você vai descobrir, eu acho. Provavelmente vocês vão se conhecer antes que isso termine. Sobre outra pergunta? Não, não posso pedir a ela para mudar alegação.

— Por quê?

— Por quê? Por que, o quê? Por que, tudo? Senhora Stanton, quando uma pessoa com voz poderosa se destaca, é fácil para que maioria siga, e eles seguem para qualquer lugar desde que todas as outras pessoas façam mesma coisa. É preciso pessoa mais corajosa, mais coragem do que aquelas que seguem líder, para se libertar do grupo. Uma pessoa corajosa para dar voz para uma opinião diferente.

— Às vezes, a pessoa mais improvável é a melhor para fazer o serviço. A mais improvável vence a batalha, a mais improvável se oferece. — Ela completa.

— Está dizendo que Martha...

— Não estou dizendo nada, mas tenho esperança. Esperança de que o bem possa surgir do mal. Esperança de que Deus possa vencer. De que equilíbrio seja... qual é mesmo a palavra... rejuvenescido?

Eve franze a testa.

O rosto da Senhora B. se enruga. — Ainda acho inglês mais difícil que russo. Como é mesmo? Que o equilíbrio seja revestido?

— Ah — responde Eve. — Você quer dizer reestabelecido. Que o equilíbrio seja...

— Sim, sim, isso mesmo. Vi Martha crescer e se tornar bela garota e depois em moça forte, apesar de tudo ter sido tirado dela. Ela caiu em abismo profundo e eu pensava que ela nunca conseguir sair. Depois, senhora Stanton, eu vi um pouco de esperança entrar na vida dela e seu rosto iluminar porque as coisas poderiam ficar melhores. Havia alegria nos olhos dela e sorriso em seu rosto que eu não via desde muito tempo. — Ela desvia o olhar.

— Meu coração ficou partido quando se foi.

— O que aconteceu?

— Não sou eu que devo falar disso. Há cem Marthas nos Arranha-Céus, milhares lá fora, mais um milhão no mundo. O que ela está fazendo tem motivação própria, mas é por todas as Marthas também, e todos os Ollies.

— Mas tudo que ela está fazendo é sacrificar a própria vida por algo que não fez. Ela vai morrer.

— Não, não é! Você não olha ao redor e não presta atenção! — O dedo em riste golpeia o ar. — Nós esperamos, rezamos e continuamos votando, com cada centavo que temos. A justiça...

— Senhora B, está bem claro que a senhora conhece os motivos de Martha melhor do que eu, mas posso garantir que, a menos que ela mude sua alegação, vai morrer dentro de cinco dias.

A Senhora B. a observa por cima do aro dos óculos. — Você não é vidente. Não sabe de tudo. Há tempo e oportunidade para que os votos digam que ela é inocente.

— Estou dizendo que não há como escapar disso. Na verdade, mesmo se ela concordar em mudar sua alegação agora, vai dar muito trabalho mudar a opinião das pessoas a respeito dela.

— Senhora Stanton, é hora de ir embora.

— Por que você está desistindo dela?

— Não estou.

— Você a viu crescer, e agora quer vê-la morrer?

— Não, senhora Stanton.

— É assim que você quer que as pessoas se lembrem dela? Como uma assassina? Porque é isso que vai acontecer.

— Quero que você saia agora. — Ela se levanta, pega os biscoitos da bandeja e anda a passos largos até a porta, com Eve seguindo logo atrás.

— Estou decepcionada...

A Senhora B. para diante da porta, com a mão na tranca. — Eu também estou decepcionada. Com a vida. Com o sistema. Justiça. Decepcionada por minha amiga ter sido morta, meu filho executado e agora a única pessoa que resta na minha vida também pode morrer. Mas decisão ser dela, somente. E... tenho que respeitar isso. Tenho certeza, senhora Stanton, que, de todas as pessoas neste mundo, você entende isso.

— Mas...

— Sem mas. Não ter mais nada a dizer ou fazer.

Cansada, Eve esfrega a testa. — Há algo que você pode fazer por ela, entretanto. Você pode representá-la. Ela precisa de alguém.

— Como assim? Aparecer naquele programa?

— Sim, e falar por ela. Dizer às pessoas o que Martha significa para você. Falar sobre... o Natal e... Sobre ela ser especial para você.

A Senhora B. hesita.

— Isso não quebraria nenhuma promessa, nem a colocaria contra ela, nem nada do tipo. O povo precisa enxergar Martha como uma pessoa, e você pode fazer isso. Acho que pode ser a única esperança.

— Talvez faça. Talvez. Preciso pensar. — Ela abre a porta.

— Leve os biscoitos — diz ela. — São para Martha.

18H30 – MORTE É JUSTIÇA

Tela azul-escuro, fagulhas brancas zunem e estalam. Aparece o logotipo do olho, com as palavras "Olho Por Olho Por Olho Por" girando ao redor.

VOZ DO LOCUTOR: Olho Por Olho Produções apresenta...

As palavras param. Surge um som de eletricidade, as palavras ganham contornos serrilhados, o olho fica vermelho e se fecha.

KRISTINA: Boa noite, senhoras e senhores, e sejam bem-vindos ao *Morte é Justiça* desta noite!

As luzes do estúdio refletem nos dentes brancos da apresentadora. Seu vestido é azul e justo, com sapatos de salto alto da mesma cor. A música-tema agitada, marcada pelo som de uma batida de coração, começa a tocar conforme a câmera abre o plano e faz uma tomada panorâmica pela plateia, que aplaude. Depois, exibe o estúdio e foca em Kristina, que organiza alguns papéis, sentada em seu lugar habitual, ao lado da mesa.

Com uma última batida a música para e as luzes sobre a plateia se apagam. Kristina sorri.

KRISTINA: No programa desta noite...

A câmera se afasta, e a enorme tela à direita entra no plano.

KRISTINA: ... vamos analisar as estatísticas do crime.

As palavras voam pela tela.

KRISTINA: Considerando que, desde o início do sistema de votação pública *Votos Para Todo*s há dez anos, o índice de criminalidade caiu em várias áreas da cidade...

Ao final, as palavras são substituídas pela foto de um homem que veste um terno escuro com uma camisa azul-clara, abotoaduras que refletem a luz e um relógio caro no pulso.

KRISTINA: Vamos discutir por que este banqueiro do mercado financeiro, atualmente na Cela 6, é acusado de matar um traficante de drogas e motivo pelo qual tantas pessoas acreditam que ele é vítima de uma armação. Será que teremos uma execução amanhã, telespectadores? Isso, é claro, depende de vocês. Mas o mais importante de tudo...

Uma foto de Jackson Paige agora enche a tela, em foco suave e com um sorriso encantador.

KRISTINA: ... é a continuação da trágica história de Jackson Paige. O assassinato brutal e sem sentido de um dos heróis do país. Vamos relembrar sua vida influente e impressionante, analisando como ele usou a sua escalada rumo ao estrelato para beneficiar as pessoas, apoiando suas instituições de caridade preferidas e aqueles que eram menos afortunados. A jornada será triste, telespectadores; não se esqueçam de trazer lenços para enxugar as lágrimas. Mas, primeiro, temos uma entrevista exclusiva para vocês. Estamos ao vivo com...

O rosto enrugado de um homem mais velho toma o lugar de Jackson na tela. O bigode cobre o seu lábio superior, e os óculos grossos que ele usa deixam seus olhos borrados. Uma cabeleira maior do que se esperaria num homem dessa idade cobre a sua cabeça, embora esteja salpicada de fios grisalhos.

KRISTINA: ... o ex-presidente da Suprema Corte, o excelentíssimo senhor juiz Cícero. Cícero conquistou notoriedade muito antes do advento do sistema de votação pública *Votos Para Todos*, por muitos dos casos que presidiu, especialmente os Assassinatos de Castle. O caso ganhou fama quando, após ser declarado inocente por Cícero sob alegação de insuficiência de provas, o perpetrador, Antoine Castle, cometeu assassinatos verdadeiramente hediondos, matando pessoas inocentes.

Ela se vira de frente para Cícero, na tela.

KRISTINA: A justiça finalmente prevaleceu, não foi, excelência? Ele foi realmente condenado à morte?

CÍCERO (assentindo lentamente): Depois de sete anos no corredor da morte, no antigo corredor da morte, é claro, sim, ele foi executado.

KRISTINA: E este foi um dos casos que levaram às mudanças do nosso sistema de justiça?

CÍCERO (suspirando): Correto. Entre outros argumentos, o governo considerou que era caro demais manter uma pessoa no corredor da morte por tanto tempo.

KRISTINA: *Desumano*, eu creio que foi a palavra que usaram, excelência. Afinal de contas, ele era culpado, e não havia dúvida disso.

CÍCERO: Existia um sistema em vigor com alguns procedimentos a serem obedecidos...

KRISTINA: ... e que precisava ser atualizado.

CÍCERO: Preciso lembrá-la do caso do Estado versus Dasher? Dasher foi acusado de assassinar três membros da sua família, e ficou dez anos no corredor da morte, constantemente alegando inocência. Ele finalmente foi inocentado quando a tecnologia ficou suficientemente avançada para provar que seria impossível ele ter cometido o crime. Se os procedimentos não houvessem sido obedecidos, aquele homem inocente estaria morto.

KRISTINA: Mas nós temos essa tecnologia agora.

CÍCERO: Mesmo assim, o nosso sistema atual de justiça se nega a utilizar a tecnologia.

KRISTINA: Exatamente.

CÍCERO: Não exatamente. Hoje em dia, não pedimos provas, não descobrimos nem mesmo o motivo que levou ao crime. Não é um sistema de justiça, é um campo de caça, completamente escancarado para a corrupção, atividades fraudulentas, subornos...

KRISTINA (sorrindo): Estamos desviando do assunto, Juiz Cícero. Ah, desculpe-me, acho que cometi um erro com o seu título.

Ela leva a mão à orelha, assente rapidamente e volta-se para a tela.

KRISTINA: Como não atua mais na área jurídica desde a mudança no sistema de justiça, você não é mais juiz, não se senta mais no lugar mais importante da corte. Para falar a verdade, você não tem poder algum. De fato, você é simplesmente o senhor Cícero agora, não é?

CÍCERO: Você sabe muito bem, Kristina, que não temos mais qualquer espécie de corte. Primeiro vieram os votos por telefone para acusações de assassinato culposo e doloso, e agora temos esse programa ridículo chamado *Campainha da Justiça* para delitos menores! É exatamente por isso que não sou mais juiz. Não há mais cortes nas quais eu possa trabalhar!

KRISTINA (sorrindo): É tão bom ouvir o senhor dizendo o nome do programa corretamente! Sim, o programa *Campainha da Justiça* é um sucesso, e vocês podem assisti-lo de segunda a sexta-feira, do meio-dia à uma hora e novamente das cinco às seis da tarde.

CÍCERO (interrompendo): Quem em sã consciência já ouviu falar de um sistema jurídico, um sistema de justiça, onde basta apertar o botão de uma campainha se uma pessoa é considerada culpada?

KRISTINA (rindo): Isso é simplificar demais as coisas, senhor Cícero, eu creio! Afinal de contas, há um grupo de pessoas, e todas têm a oportunidade de acionar a campainha. É obrigatório haver uma maioria.

CÍCERO: Cinco pessoas, Kristina, que compraram ingressos para ter esse privilégio.

KRISTINA: E é um privilégio, para os criadores do programa, saber que um ex-juiz da Suprema Corte é um telespectador assíduo!

CÍCERO: Eu não sou...

KRISTINA: De qualquer maneira, estamos desviando do assunto outra vez, senhor Cícero; acredito que estamos começando a entediar a nossa plateia.

Ela olha para o outro lado do estúdio, e depois para a câmera. Seu sorriso se desfaz e ela assume uma expressão séria.

KRISTINA (com a voz baixa): Estamos aqui para falar sobre Jackson Paige e Martha Honeydew. Um assassinato descabido, o sentimento generalizado de injustiça sentido pela sociedade, da qual um dos nossos maiores ícones nos foi arrancado.

Ela se vira para encarar Cícero.

KRISTINA: Responda-me, na condição de alguém que é contra o nosso sistema atual, contra o fato de que o público deve ter o direito de votar naquilo que acredita...

CÍCERO: Você está distorcendo as minhas palavras.

KRISTINA: Você acha que ela cometeu o crime?

Cícero fecha os olhos. A plateia está em silêncio. Kristina aguarda.

CÍCERO: Não.

Um gemido exaltado emana da plateia, corpos que se agitam em seus assentos, um murmúrio de opiniões sendo compartilhadas.

KRISTINA: Mas ela admitiu o ato.

Cícero se aproxima da câmera.

CÍCERO: Pergunte-se... perguntem a si mesmos o motivo pelo qual ela faria isso. Pensem, questionem... não confiem em uma campainha ridícula, ou em votos pelo telefone!

KRISTINA (incrédula): Por quê? Ela é culpada!

CÍCERO: Perguntem a si mesmos por que ela o mataria. Por que ele estava naquele lugar? O que ele estava fazendo perto dos Arranha-Céus? Qual era a motivação da garota? Questionem as coisas!

KRISTINA (para a câmera): Plateia, telespectadores, amigos votantes, não vamos nos esquecer de que ela estava com a arma do crime na mão quando a polícia chegou. Nós vimos as imagens da câmera da polícia ontem.

CÍCERO: Só porque ela estava segurando a arma, isso não significa que ela tenha puxado o gatilho. Por acaso, alguém verificou as impressões digitais?

KRISTINA: Por que a polícia gastaria tempo e dinheiro fazendo isso? Cícero, me parece que as suas ideias sobre justiça estão presas ao passado. Nós avançamos. Atualmente a justiça é rápida, elegante, eficiente e gratificante...

CÍCERO: Não. Há apatia demais. É impossível funcionar. Erros estão sendo cometidos! Pessoas inocentes estão sendo mortas e os culpados estão livres!

KRISTINA: Erros? Falamos sobre os seus erros anteriormente, senhor Cícero, e com certeza os Assassinatos de Castle não foram o único caso. Eu poderia citar os assassinatos de Moss — o acusado foi libertado por causa de pormenores técnicos — e as execuções de Shepherd — o caso foi arquivado devido ao vazamento de evidências...

CÍCERO: E eu poderia citar centenas de milhares de casos na longa história do nosso sistema de justiça baseado em cortes que foram julgados corretamente, e dezenas e dezenas de casos desde a introdução do *Votos Para Todos*, esse sistema patético, que tiveram desfechos errados. Para cada pessoa que é condenada à morte por um equívoco, outra pessoa é erroneamente libertada.

KRISTINA: A história tentou abolir a pena de morte, Cícero. Você deveria saber disso. Ou não fez a sua lição de casa? Em 1965 a pena de morte foi abolida, mas foi reintroduzida em 1970 devido à pressão popular e uma grande quantidade de casos que ficaram famosos. Quer que eu entre em detalhes desses casos, caso a sua memória não esteja tão boa? Três policiais mortos a tiros, a família Moor...

CÍCERO: Eu conheço os casos!

KRISTINA: Há dez anos, nós, como sociedade, escolhemos tirar os poderes dos tribunais; decidimos que a melhor maneira, a mais justa, a mais igualitária de fazer justiça, seria dar voz a todas as pessoas desta terra, na qual todas as opiniões seriam levadas em conta, todas as pessoas de todas as origens e profissões se tornando um único jurado.

CÍCERO: Mas as pessoas não são todas iguais!

KRISTINA: Vamos nos lembrar, telespectadores, daqueles crimes horríveis cometidos...

CÍCERO (gritando): Elas NÃO SÃO iguais!

Ele bate com o punho fechado na mesa que está diante de si.

CÍCERO: E NÃO HÁ voto único por pessoa! Cada pessoa vota quantas vezes quiser, desde que possa PAGAR! Essa é a diferença! Não é o sistema mais democrático do mundo. Na verdade, provavelmente é o mais antidemocrático...

A tela pisca; linhas e estática cobrem a sua imagem.

CÍCERO: As pessoas acham que o governo está dando poder a elas, mas isso é uma ilusão! O governo controla a imprensa, e a imprensa manipula o povo! O governo não se importa se a verdadeira justiça é feita. Essas pessoas só se importam com o poder. Esse é o objetivo...

A voz dele fica distorcida e entrecortada.

CÍCERO: No papel, as estatísticas da criminalidade são baixas... causam boa impressão... o público sente que tem poder... votam neles nas eleições... mas essa não é a história toda.

O som desaparece.

KRISTINA (com uma expressão séria): Estamos tendo alguns problemas técnicos. Cícero? Consegue me ouvir? Cícero?

A imagem dele retorna, apontando o dedo para a câmera, a boca abrindo e se fechando, mas sem som. A imagem oscila mais uma vez.

KRISTINA: Enquanto tentamos restabelecer a conexão, vamos relembrar o que o senhor Cícero, ex-juiz e ex-presidente da Suprema Corte, que perdeu sua carreira desde a introdução do sistema de votação pública, nos disse.

Ela caminha pelo espaço, indo na direção da plateia.

KRISTINA: "As pessoas não são todas iguais", declarou ele. O sistema *Votos Para Todos* é "patético", "antidemocrático", e ele afirmou que vocês, o público, são "apáticos e manipulados". Este ex-juiz, que julgou o caso dos Assassinatos de Castle, entre outras farsas de justiça, chegou ao ponto de declarar que pensava que Martha Honeydew era inocente. Bem...

Ela olha para trás. O rosto de Cícero aparece borrado na tela outra vez. Sua boca ainda se move, mas não há som.

KRISTINA: Parece que não conseguimos reconectar com o senhor Cícero, mas vamos dar uma olhada em uma citação sobre o nosso sistema de justiça feita pelo ex-advogado das estrelas, e nosso atual Primeiro-Ministro.

A imagem de Cícero finalmente desaparece, substituída em um dos lados da tela por linhas de texto e, do outro lado, a foto de um homem esbelto já com mais de trinta anos — os cabelos perfeitos, um sorriso e dentes brancos — o Primeiro-Ministro.

Kristina se afasta, enquanto a voz pré-gravada dele, autoritária, mas calma e aconchegante, se faz presente no estúdio.

PRIMEIRO-MINISTRO: *Nosso singular sistema de justiça é a prova de que há ampla democracia em nosso país. A inclusão é um direito, exercer a própria opinião é um direito, e ser um membro estimado da sociedade é um direito. Nosso sistema promove tudo isso, dando voz a todos nós para afetar a segurança da nossa nação. Juntos, somos os líderes do mundo. Juntos, somos a voz da justiça.*

A plateia aplaude e vibra. Kristina abre um grande sorriso e enxuga suavemente as lágrimas com um lenço de papel enquanto a câmera a enquadra no centro da imagem outra vez.

KRISTINA: Tenho certeza, senhoras e senhores, que o nosso Primeiro-Ministro, embora esteja desfrutando de suas merecidas férias, estará colado na tela da TV em sua casa de campo, assistindo ao desenrolar deste caso emocionante: a primeira adolescente em nossa história que está no corredor da morte.

Ela baixa a cabeça enquanto a plateia aplaude outra vez.

KRISTINA: Obrigada ao nosso convidado desta noite, e pedimos desculpas por não conseguirmos continuar com a nossa fascinante discussão sobre as opiniões interessantes, embora ultrapassadas, que ele tem sobre a justiça.

Lembre-se de registrar o seu voto no caso Martha Honeydew. Você acredita que ela é culpada pelo terrível assassinato de Jackson Paige, uma celebridade que contribuía com instituições de caridade, ou acha que ela é inocente, como disse o nosso polêmico convidado na noite de hoje? Queremos mais uma assassina solta em nossas ruas?

Vamos dar uma olhada nos números e nas informações para a votação. Ligue 0909-87-97-77 e, para votar culpada, acrescente o número 7 ao telefone, ou, para votar inocente, acrescente o zero. Você também pode votar por mensagem de texto, enviando a palavra MORTE ou VIDA para o número 7997. Para votar pela internet, visite o nosso website, www.olhoporolhoproducoes.com, clique na aba "Martha Honeydew, Adolescente Assassina" e registre o seu voto. As chamadas têm um custo adicional; não se esqueça de pedir permissão à pessoa responsável por pagar a conta antes de votar. Mensagens de texto custam cinco libras mais as taxas da sua operadora, e a votação online também custa cinco libras, mais uma taxa inicial de registro de vinte libras. Para uma descrição completa dos termos e condições do serviço, visite o nosso website. O destino dela está em suas mãos. E não saiam daí, telespectadores, porque, após os comerciais, vamos receber o ex-patrão do ocupante da nossa Cela 6, que vai explicar por que ele acredita que o dedicado pai de três filhos está sendo vítima de uma armação.

O logotipo gira na tela enquanto as luzes se apagam.

EVE

Eve desliga a televisão.

A sala de estar está escura e a casa em silêncio. Atrás dela, a chuva bate contra a janela, e à sua frente, a mesa está abarrotada com pastas e papéis; o fogo da lareira cria sombras que se movem constantemente pela sala, enquanto uma luminária de mesa clareia um pequeno círculo ao seu redor. Uma xícara de café frio está abandonada ao meio, e um sanduíche deixado pela metade está equilibrado sobre um livro.

— Você arrebentou a cara desta vez, Cícero — ela murmura para si mesma.

Enquanto se deita em sua poltrona, uma fotografia sobre a lareira atrai sua atenção: Jim, Max e ela mesma.

Eve esfrega a mão pelo rosto e volta a olhar para a foto. — É como se tudo estivesse acontecendo de novo — suspira ela.

O fogo estala e crepita, como se conversasse com ela.

— Por que ela está dizendo que matou Jackson Paige? Ela tem a mesma idade de Max. Eles vão matá-la e eu não sei como posso impedir que isso aconteça. — Ela balança a cabeça negativamente e lágrimas escorrem pelo seu rosto. — Também não consegui fazer isso da outra vez.

— Fiz isso por você porque você não tinha ninguém. Lutei para que você tivesse apoio. Lutei para que eles, para que você, tivessem alguém com quem conversar, mas... — a voz dela fica embargada e engasga no peito. — Dói todas as vezes, e desta vez é... pior. Você sabe que é pior... porque... porque... eu não consigo... mais... fazer... isso. Ela tem que ser a última.

Eve inclina a cabeça para frente e seu corpo todo treme enquanto ela chora, soluçando sem parar. — Sinto a sua falta — diz ela. — Eu sinto a sua falta, sinto a sua falta, sinto a sua falta, e tudo que aconteceu foi por minha culpa. Sem você... se não fosse por Max...

A campainha toca.

Ignorando-a, ela esconde o rosto com as mãos.

A campainha toca outra vez. Por um momento ela escuta a chuva que cai do lado de fora, e em seguida se levanta do sofá e vai até a porta, enxugando o rosto e o nariz na manga do seu blusão.

— Só um minuto! — ela grita quando chega ao corredor, com a voz amargurada e entrecortada.

Ela destranca a porta e abre. — Max, você esqueceu a sua... — Ela para. — Você não é Max.

Na escuridão, do lado de fora, ela não consegue enxergar as feições da pessoa — o capuz da blusa está erguido e esconde a cabeça do homem; suas roupas são escuras e estão molhadas. Não há nada que possa distingui-lo de alguém, e ele permanece sendo uma imagem anônima.

— Não. — Ela empurra a porta. O homem enfia o pé na fresta, chegando perto da luz do corredor, ficando mais alto do que ela.

— Eve Stanton? — pergunta uma voz grave.

— Vá embora — responde ela. — Vou chamar a polícia.

— Não faça isso — diz ele. — Não quero problemas. Sei que o seu filho está fora de casa. Sei que você está sozinha, mas não grite. Não vou machucá-la.

— O que você quer? Dinheiro?

— Não — diz ele, rindo. — Um favor e uma promessa.

— Não posso...

— Você foi visitar a Senhora B. hoje com uma mensagem escrita por Martha.

— Como você...?

— Você a leu?

— Você me seguiu?

— Você a leu? — pergunta ele, levantando a voz.

— Não — responde ela. — Não.

Ele a encara. — Andei pesquisando a seu respeito. Sei o que aconteceu com o seu marido. Sei que o seu filho estuda na escola Foxton. Sei que ele está no último ano do ensino médio.

— Você está ameaçando a minha família?

— Não. Quero saber se posso confiar em você.

— Bem... não pode. Vá embora. — Eve empurra a porta novamente, mas as mãos dele a impede de se fechar. O rosto dele está mais perto da luz agora; ela consegue ver cabelos escuros sob o capuz, e os contornos de um rosto magro.

— Não posso ir embora — responde ele. — Preciso de um favor e de uma promessa.

— O quê? — pergunta ela.

Ele tira a mão da porta, leva-a até o bolso e retira dele um envelope branco. — A carta que você entregou à Senhora B. era para mim. Esta é a minha resposta. Por favor, leve-a para Martha.

— Você não pode se corresponder com prisioneiros. Eles não podem ter contato com nenhuma pessoa de fora.

— Exceto por você — responde ele. — Mas você tem que prometer que não vai ler o que eu escrevi.

— Não posso fazer isso. Se descobrirem, vão me tirar do caso.

— Mas eles não vão descobrir.

— E se eu disser não?

— Acho que não vai dizer, porque acho que você se importa.

Ela olha fixamente para a escuridão dentro do capuz do homem, tentando ver melhor o seu rosto, mas ele recua para as sombras.

Ela pega a carta. — Quem é você? — pergunta Eve.

Ele se afasta da porta. — Você ainda não descobriu? Que vergonha.

Com mais alguns passos, ele desaparece.

MARTHA

Uma vez eu li que, se as pessoas ficarem sozinhas por muito tempo, elas começam a ver rostos nas coisas, como se os seus cérebros estivessem procurando por companhia, mas eu não consigo ver nada.

A Cela 2 é bem parecida com a Cela 1, mas não tão brilhante. As paredes são de um branco mais sujo, e os lençóis também, como se tudo fosse velho e bastante usado. Ela também tem cheiro de mofo. Acho que a janela é menor. A cela definitivamente é menor. Talvez a próxima será menor que esta, e depois dela uma ainda menor, até que a última seja apenas uma caixa. Um caixão.

Está ficando escuro aqui, conforme o sol se põe lá fora. Não há nenhuma luz, nem lâmpadas ou tochas queimando, nem qualquer coisa do tipo. Não é como nas prisões medievais, exceto pelas pedras que revestem o piso do corredor, e eu não consigo vê-las de onde estou porque a porta está fechada. A porta fica sempre fechada.

O luar entra pelo vidro e passa pelas barras da janela. Eu gosto. Se eu apertar os olhos para enxergar somente o escuro e o luar, eu quase consigo me esquecer das paredes que estão me prendendo.

Está chovendo. Posso ouvir os pingos batendo no vidro, e há uma infiltração na lateral da janela também. A água está entrando, pingando. *Ping, ping, ping.* Se começar a chover, chover sem parar, a água vai pingar, pingar, pingar, a cela vai se encher de água e eu vou me afogar.

Ping, ping, ping.

Estou deitada na cama.

Ping, ping, ping.

Olhando os pingos da chuva.

Ping, ping, ping.

Refletindo a luz do luar.

Ping, ping, ping.

Espero até que cada um deles.

Ping, ping, ping.

Crie um ritmo.

Ping, ping, ping.

Culpa, culpa, culpa.

Ping, ping, ping.

Morto, morto, morto.

Ping, ping...

Ah, mas que inferno do caralho. Ping, ping, porra de ping! Pare de pingar, merda.

Ping, ping, ping.

Bang, bang, bang.

Arma, arma, arma.

Morto, morto, morto.

Ping, ping, ping.

Arghhh! Pare!

Pare, pare, pare.

Merda. Isso é insuportável.

Merda, merda, merda.

Pare, por favor.

Não, não, não.

Por favor.

Mãe, mãe, mãe.

Não.

Ol, lie, Ol...

Não estou escutando.

I, saac, I...

Chega! Não vou ser torturada por uma goteira desgraçada. Vou fazer você parar. Salto da cama e vou até a janela. O lugar por onde a goteira entra para pingar no chão tem mais ou menos a minha altura. Coloco os dedos ali e a água escorre por eles e pelos meus braços.

— Pronto, agora você parou — eu sussurro para ela.

A água está fria e o meu coração bate mais devagar. É como se eu estivesse tocando o lado de fora outra vez.

— Domei você — eu suspiro.

Esfrego a mão nela e a passo pelo meu rosto. Em seguida, fico sob a goteira, apoiando a cabeça contra a parede e deixo a chuva escorrer pelos meus ombros, e é como se eu não estivesse mais naquela cela.

...

Estou do lado de fora.

Estou na rua Crocus, aonde vou todas as noites desde que ela foi morta. Estou nas sombras da Galeria — o atalho entre a estação de trem e os Arranha-Céus, em que as pessoas sem-teto buscam abrigo em cantos de concreto sujos com o lixo que o vento traz, mas onde a chuva não consegue chegar.

Os sem-teto sabem que eu estou aqui. Nós nos vemos todas as noites. Eles não me incomodam e eu não os incomodo.

Um deles, aquele que prende o cachorro com um pedaço de barbante, a viu morrer. Contou à polícia. Disse que não foi um atropelamento seguido de fuga, porque o cara nem estava dentro do carro quando a viu. Disse que ele entrou no carro, deu a partida no motor e depois avançou contra ela de propósito. Ele contou à polícia, e a mim, que em seguida, o carro parou por tempo suficiente para que um homem atarracado e bem-vestido descesse, visse o que havia feito, e então entrasse no carro e fosse embora.

— Não foi Ollie B. — ele me disse. — Nem era o carro dele.

Mas eu já sabia disso.

Na minha memória, eu estou na Galeria. Estou no único lugar onde a chuva goteja, por uma fresta lá em cima. Estou sem casaco e a goteira está pingando na minha cabeça e escorrendo pelo meu rosto. Eu dou alguns passos para o lado, sumindo nas sombras. Do outro lado da rua há uma fileira de lojas velhas, algumas com as vidraças quebradas, outras cobertas por tapumes, com pichações e panfletos colados nelas, anunciando alguma coisa. Nenhuma das lojas está aberta.

Dou outro passo para o lado e vejo alguma coisa... não... alguém sob o vão da porta da velha confeitaria. Uma sombra escura sai sob a chuva, o rosto encoberto pelo capuz e as mãos nos bolsos.

Ele é alto. Tem ombros largos e está olhando fixamente para mim.

Está caminhando, avançando, decidido, confiante, atravessando a rua, vindo em minha direção, e eu não consigo me mover.

— Já vi você antes — digo. — Escondido no vão daquela porta. Sei quem você é e vou denunciá-lo para a polícia. Sabe aqueles homens ali? Aqueles sem-teto? Eles estão de olho em mim. Você não pode fazer nada. Eles vão contar tudo para a polícia...

Meu coração bate forte conforme ele se aproxima. Está fazendo um sinal afirmativo com a cabeça.

— É claro — diz ele. — Porque ninguém pode ser morto aqui sem que a polícia e a mídia saibam exatamente quem é o culpado. — A voz dele é grave. Agradável. Amistosa, embora seja também inabalável.

Ergo os olhos para fitar o rosto dele, ainda um pouco escondido na sombra.

— O que você quer? — eu pergunto.

Ele para por um instante, ergue as mãos e abaixa o capuz, e ali, tingido pelo alaranjado das luzes dos postes, está um rosto que eu vi milhares de vezes em jornais, revistas de fofoca e na televisão. O filho de Jackson Paige.

— Quero pedir desculpas — diz ele.

CELA 3

MARTHA

Eles me transferiram para a Cela 3, ainda antes do sol nascer. Um guarda que eu nunca tinha visto antes marchou para dentro às 5h30 da manhã e me arrastou para longe da parede na qual eu havia me encostado para dormir, encharcada até os ossos.

Gritei com ele. — O que está fazendo comigo?

— Cale a boca, sua escória!

Depois, acordei aqui. A minha cabeça dói, meus dedos estão inchados e eu ainda sinto que estou toda molhada e com frio, mas um raio tímido de sol passa pela janela ainda menor que a outra e dissolve as sombras. Eu observo as partículas de poeira dançando no facho de luz e tenho o desejo de ser tão livre e despreocupada quanto elas ou tão pequena quanto elas, para poder flutuar para fora daqui, para ir até onde você está, para senti-lo junto de mim uma última vez.

Inclino a cabeça em direção ao calor e fecho os olhos.

...

— Pegue o meu casaco — disse ele.

Eu estava molhada e com frio, sob aquela chuva, e ele me observava, mas eu recusei com um movimento de cabeça.

— Não quero nada que venha de você. — Afastei-me dele, atravessei a rua Crocus e deixei para trás as lojas abandonadas. — Eu vi você me vigiando! — gritei para ele. — Você pode me deixar em paz.

Ele caminhou até chegar ao meu lado.

— Como você está lidando com o que houve? — perguntou ele. — Como está conseguindo dinheiro? Por que estão deixando você morar naquele apartamento sem a sua mãe? Vão tirá-lo de você?

Parei e olhei para ele. A chuva estava caindo pelo meu rosto e encharcando as minhas roupas. Ele havia tirado a jaqueta e estava tremendo. Seus cabelos, que provavelmente estavam perfeitos até aquele momento, estavam encharcados.

— O que você tem com isso?

— Se eu não me importasse, não estaria aqui.

Continuei andando, cortando caminho pelo parque. — Achei que você tivesse vindo para se vangloriar — gritei por cima do ombro. — Esnobar as pessoas daqui com todo o seu dinheiro, sua influência e toda essa merda. Como se viesse fazer turismo para ver pobreza.

Ele vinha trotando atrás de mim, ainda com o casaco na mão. — Eu sei que Oliver Barkova não matou a sua mãe.

— Ollie B.? — eu gritei por entre o vento e a chuva. — Sim, eu também sei. E todo mundo também sabe.

— E eu queria me desculpar com você.

Meus sapatos rangiam, encharcados, conforme eu atravessava o gramado. — Não foi você, não é mesmo? Foi um cara mais atarracado. Por que você quer se desculpar?

A chuva já havia ensopado as minhas roupas e meus pés pareciam estar mergulhados em poças de água. Ao fundo, os Arranha-Céus se erguiam como soldados que cuidavam das pessoas.

Ele veio correndo até o meu lado e jogou o casaco por cima dos meus ombros. Eu queria me desvencilhar daquela peça, ou que o casaco caísse no chão, mas isso não aconteceu. Não queria sentir o calor daquele casaco, ou o cheiro dele.

— Não sei... só pensei que seria uma boa ideia.

— Você acha que foi alguém da sua turma, não foi? Ouviu algum boato de que o carro era tão novo e brilhante que nunca poderia pertencer a alguém daqui?

— Por quê? Quem viu o que aconteceu?

Bufei para ele. — Bem, você já se desculpou. Pode ir embora, agora — eu disse.

— Não está irritada?

A chuva começou a ficar ainda mais pesada. O céu escureceu e se fechou ainda mais, como se estivesse nos prendendo e nos esmagando contra o chão. Ao longe, um trovão rugiu. Acelerei o passo.

— Sim — eu disse. — Não. Não sei. O que isso importa?

— Quero fazer alguma coisa por você.

Eu ri, mas continuei andando. — Para não se sentir culpado por ter seus milhões enquanto nós não temos nada?

— Não... porque quero melhorar as coisas para vocês.

— Não preciso da sua caridade — eu retruquei.

Cheguei até a entrada do Edifício Abrótea enquanto o estrondo dos trovões preenchia o ar e um relâmpago rasgava os céus. Parei e coloquei a mão na porta.

— Eu sei o que você pode fazer para melhorar as coisas para mim. — Empurrei a porta e o casaco dele caiu no chão.

— Qualquer coisa — disse ele.

— Você pode ir embora — respondi.

E bati a porta por trás de mim.

— Venha me encontrar amanhã na Galeria! — ele gritou.

EVE

Cícero coloca uma xícara de café diante de Eve e senta-se diante dela.

— Com leite e sem açúcar — diz ele.

— Você se lembrou — responde ela, observando enquanto ele derrama dois sachês de açúcar na espuma do seu cappuccino. — Sabe, você não devia...

— Já não me importo com mais nada — diz ele.

Ela dá de ombros e mexe a sua bebida com uma colher.

— Você sabe que está sendo seguida? — pergunta ele.

Ela ergue a colher e observa o líquido escorrer por ela. — Está falando daquele cara ao lado da janela com um cachecol azul? — diz ela. — Ele trabalha no *National News*. Está me seguindo desde que tudo começou.

— Ele vai tirar fotos de nós dois juntos.

— Creio que sim — responde ela. — Mesmo assim, não consigo imaginar como isso possa piorar ainda mais as coisas. — Ela toma vagarosamente um gole do café e coloca a caneca de volta na mesa. — Você arrebentou a cara ontem, Cícero.

— Eles distorceram as minhas palavras.

— E você achava que não iriam fazer isso? Por que diabos aceitou participar? Você devia saber...

— Aquilo tinha que ser dito, Eve! Eu não deveria ter ficado tão irritado, mas tinha que fazer alguma coisa! — A voz dele é baixa e urgente. — Estamos no terceiro dia! Você sabe quais são as estatísticas?

— Não vejo as estatísticas... — Ela baixa os olhos, fitando a mesa.

— Não, é claro que não. Mas... eu sei que eles erraram com Jim, e eu me lembro como a situação estava no caso dele. Todos nós pensamos que ele conseguiria se libertar. Eu me lembro.

— Ele estava com 95% de votos pela inocência no sexto dia, Cícero.

— Eu sei, e todos pensavam que ele iria voltar para casa com você.

— Noventa e cinco por cento! — ela fala por entre os dentes. — Não se pode confiar nas estatísticas.

— Martha é 99% culpada. — Ele se inclina para mais perto dela, observando-a por cima dos óculos.

Ela devolve o olhar, encarando-o com uma expressão agressiva. — E, desde que você apareceu no programa, provavelmente já está em cem.

— Eve... — diz ele, baixando a voz. — Eles vão matá-la. Eu tinha que fazer alguma coisa. Eu tinha que tentar.

Ela se vira para o outro lado e olha para os clientes. Um deles levanta um jornal, com a manchete "Assassina Martha envolvida com quadrilhas". Outra: "Honeydew rouba pertences de prisioneiro".

— É tudo mentira — diz Eve.

Outro cliente, mais próximo deles, deixa o jornal sobre a mesa; uma foto de Martha na cena do crime ocupa toda a primeira página. A maior parte da foto é escura, mas os faróis do carro da polícia a iluminam no centro, mostrando-a com os braços erguidos e a arma aos seus pés. As luzes brilham nas calçadas molhadas como se fossem feitas de prata, obscurecendo a sujeira e escondendo a fuligem, e transformando-a a em uma cena de um espetáculo teatral ou num quadro capturado de um filme.

Atrás dela está a Galeria onde os sem-teto vivem. O alaranjado de uma fogueira brilha, iluminando os rostos que a rodeiam.

Eve faz uma expressão séria enquanto observa a imagem. Há algo que ela não consegue ver. As sombras parecem estranhas. Desiguais.

Um movimento perto da janela da cafeteria chama a sua atenção.

— O cara do *National News* está saindo. Deve ter conseguido o que queria — diz Cícero.

Ela o observa enquanto ele vai embora.

— Recebi uma visita ontem, tarde da noite. — Ela coloca a mão na bolsa, tira um envelope branco e o coloca sobre a mesa. — Ele me deu isso e pediu que eu entregasse a Martha. Aparentemente, é a resposta ao bilhete que levei para a senhora Barkova, a mãe de Oliver Barkova. Você se lembra dele?

— Sim, é claro. — Cícero franze a testa e se inclina para frente. — Você levou um bilhete? Escrito por Martha?

— Sim, e eu sei que não devia ter feito isso, mas...

Ele inclina a cabeça para o lado, pensativo. — Estranho — diz ele, pegando o envelope. — Quem era?

— Não sei. Um homem. Jovem. Mais alto do que eu. Cabelos escuros. Não consegui enxergar o rosto dele. Falava bem; uma voz familiar que não consegui identificar.

— Você conversou com ele?

Ela confirma com um aceno de cabeça. — Ele não disse muito. Falou que estava surpreso por eu não ter adivinhado quem ele era.

Cícero mantém a expressão séria. — Como saberíamos disso? Como ele conhece Martha?

— Não sei. Não sei como ele conhece a Senhora B., também.

Cícero passa os dedos pelo nome no envelope. — Você não vai abri-lo? — pergunta.

— Não — responde ela.

Ele segura o envelope para olhá-lo contra a luz. — Deve ser alguém que ela conhece. Talvez algum amigo da escola. — Ele vira o envelope para olhar o verso, brincando com a aba colada. — Pode dizer algo que prove a inocência dela.

— Não posso abrir. Isso não é certo.

— Uma pena — diz ele, colocando-o novamente sobre a mesa. — A solução que você procura pode estar bem à sua frente.

— E que diferença isso faria, de qualquer forma? Mesmo se fosse uma confissão assinada pelo verdadeiro culpado, eles já têm a assassina que querem.

— Você está perdendo a sua fé na sociedade também, Eve...

— Já está perdida. Lutei para conseguir este emprego porque era a única maneira de fazer a diferença. Porque não consegui lutar contra as mudanças no sistema jurídico, mas poderia ajudar aqueles que se tornaram presas dele. Mas, quer saber de uma coisa? Não sei se isso os ajuda. E me importar com essas pessoas dói. É doloroso demais. Não consigo mais fazer isso, e não consigo lutar contra o sistema. Tudo que posso fazer é rezar para que uma coisa dessas nunca aconteça conosco.

— Mas já aconteceu com você.

— Não comigo...

— Com o seu marido... — Ele coloca a mão sobre a dela, mas Eve a recolhe e cobre a boca. Há lágrimas em seus olhos. — Jim era uma boa pessoa — sussurra ele.

Ela confirma com um movimento de cabeça.

— Ele matou aquele homem em legítima defesa, e você sabe muito bem disso. Você estava lá.

— Mesmo assim, não há um número para votarmos em circunstâncias atenuantes, não é mesmo? Apenas culpado ou inocente. Já conversamos sobre este assunto mais de mil vezes, Cícero... é uma área totalmente cinzenta...

— Mas não se permite que o cinza exista! Ou é preto, ou branco! — A voz de Cícero se eleva, fria e furiosa.

Rostos começam a se virar na direção dos dois. Ela pega a xícara de café e volta a se recostar em sua cadeira.

— Olho por olho — diz Cícero, com uma careta. — O código de leis ficou louco. — Ele pega o seu café e toma um gole ruidoso e parte da espuma fica em seu bigode. — Se ele não tivesse agido, provavelmente seria espancado até a morte. Vocês dois, talvez. Ele salvou a sua vida.

— Ou então eu custei a ele a própria vida.

— Você não pode pensar assim, Eve. Acha que ele iria querer uma coisa dessas?

Ela passa um guardanapo ao amigo.

— Talvez haja algo nessa garota, Martha. — Ele enxuga a espuma. — Algo além daquilo que estamos vendo.

— Como assim?

— Não tenho certeza, mas parece que ela tem uma carta escondida na manga.

— Nada que possa mudar as coisas.

Ele dá de ombros e pega uma colher de chá, brincando com o que resta da espuma. — Alguém precisa lutar — diz ele.

— Não eu — responde ela. — Não posso...

— Quem, então?

Eve se lembra do que a Senhora B. lhe disse: *é preciso uma pessoa mais corajosa... a mais improvável...* Ela coloca a xícara de café sobre a mesa e guarda a carta em sua bolsa. — Tenho que ir — diz ela. — Vou vê-la daqui a uma hora.

Quando ela se levanta, Cícero também se ergue, e os dois caminham até a saída.

Na calçada, do lado de fora, eles param.

Cícero se aproxima e beija Eve na bochecha.

— Vá ao programa — diz ele. — O que pode acontecer de ruim?

Os dois se despedem e partem em direções opostas, mas ela mal chega a dar dez passos antes de parar outra vez. Diante dela há um rapaz vendendo jornais.

— Vejam as provas do crime com seus próprios olhos! — grita o jornaleiro. — Fotos exclusivas do assassinato da celebridade.

Ela pega um jornal da banca, o mesmo que viu na cafeteria — a foto de Martha na Galeria, a arma, Jackson Paige, os sem-teto. Ela a observa sob a luz, segurando-a perto do rosto, analisando atentamente.

Nas sombras da Galeria há o formato de alguma coisa, algo que só fica claro para quem observa cuidadosamente, e é facilmente desconsiderado por quem não se importa.

Eve entrega o dinheiro na mão do jornaleiro e vai embora.

ASSISTÊNCIA PSICOLÓGICA

O guarda leva Martha até a sala de consultas. Hoje ela está com as mãos algemadas às costas.

— O que significa isso? — pergunta Eve.

Martha ergue a cabeça e olha para Eve com um olho roxo e o rosto bastante inchado.

— O que aconteceu? — pergunta ela.

— Bateu com a cara na porta — responde o guarda. — Teve que

trocar de cela bem cedo e ainda estava com muito sono, e acabou trombando com a porta.

— Então por que os braços dela estão acorrentados para trás? Ela não é perigosa.

— Ela é uma assassina — diz ele.

— Tire essas correntes dela e saia daqui!

O guarda olha fixamente para ela por um segundo.

— E certifique-se de que ela não volte a ser acorrentada de novo. Não precisamos disso.

— Se a senhora diz... — ele fala com um tom irônico na voz, e demora um bom tempo para encontrar a chave certa e retirar as correntes.

— Obrigada — diz Eve quando ele termina.

— Espero que se sinta segura — murmura ele.

A porta bate por trás do guarda quando ele sai.

Eve vai até o outro lado da mesa e ela e Martha se sentam.

— Como isso foi acontecer? — pergunta ela. — E por que o seu cabelo está molhado? — Ela examina a garota da cabeça aos pés. — O seu macacão também. Por que ele está molhado?

Martha não responde.

Eve a observa. — Estava chovendo ontem à noite, não é? É claro. — Ela pega a sua jaqueta do encosto da cadeira e a coloca ao redor dos ombros de Martha. — Vou mandar que entreguem um macacão seco a você — diz ela. — A maioria das pessoas usa o colchão... se... a goteira... eu devia ter lhe contado, mas eles mudam as coisas de tempos em tempos... às vezes não fazem nada... às vezes inventam alguma coisa nova.

— Não tem importância.

— Tentei discutir com eles, mas eles negam tudo, ou mencionam o contrato que você assinou quando veio para cá.

— Eu disse que não tem importância — responde Martha, e agita-se em seu assento, colocando os pés na beirada da cadeira e abraçando os joelhos junto ao peito. — A andorinha voltou — continua ela, fazendo um sinal na direção da janela e da árvore com a cabeça.

Eve se vira para trás para vê-la.

— Tudo está bem no mundo se a andorinha está na sua árvore, não é? — diz Martha.

— Queria que isso fosse verdade — responde Eve. — Assim, a paz mundial seria algo fácil de alcançar e eu saberia a verdade sobre o que aconteceu entre você e Jackson Paige.

Martha sorri. — Quer que eu desenhe para você? Eu atirei nele.

Eve coloca a carta sobre a mesa e o sorriso de Martha desaparece. Ela olha longamente para a carta, estende os dedos para pegar o envelope e examina as bordas e o seu nome. — Você a leu? — sussurra ela.

— Não.

Martha pega o envelope e o traz para perto do rosto, fechando os olhos e inspirando com força. — Como você conseguiu isso?

— Foi entregue diretamente para mim. Em mãos.

Martha olha diretamente nos olhos de Eve. — Quem...?

— Quem você acha que foi?

Martha a encara, sem mover o rosto, ainda com a mesma expressão. — Não sei — diz ela.

— Acho que você sabe. — Eve se abaixa para pegar a sua bolsa, tira o jornal de dentro dela e coloca o exemplar sobre a mesa.

Martha olha para a foto que mostra a sua imagem na primeira página. — Quem tirou essa foto? — pergunta ela.

— É um dos quadros do vídeo da polícia.

— Eu disse para você que fui eu que o matei.

— Essa imagem está aparecendo em todos os lugares. O vídeo passou no *Morte é Justiça* e no noticiário. Também estavam discutindo a respeito dele no rádio. "Prova que ela é culpada sem qualquer sombra de dúvida", disseram.

— Viu?

— Mas eu não acho que isso seja verdade. Você não está puxando o gatilho. Não está apontando a arma para ele.

— Mesmo assim, eu atirei nele. Larguei a arma quando a polícia chegou. Eles me mandaram largar. Eu não queria que eles atirassem em mim.

— Por quê? Para que você pudesse passar sete dias aqui e morrer de outra maneira?

— Não...

Eve coloca o dedo na foto. — Olhe aqui — diz ela. — Bem aqui. Está vendo? Os sem-teto estão ao redor da fogueira. Eles provavelmente sabem o que aconteceu, mas, estranhamente, todos desapareceram hoje. Ontem, quando eu fui visitar a Senhora B., eu estacionei o meu carro ali perto, e passei novamente por ali depois de ver esta foto. Parece que desde o dia do crime todos eles encontraram um lugar para morar e têm dinheiro suficiente para comprar roupas novas e sopa quente. — Ela dá de ombros. — Mas olhe aqui. Ela bate o dedo na borda sombreada da foto. — Está vendo esta figura?

Martha olha fixamente para Eve.

— Na verdade, você não precisa olhar porque eu acho que sabe quem é. Esse não é um sem-teto. As roupas dele são boas demais.

— Você não pode dizer isso com certeza — interrompe Martha. — A imagem está borrada. Provavelmente é só alguma mancha de tinta da impressão do jornal.

Eve ergue o rosto para olhar para Martha. — Você tem razão, não posso. E é por isso que, quando terminarmos a consulta, estou pensando em conversar com alguém que possa melhorar a qualidade desta foto para mim.

— Está perdendo o seu tempo.

— Porque eu acho que esta pessoa aqui — diz ela, batendo novamente com a ponta do dedo na foto — é a mesma que veio até a minha casa ontem à noite e me entregou o envelope. Talvez ele possa me dizer por que você está disposta a morrer por algo que não fez.

Martha não se move, nem diz uma única palavra.

— Ou talvez isso tenha a ver com o que a Senhora B. disse sobre se levantar contra a maioria...

— Foda-se a maioria. Não estou interessada.

— Acho que está.

— Pode achar o que quiser, não estou nem aí.

— Não entendo por que você atiraria nele.

Martha se apoia na mesa. — Não preciso que você entenda. Mas você vai entender. Todos vão entender.

— Quando? Quando você disser suas últimas palavras? Porque você sabe que as autoridades já mudaram o protocolo em outras vezes e não deixaram o acusado falar no final. Como é que alguém vai entender, então?

— Você não sabe de porra nenhuma.

— Então me explique.

Martha dá de ombros e cruza os braços diante do peito. — Não — rebate ela.

Um silêncio quase completo toma conta da sala, com exceção do relógio contando os segundos e os minutos. A respiração de Martha é irregular: longa e vagarosa, seguida por espasmos curtos. Ela olha pela janela observando as folhas vermelhas e alaranjadas voando sem direção no lado de fora.

Finalmente, Martha pega o envelope, abre-o cuidadosamente e tira a folha de papel que está ali dentro. Segurando-a perto do colo, ela a lê, piscando os olhos sem parar conforme avança pela página.

Quando termina, ela funga, esfrega as mãos pelo rosto, dobra o papel e o coloca de volta no envelope.

— Às vezes... — sussurra Martha — ... não fazer nada é uma maneira de fazer algo muito grande, na realidade. Você é uma engrenagem em uma máquina, aceitando tudo que acontece porque todas as outras engrenagens estão fazendo a mesma coisa, e ir contra toda essa estrutura é difícil demais.

Ela olha para Eve.

— Mas, sabe... chega um ponto em que você tem que tomar uma decisão. Ou você continua girando, observando a máquina ficar cada vez maior e mais poderosa, destruindo as coisas conforme cresce, ou faz a única coisa que pode fazer: um pequeno movimento em uma direção diferente, rezando para que isso force a máquina a parar ou para que as pessoas comecem a prestar atenção.

— Eu não queria que as coisas acontecessem desse jeito. A verdade deveria ser simples, não é? As pessoas deveriam saber... mas Paige, ele...

Ela para por um momento, volta a olhar para a carta e encara Eve outra vez. — O que você sabe a respeito dele?

Eve dá de ombros. — Milionário, astro dos *reality shows* na TV, embaixador de instituições de caridade, uma bela esposa que é ex-modelo, um filho adolescente. Os tabloides o amam. E o público também.

— O seu público o ama, talvez. Pergunte às pessoas que moram perto dos Arranha-Céus sobre ele. Converse com Gus Evans. Você pode confiar nele, ele sempre cuidou de mim. Pergunte o que ele acha.

— Eu o conheci ontem, quando levei a sua mensagem.

— Bem, volte lá e pergunte a ele. Ou descubra onde os antigos sem-teto estão morando agora, pergunte sobre a noite em que a minha mãe foi morta. Questione quem deu o dinheiro para eles desaparecerem naquela época. Pergunte a eles por que as câmeras de segurança na Galeria pararam de funcionar.

— Gus falou sobre algumas dessas coisas... mas o que você está insinuando exatamente?

— Não estou insinuando, estou afirmando. Jackson Paige não era o homem que o público, o seu público, pensava que era.

— O seu público? O que você está querendo dizer?

Martha ri. — Pessoas como você, que têm dinheiro, que moram na Cidade ou nas Avenidas, que só enxergam a fachada brilhante das coisas, mas que ignoram as rachaduras por baixo, porque é mais fácil agir assim.

— Eu enxergo as rachaduras.

— Se realmente enxerga as rachaduras, então você é pior do que aqueles que não enxergam.

— Por quê?

— Porque você não se importa com o que acontece com eles.

— Esse é o meu trabalho!

Martha ri outra vez. — Ah, sim, é claro. Você desce da sua torre de marfim para conversar conosco, com os pés-rapados, só para poder se sentir melhor consigo mesma. Ah, sim, e você plantou uma árvore.

— Isso não faz com que eu me sinta melhor.

— Não... provavelmente não faz. — Martha a observa pelo canto do olho. — Você faz isso para se lembrar do seu marido? Só porque você acha que deve alguma coisa a ele, porque o viu matar um homem e acabar neste lugar?!

— Aquele homem estava... batendo nele... Jim teria morrido...

— Foi isso que você disse à polícia quando eles chegaram? Que você simplesmente ficou parada e não fez nada? — Martha exala o ar pesadamente na direção de Eve.

Eve apenas olha para Martha, incapaz de falar.

— Você não precisa se explicar. Mas é por isso que você não consegue se afastar, não é mesmo? Foi por isso que você plantou a árvore. É por isso que você conseguiu este emprego. E é por isso que você não aparece no *Morte é Justiça*, por causa da culpa que sente. Ele perdeu a vida, mas você ficou com a sua.

Os olhos de Eve se enchem de lágrimas. — Imagino que você deve ter lido os jornais, assistido aos noticiários.

— As pessoas lá de onde eu moro sabem o que acontece. Não por meio dos tabloides e coisas do tipo, mas porque escutam e enxergam. Pergunte a qualquer um. Nós duas, eu e você, somos mais parecidas do que pensa.

— Não quero falar sobre isso — diz Eve.

— Eu também não.

As duas ficam em silêncio outra vez; nenhuma das duas olha para a outra.

O tique-taque do relógio continua.

O vento sopra na árvore, e um amontoado de folhas cai no chão.

Martha olha rapidamente para Eve e desvia o olhar outra vez.

— Ele devia amá-la muito para fazer aquilo — sussurra Martha. — Devia saber que seria executado.

Eve respirou fundo com bastante dificuldade. — Ele deve amá-la muito — diz.

— Quem? — sussurra Martha.

Eve indica o envelope com um movimento de cabeça. — O rapaz que veio até a minha casa ontem à noite. Aquele para quem você escreveu o bilhete.

Os cantos da boca de Martha se erguem em um sorriso muito vago.

— Como ele sabia onde eu moro? — pergunta Eve.

— Não sei — responde Martha.

— Devo me preocupar?

— De maneira alguma.

Eve coloca a mão na bolsa outra vez. — Sua vizinha é uma senhora muito gentil — diz ela. — E ela pensa muito em você.

Martha dá de ombros.

— Ela mandou isto aqui. — Eve coloca um pacote de biscoitos sobre a mesa.

— Eu achei que... eu posso... eu tenho permissão para isso?

— Não, mas... — diz ela enquanto abre o pacote. — ... enquanto você estiver aqui comigo, quem vai saber?

MARTHA

Consigo sentir o gosto dos biscoitos na boca durante a tarde inteira. Recuso a comida que eles me oferecem mais tarde porque parece estar horrível, e provavelmente o gosto não é muito diferente. Continuo com a esperança de encontrar migalhas de biscoito presas nos meus dentes, no fundo da boca.

Abençoada seja a Senhora B.

E Eve.

Todos nós sabíamos o que aconteceu com o seu marido, Jim. A versão oficial, o que eles disseram à polícia, foi que algum cara os abordou quando estavam a caminho de casa. Deu algumas porradas na cabeça de Jim para deixá-lo no chão e, em seguida, tentou estuprá-la. Jim conseguiu se levantar, pegou um pedaço de metal que estava no chão e acertou a cabeça do cara algumas vezes para impedi-lo. E o matou. Sempre disse que não tinha a intenção de fazer aquilo, que foi em legítima defesa e para proteger a esposa, mas as pessoas são complicadas, não é mesmo? Sim, eu sei. Devia olhar para mim mesma antes. A suja falando do mal-lavado.

A verdade é uma coisa estranha, e nem sempre o melhor é sabê-la ou dizê-la.

Mesmo assim, eu gosto de Eve. Ela é legal, mas é igual ao resto das pessoas lá de cima.

Não deixou que eu ficasse com a carta. Disse que iriam encontrá-la. Não importa, porque eu me lembro de cada palavra que estava escrita. Se eu me deitar aqui e fechar os olhos, posso ouvi-lo dizendo aquelas palavras.

Meu Deus, sinto saudades dele.

Queria poder estar viva para ver o que irá acontecer quando as pessoas descobrirem a verdade. Se existe um paraíso, ou algum tipo de vida após a morte, então talvez eu possa ver de lá. Quem sabe eu possa virar um fantasma e voltar para ver tudo se desdobrar conforme as pessoas forem descobrindo as coisas. Queria poder estar com ele nessa hora. Ah, o escândalo.

Fico imaginando se ele conseguiria sentir a minha presença ao seu lado. Se ele pudesse me ver.

Fico imaginando se... oh, meu Deus. Fico imaginando se ele vai encontrar outra pessoa.

É claro que vai. Como poderia ser diferente?

Fico imaginando se ele vai se lembrar de mim para sempre.

Como é morrer?

Vai doer?

Meu Deus, garota. Cale essa boca.

Pense em boas coisas, em momentos felizes.

Pense naquela noite com ele sob a chuva...

...

Eu disse a mim mesma, naquela noite, enquanto subia um lance de escada após o outro, já que o elevador estava quebrado outra vez, que não havia a menor possibilidade de sair para encontrá-lo no dia seguinte, mas havia um problema. Eu não queria me encontrar com ele, mas ia até lá todas as noites, e, já que estaria lá de qualquer maneira, poderia ser interessante ter alguém com quem conversar. Talvez.

Assim, na noite seguinte, eu estava sob aquele vão coberto na porta da loja abandonada em frente à Galeria. Não estava esperando por ele, mas apenas esperando, esperando por alguma coisa. O lugar cheirava um pouco a xixi de gato e havia embalagens de comida e bitucas de cigarro, mas a chuva não alcançava esse canto e você podia observar as pessoas indo e vindo sem que elas o vissem. Era onde ele estava na primeira vez que o vi.

Ele estava chegando pelo outro lado da rua, o capuz cobrindo a cabeça, as mãos nos bolsos, jeans escuros e tênis escuros. Discreto. Podia ser qualquer pessoa, vindo de qualquer lugar. Mas não para mim.

— Eu não sabia se você iria aparecer — disse ele quando entrou sob o vão da porta.

— Eu não tinha nada para fazer — respondi. — Assim, pensei que não faria diferença.

Ele se virou e, quando a luz do poste refletiu diretamente em seu rosto, eu o vi sorrir.

Por alguns minutos nós simplesmente olhamos um para o outro. Do lado de fora do lugar onde estávamos, a chuva martelava no concreto e no asfalto, e acima de nós o ruído dos carros era alto, mas naquele lugar, em nosso abrigo, só havia nós dois. Por alguns segundos, na minha cabeça, éramos tudo o que havia no mundo.

Sentindo-me subitamente encabulada, eu baixei o rosto, olhando para os meus pés que estavam rodeados de lixo.

— Quer ir para outro lugar? — eu perguntei.

— Quero — respondeu ele. — Onde tem um lugar legal?

— Só conheço um lugar por aqui — eu disse.

...

Eu não me lembrava da última vez que havia ido a Bracken Woods. Será que eu tinha dez anos? Oito, talvez?

Ao retornar, percebi que o lugar ainda tinha um pouco da minha infância em seus galhos. Naquele lugar, eu tinha novamente oito anos, ou dez, procurando avelãs com a minha mãe, me esquivando de ramos espinhosos que ameaçavam as minhas pernas nuas, temendo os olhos que me observavam na escuridão.

Tudo parecia ser bem menor do que é, como se eu estivesse olhando as coisas de cima.

As copas das árvores eram suficientemente espessas para impedir que a maior parte da chuva caísse sobre nós, e caminhamos pelo lugar tomado por uma escuridão quase completa com o barulho da água batendo nas folhas e escorrendo pelos troncos e caules.

— Que lugar é esse? — ele disse. — É fantástico!

Eu sorri para ele. — Venha por aqui — eu disse, e passamos ao lado do maior carvalho daquele lugar, descendo com cuidado por uma trilha um pouco acidentada.

— Como vou saber se posso confiar em você? — sussurrou. — Você pode estar me levando para uma armadilha.

Parei de caminhar e o encarei de frente. — Como eu vou saber se posso confiar em você? — perguntei.

Naquela escuridão eu mal conseguia vê-lo. Escutei os poucos pingos de chuva batendo em seu capuz e escorrendo pelo casaco, e observei que um deles refletiu a luz enquanto caía pelo rosto dele.

— Lamento pelo que houve com a sua mãe — ele sussurrou.

Fiz um sinal negativo com a cabeça e pisquei os olhos rapidamente para me livrar da água que os encharcava. — Não foi você que a matou — eu suspirei.

— Não foi Oliver B. também. Mas você sabe quem fez isso, não sabe? — perguntou ele.

Continuei a olhar fixamente para ele. Pude sentir crescer dentro de mim a frustração, a raiva e tudo mais, e não queria reviver essas sensações naquele momento. — Não — consegui sussurrar. — Por quê? Você sabe?

Observei os contornos escuros na luz que cintilava quando ele baixou o capuz, e consegui sentir a tristeza que emanava. Ele olhou para mim por um tempo longo demais, sem dizer coisa alguma.

— Foi você? — eu perguntei. — É por isso que você está indo à Galeria? É porque se sente culpado? Você acha que precisa fazer alguma coisa para melhorar a situação?

— Não — disse ele. — Não, Martha, não fui eu. Eu...

— Você está mentindo, não é? — eu cuspi. — Foi você. É claro que foi. Agora tudo faz sentido.

— Não, eu juro que não fui eu.

— Então...

— Foi o meu pai. Ok? Foi Jackson. Eu vi o carro dele quando voltou para casa naquela noite. Só Deus sabe como ainda estava funcionando. Eu sei o que aconteceu, Martha, e sinto muito. Eu devia ter...

As palavras dele lentamente se dissiparam. Eu não fazia a menor ideia do que ele estava falando. Tinha a sensação de que acabava de levar uma bofetada no rosto, ou de ter sido empurrada escada abaixo. Estava entorpecida. Vazia. Mas doía. Estava confusa e não conseguia acreditar no que estava ouvindo.

— O quê? — eu disse, com as mãos na cabeça. — O quê? Que diabos...? Como assim? Você sabia e não fez nada? Como você pôde deixar outra pessoa morrer por causa disso? Ollie, oh, meu Deus, porra, Ollie morreu. Eles o mataram. Você deixou que o matassem.

Acho que eu comecei a andar sem rumo no meio das árvores. Acho que soquei uma delas, porque mais tarde vi que as juntas dos meus dedos estavam sangrando e manchadas de verde e marrom.

— Como você pôde? Como?

— Martha...

Ele veio em minha direção com as mãos erguidas em um sinal de paz, mas eu dei um soco no seu peito e um tapa no seu rosto. Ele erguia as mãos para se proteger, mas não tentou me impedir.

— Saia de perto de mim! — eu gritei. — A pessoa que ele matou era a minha mãe! Ollie era o meu vizinho, ele e a Senhora B. eram como se fossem da minha família. Como você pôde? COMO VOCÊ FOI CAPAZ DE FAZER ISSO?

— Martha — disse ele, com uma voz calma e contida. — Eu lamento. Eu sinto muito, muito mesmo. Não havia nada que eu pudesse fazer...

— Você podia ter contado a alguém! Podia ter impedido! — Eu peguei um galho de árvore que estava caído no chão, retorcido e pontiagudo, e empunhei-o como uma arma, pronta para golpeá-lo. — Vou acabar com você — eu disse.

— Vai fazer o quê? Vai me matar? Isso vai melhorar as coisas?

— Olho por olho — eu sibilei para ele.

— É nisso que você realmente acredita? Olho por olho? Como o nosso sistema de justiça idiota que matou Ollie? Que não exigiu provas, que não lhe deu direito de defesa? Que não encontrou a justiça verdadeira para a sua mãe?

— Você podia ter salvado Ollie!

— Você realmente acredita nisso?

— Você podia ter ido à polícia.

— Eles não me ouviriam.

— Ou para a imprensa... ou... ou para o *Morte é Justiça*... ou telefonado para o programa... ou...

— Ah, pare com isso! Você sabe como as coisas realmente são! Você sabe sobre a corrupção e como as negociações são feitas. Você sabe que Jackson podia simplesmente ter manipulado as linhas telefônicas. Não existe justiça de verdade. Tudo é feito com manipulação e mentiras.

Fiquei olhando para ele. Eu sabia como as coisas eram, todos nós sabíamos. Mas... ele fechou os olhos e baixou a cabeça.

Eu queria vingança? Ameaçá-lo como eu estava fazendo era vingança? Tentei pensar... agir calmamente... respirar...

Ele tinha razão, e, no fundo, eu sabia disso.

...

O que ele disse começou a me consumir por dentro.

Estava sentada no apartamento, vendo a chuva bater na janela enquanto o sol se punha, até ele nascer outra vez.

Não conseguia aceitar a ideia de que alguém sabia, mas não fez nada. E não fazer nada significava que Ollie havia morrido. Era isso que me irritava mais, ou era o fato de que Jackson não havia sido levado à justiça por matar a minha mãe? Eu não sabia.

Naquele momento, na minha cabeça, eu gritei com ele, soquei, chutei e berrei, mas, na realidade, tudo que fiz foi chorar.

No lugar dele, eu perguntava a mim mesma sem parar, *o que você teria feito? O que você poderia ter feito?*

Quando estava começando a escurecer outra vez eu percebi que nunca conseguiria encontrar uma resposta para aquilo, e, embora ainda estivesse chovendo, eu sabia que tinha que sair. Já havia me lamentado o suficiente.

Ele estava lá, esperando por mim outra vez, mas, dessa vez, trouxe uma garrafa térmica com chocolate quente, um cobertor e um guarda-chuva.

— Desculpe — disse ele. — Eu queria ter feito alguma coisa, mas, naquela época...

Eu estendi a mão, e, sem acreditar direito no que estava fazendo ou no que estava sentindo, segurei as mãos dele. — Você não é responsável por ele — eu sussurrei. — Não é sua culpa.

Ainda de mãos dadas, eu o levei para além dos Arranha-Céus, de volta a Bracken Woods, e nós seguimos a trilha novamente, mas desta vez nos embrenhamos ainda mais por entre as árvores, avançando até chegarmos a uma clareira da qual eu me lembrava já ter passado há muitos anos.

Andei por ali como se estivesse visitando a casa de um velho parente, guiada pela lembrança que eu tinha daquele lugar da minha infância, mas diferente: o abrigo coberto, feito de galhos, estava quebrado em alguns lugares, mas havia sido consertado com madeira mais nova em outros. O banco de madeira estava mais desgastado, com mais iniciais entalhadas na superfície e as tábuas com mais rachaduras. Um colchão com uma mancha de sabe-se-lá-o-que, e provavelmente abarrotado de pulgas, estava jogado embaixo de uma moita, algumas garrafas vazias e latas de cerveja ao seu lado. E também, do outro lado da clareira, havia um pequeno círculo de flores bem iluminado pela luz da lua.

Sentamos sob o abrigo, e, perto da entrada, onde estava seco, fizemos uma fogueira grande o bastante para aquecer a parte da frente dos nossos corpos, e, se tivéssemos sorte, até a parte de trás, que estava encharcada.

Conversar foi difícil no começo; eu não sabia o que dizer a ele. A situação era estranha e desconfortável; nós dois testávamos o terreno com observações sobre as folhas, árvores ou flores.

Minha mãe estava na minha mente. Uma parte de mim queria saber tudo sobre aquela noite, do ponto de vista dele — qual era o estado do carro quando voltou, o que Jackson disse a respeito, como estava o seu semblante. Se estava irritado. Mas uma parte de mim queria deixar aquilo para trás; eu sabia que não adiantaria nada. Ele tentou se desculpar mais uma vez, mas, por mais que eu quisesse sentir raiva e fazer com que ele pagasse pelo que aconteceu, por alguma razão eu não conseguia. Ele parecia ser sincero.

Lentamente nós nos aproximamos. Depois, conforme a chuva começou a perder a força, ele se virou para mim.

— Eu queria conhecer você melhor — disse.

— Por quê? — eu perguntei. — Por que você sente alguma obrigação de cuidar da filha da mulher que o seu pai matou?

Ele gemeu e desviou o olhar. — Não, nada disso.

— Você se sente culpado, então?

Ele voltou a olhar para mim. — Porque eu gosto de você — ele respondeu sem pensar.

Aquelas palavras me deixaram sem ação; eu não consegui fazer nada além de olhar para as estrelas no céu noturno. Na minha cabeça, eu havia dito a mim mesma que aquilo não seria bom, que eu não precisava de ninguém. Era mais simples viver sozinha. Mais fácil. Mas dizer aquilo não era a mesma coisa que acreditar.

— Não se sinta pressionada — disse ele. — De maneira alguma. Nunca. Podemos simplesmente tentar ser amigos.

— Isaac Paige — eu disse, olhando para ele. — Filho de Jackson Paige, uma celebridade milionária, amigo de Martha Honeydew, uma órfã dos Arranha-Céus. Podia ser uma manchete.

— Se você quiser saber em detalhes, eu sou o filho adotivo dele.

— Ou então, que tal se a manchete fosse assim: Isaac Paige, o adolescente solteiro do ano do *Papo Com as Celebridades* e embaixador-júnior das páginas policiais do *National News* é flagrado com garota favelada. — E rio para ele.

— Não me venha com esses rótulos — disse ele. — E toda essa porcaria de adolescente solteiro, embaixador, isso não significa nada.

Ele se afastou de mim. Eu havia tocado em um ponto delicado.

— Ainda assim... — eu respondi, com a voz baixa — ... no mundo real, é impossível que isso tenha futuro. Nossas vidas são diferentes demais. O que o seu pai diria?

— Não me importo com o que meu pai diz. — ele falou.

— Até que ele tire o seu nome do testamento e corte a sua mesada.

— Não sou esse tipo de pessoa.

— Isaac... — eu suspirei. — As únicas coisas que você e eu podemos compartilhar são o céu e as estrelas lá em cima. Nada de família, nada de amigos...

Ele voltou a olhar para mim. — Então vamos compartilhar o céu e as estrelas, e aproveitar enquanto podemos. Enquanto isso durar, enquanto for simples.

Olhei nos olhos dele e soube que aquilo não iria durar, nem permanecer simples, e senti uma sensação muito estranha de mudança no ar, como alfinetadas na nuca, ou a eletricidade estática que antecede uma tempestade. O bastante para me fazer parar e perceber, mas não o suficiente para me impedir de me inclinar na direção dele, tocar o seu rosto com a mão e confirmar com um aceno de cabeça.

...

Eu me sento na cama e olho pela janela; o céu está ficando escuro e as estrelas estão brilhando.

— O nosso céu, Isaac — eu sussurro para o ar. — Nós compartilhamos o céu e as estrelas por um ano.

Um ano inteiro.

Oito meses antes que as coisas começassem a dar errado.

Dez antes que ele começasse a nos seguir, onze antes do ultimato que nos deu.

Sempre foi apenas uma questão de tempo.

Se quiséssemos ficar em segurança, devíamos ter continuado apenas com o céu.

Mas eu tinha razão, está vendo? Eu soube naquela primeira noite com Isaac, quando olhei para ele sob a luz da lua, que ele tinha um objetivo. Eu simplesmente não percebi o que era naquele momento.

E aí está.

É ele, não eu.

Ele é mais forte. Mais inteligente. Tem mais dinheiro. Mais influência e poder.

Afinal de contas, quem iria dar ouvidos a mim, uma garota órfã dos Arranha-Céus?

Vou cumprir o meu papel. Vou fazer com que as pessoas conheçam a verdade e pagar as minhas dívidas, mas e o resto? Essa luta não é minha.

Ele é quem vai cuidar disso.

Ele pode mudar as coisas.

18H30 – MORTE É JUSTIÇA

Tela azul-escuro, fagulhas brancas zunem e estalam. O logotipo do olho, as palavras "Olho Por Olho Por Olho Por" girando.

VOZ DO LOCUTOR: Olho Por Olho Produções apresenta...

As palavras param de girar. O som de eletricidade, as palavras ganham contornos serrilhados, o olho fica vermelho e se fecha.

KRISTINA: Boa noite, senhoras e senhores, e sejam bem-vindos ao *Morte é Justiça* desta noite!

A música-tema agitada toca bem alto, marcada pelo som de uma batida de coração. Trajando um vestido vermelho-cereja com um decote generoso, saltos altos e cabelos perfeitamente arrumados, Kristina caminha pelo estúdio até se aproximar da tela. O volume da música diminui, os aplausos se encerram e Kristina sorri.

KRISTINA: Esta noite, senhoras e senhores, nós prometemos mostrar a vocês um programa muito empolgante e surpreendente enquanto os últimos votos chegam ao vivo para o nosso prisioneiro da Cela 7, Anton Kinsella.

Uma fotografia enche a tela à sua direita: o rosto arredondado de um homem de meia-idade, com olhos azuis penetrantes e barba grisalha.

KRISTINA: Será que ele vai para a cadeira? A eletricidade vai estalar nesta noite ou ele conseguirá voltar para casa? Mal podemos esperar para descobrir!

A plateia aplaude.

KRISTINA: Vamos dar uma olhada nas estatísticas, perguntar a sua opinião sobre o crime e a pessoa que o praticou, e mostrar imagens ao vivo da Cela 7 conforme aquelas que são potencialmente suas últimas horas se esgotam.

Uma imagem ao vivo da Cela 7 substitui a foto do acusado. No canto superior, um mostrador exibe a contagem regressiva enquanto Anton Kinsella, trajando um macacão branco, caminha de um lado para outro diante de uma cadeira com amarras de couro nos tornozelos e nos pés, e uma coroa de metal na altura da cabeça.

KRISTINA: Continuem votando, telespectadores. Esta decisão é sua. Vocês, o povo, decidindo a justiça e fazendo com que ela aconteça.

Ela olha para um monitor em sua mesa.

KRISTINA (com uma expressão séria): Ele parece estar preocupado, eu creio. Mas vamos concentrar nossa atenção, neste momento, na história que está atraindo os olhares de todo mundo...

Os saltos dos sapatos de Kristina estalam contra o piso conforme ela anda até a mesa.

KRISTINA (sorrindo): ... o assassinato a sangue-frio do herói nacional Jackson Paige. Hoje é o terceiro dia de Martha Honeydew no corredor da morte, e, como já é habitual no terceiro dia, agora que o impacto do crime perdeu um pouco de força e a poeira assentou, temos uma convidada que assumiu a função de representante da acusada, e veio falar em nome dela.

Ela para diante da mesa.

KRISTINA: Francamente, telespectadores, eu estou muito interessada em ouvir o que essa representante tem a dizer sobre alguém que já admitiu sua culpa. O que mais poderia ser dito? Mesmo assim, temos o compromisso de trazer uma argumentação justa e equilibrada.

Ela faz uma pausa no discurso e um murmúrio de aprovação ecoa pela plateia.

KRISTINA: E não apenas isso, mas, novamente, estamos trazendo algo exclusivo aqui no *Morte é Justiça*. Nunca, na história deste programa, uma pessoa participou como representante duas vezes! Mas é isso que temos aqui: sim, na realidade, esta é a segunda vez que ela comparece ao programa! Conseguem acreditar nisso?

O rosto dela é sério e há uma frieza em seu olhar, mas também o indício de um sorriso.

KRISTINA: Sim, telespectadores, e é neste ponto que as coisas ficam complicadas. Esta pessoa, anteriormente, veio representar o seu filho, que foi executado pelo assassinato brutal da mãe de Martha Honeydew, Beth. Tenho certeza de que vocês se lembram do caso. Mas aqui está ela novamente, aparecendo no horário nobre da televisão, no mais importante e ousado canal em prol da justiça, falando em nome da filha da vítima do seu filho!

Ela faz uma pausa, com o rosto contorcido numa expressão fajuta de pânico. A plateia solta um gemido exasperado.

KRISTINA: Eu sei, eu sei. Que reviravolta! Estou muito intrigada e curiosa para ouvir o que ela tem a dizer, e por que ela decidiu agir desta forma. Senhoras e senhores, deem as boas vindas à senhora Lydia Barkova!

A plateia aplaude no ritmo da batida eletrizante de música de apresentação conforme a Senhora B., vestida de preto, com os cabelos revoltos amarrados para trás, entra no palco e vem na direção de Kristina, em sua mesa. Kristina sorri e indica a cadeira à esquerda. Enquanto a Senhora B. se senta, Kristina dá a volta e senta-se na banqueta ao centro. A música diminui, os aplausos param.

KRISTINA: Bem-vinda ao programa, Senhora B. Acredito que é assim que as pessoas a chamam: Senhora B.?

SENHORA B.: Correto. Meus amigos me chamam Senhora B.

KRISTINA: Excelen...

SENHORA B. (interrompendo): Mas você pode me chamar de Senhora Barkova.

O rosto de Kristina se inclina para o lado, com um meio sorriso.

SENHORA B.: Não conheço você. Você não é amiga minha.

O sorriso de Kristina desaparece, mas apenas por um momento.

KRISTINA: Prosseguindo, vamos falar sobre a sua participação anterior aqui, quando você veio representar o seu único filho, Oliver.

SENHORA B.: Sobre isso, não tenho nada a dizer.

KRISTINA: Não deseja comentar sobre esse ser o motivo pelo qual você está defendendo Martha Honeydew? Sente que tem alguma responsabilidade com ela? A culpa é o que lhe dá forças?

SENHORA B.: Culpa? Por que culpa?

KRISTINA (com uma risada): Porque o seu filho matou a mãe dela! Tenho certeza de que a senhora gostaria de ter dado uma educação melhor a ele.

SENHORA B.: Meu filho não matar Beth.

KRISTINA: Está se referindo à senhora Honeydew?

SENHORA B.: Sim, claro que estou. Éramos amigas, eu a chamava de Beth.

KRISTINA: Quer dizer que ele matou a sua amiga?

SENHORA B.: Eu disse que ele não matou...

KRISTINA: Mesmo assim, o público o considerou culpado. Está tentando insinuar que todas as...

Ela olha para as suas anotações.

KRISTINA: ... Seiscentas mil, quatrocentas e oitenta e nove pessoas que votaram pela culpa do seu filho estavam erradas?

SENHORA B. (com a voz baixa): Eu conheço meu filho.

KRISTINA: Deixando isso de lado por um momento, vamos voltar à questão que você levantou agora há pouco. Você e Beth Honeydew eram amigas?

SENHORA B.: Sim, muito boas amigas. Éramos vizinhas.

KRISTINA: Ela a ajudava bastante?

SENHORA B.: Ajudava, sim. Era boa pessoa. Sua filha, boa menina. Por isso que...

KRISTINA: Vamos falar sobre isso daqui a pouco, Senhora B. Como eu estava dizendo...

SENHORA B.: Eu disse para você me chamar pelo nome completo. Senhora Barkova.

KRISTINA: Desculpe. Novamente, como eu estava dizendo, Beth a ajudou bastante, já que o seu passado... suas origens, digamos, são muito diferentes. Seus valores não são tradicionais neste país, não é mesmo?

SENHORA B.: Eu vir para este país quando tinha três anos.

KRISTINA: Mesmo assim, quando analisamos o seu passado, podemos começar a entender como as coisas acabaram dando errado de maneira tão drástica.

SENHORA B.: O que deu errado?

KRISTINA: Você foi criada apenas pelo seu pai, que, por não ter condições de pagar uma creche, levou-a junto com ele para trabalhar nas docas e nos estaleiros.

SENHORA B.: Meu pai era bom homem.

KRISTINA: Onde você aprendeu um inglês inadequado.

SENHORA B.: Senhora Albright, você fala merda. Eu não sentar aqui para escutar...

KRISTINA: Senhora B., talvez a sua cultura não ensine bons modos, mas a minha certamente os exige. Permita que eu termine...

SENHORA B.: Bons modos? Isso são bons modos? Você me convida aqui para falar de Martha e me insulta? Não, não vou deixar você terminar porra nenhuma, porque você não fala nada que preste. Você fala merda e diz mentiras. Não estou aqui para falar sobre meu filho ou meu pai, que Deus guarde suas almas, ou dos cinquenta e quatro anos que vivo neste país. Estou aqui para falar sobre senhorita Martha.

KRISTINA: Senhoras e senhores, ela diz que tem bons modos, mas, mesmo assim, xinga como se fosse uma estivadora!

A plateia ri.

SENHORA B.: Você interrompe de novo; só gosta das coisas do seu jeito. Agora cale essa boca e escute.

Kristina se recosta em seu assento, cruza os braços diante do peito e ergue as sobrancelhas.

KRISTINA: Por favor, prossiga, Senhora B.

SENHORA B.: Não interessa lugar de onde venho. Quem eu sou. Sei diferença entre certo e errado. Meu filho também. Martha também. Estou aqui porque Martha não tem ninguém, é sozinha no mundo. Eu vir aqui para dizer para vocês que ela não merece ser morta.

KRISTINA: Está dizendo que ela está mentindo?

SENHORA B.: Ela passou momentos muito difíceis. Não tem família. Teve que largar escola para trabalhar e pagar aluguel.

KRISTINA: Perdão, Senhora B., mas que aluguel é esse? Ela é menor de idade. Devia estar vivendo em uma instituição assistencial, sustentada pelo governo.

SENHORA B.: Não, ela não gosta essa coisa. Diz que são lugares de merda. Paga aluguel do apartamento da sua mãe e precisa dinheiro para comprar comida também. Ela trabalha muito, passa horas limpando banheiros e coisas. É boa garota. Atenciosa, também. Cuida de mim desde execução de Ollie. Vem me ver todo dia. Às vezes tomamos café juntas e às vezes ela fica comigo até tarde. Assim só precisamos pagar calefação de um apartamento.

KRISTINA (com a voz baixa): Então você prepara o jantar para ela e a deixa ficar com você. É muita gentileza da sua parte.

SENHORA B.: Ela é garota meiga, doce. Nunca fez nada errado. Isso parte meu coração. Ela é um bebê. Sua mãe ficaria...

A Senhora B. tira um lenço de papel do bolso, enxuga os olhos e assoa o nariz. Kristina faz um gesto afirmativo com a cabeça e leva a mão até perto da Senhora B.

SENHORA B.: Faço muito esforço para ajudar. Sinto falta do meu garoto e da minha amiga e agora, daqui a pouco... Ela é boa menina, estou dizendo. A mãe dela, Beth, criou bem, e iria querer que as pessoas vissem que ela é boa garota e não que se lembrassem dela como assassina. Ela faria isso melhor do que eu, faria as pessoas verem e entenderem.

Ela engole as lágrimas.

KRISTINA: Eu creio, Senhora B., que a vida foi muito difícil para você, e eu tenho certeza de que a plateia também acha isso. Ouvimos o seu apelo e a sua preocupação, e desejamos felicidades em seu futuro. Você deixou sua amiga orgulhosa, não foi, senhoras e senhores?

Com um gesto afirmativo de cabeça, ela olha para a plateia e uma onda de aplausos ressoa pelo estúdio.

KRISTINA: Você cumpriu com o seu dever. Deu uma representante a Martha, falou sobre ela e defendeu o seu caso para nós, e a sociedade lhe é grata por isso.

SENHORA B.: Ela é garota esperta. Sabe o que está acontecendo, enxerga corrupção e quer...

A voz da Senhora B. é interrompida subitamente. Kristina a ignora e se levanta. O holofote a segue na direção da plateia enquanto as luzes ao redor da mesa e sobre a Senhora B. se apagam.

KRISTINA: Encerrando este bloco, telespectadores, vamos recapitular o que descobrimos nesta noite com a representante de Martha, que, de acordo consigo mesma, a conhece melhor do que qualquer pessoa. A Senhora Barkova, uma imigrante neste país que foi criada majoritariamente na região dos estaleiros e docas, que, depois de mais de cinquenta anos ainda não aprendeu a falar o nosso idioma adequadamente, declarou que Martha abandonou a escola, que está pagando ilegalmente o aluguel de um apartamento de um programa habitacional do governo que não está em seu nome e é grande demais para as suas necessidades. Ela nos informou, também, que Martha pensa que é boa demais para as instituições assistenciais.

Os sons de uma alteração discreta nas sombras ao redor da mesa é abafado pela voz de Kristina.

KRISTINA: Soubemos também que a acusada visitava a Senhora Barkova todos os dias e comia das suas provisões compradas com dificuldade, e mesmo assim não a reembolsava por isso. Mas, apesar de tudo isso, a solitária Senhora Barkova insiste que a garota não merece morrer. Eu pergunto a vocês, telespectadores: isso corresponde à descrição de uma garota que é inocente, ou parece que uma senhora velha e solitária está sendo tragicamente manipulada por meio do seu sentimento de culpa? Essa decisão não compete a mim. Tudo que podemos fazer aqui é repassar a vocês a informação que nos foi dada.

Atrás dela, as luzes lentamente voltam a se acender e a Senhora B. desapareceu.

KRISTINA: Vamos deixar essas perguntas para que vocês possam ponderar como vão votar, enquanto retornamos para a Cela 7.

A transmissão direta do interior da Cela 7 enche a tela atrás dela. O homem está sentado no chão, no canto, com a cabeça apoiada nas mãos.

KRISTINA: A menos de duas horas do encerramento da votação, podemos ver que as estatísticas estão em...

Duas colunas aparecem na tela, Culpado e Inocente, acompanhadas por vários cliques que se repetem conforme elas crescem. Inocente para abaixo da metade da tela, e Culpado continua a crescer, com os cliques ficando cada vez mais altos.

A coluna para com um estouro. "75%" pisca na tela, em vermelho.

KRISTINA: Aí está, senhoras e senhores. Setenta e cinco por cento. Os dedos vão ter que ser bem ligeiros para diminuir essa diferença! Parece que teremos uma execução esta noite. Continuem com a gente depois dos comerciais.

Ela sorri e a tela se apaga.

EVE

Eve arremessa o controle remoto contra a televisão. A tela trinca em vários pontos e fica preta.

— Uma chance para defendê-la. Uma única chance. E aquela vaca...

Max entra na sala, olhando para a sua mãe e a tela toda quebrada da televisão.

— Lembra daquela câmera que eu instalei na porta da frente há alguns anos?

Eve fecha os olhos e se encosta nos armários da cozinha. — O que tem ela?

— Consegui dar um zoom no seu visitante de ontem. Você nunca vai adivinhar quem era.

Eve abre os olhos. — Mostre-me — responde ela.

MARTHA

Eles deixaram a porta da cela aberta. Mesmo assim, eu ainda não consigo sair; há barras que impedem a passagem. Não havia percebido essas barras antes; devem estar presas na parede, pelo lado de fora.

Não consigo ver muita coisa; só a parede do outro lado e a porta da sala de Eve. Mas consigo ouvir movimentos e vozes que vêm do fim do corredor.

Acho que sei por quê.

São sete celas, mas não sete pessoas, porque não é todo dia que alguém é assassinado ou apanhado pela polícia. Não sei quantas pessoas estão aqui. Não sou só eu, mas não acho que há uma pessoa em cada cela.

Uma coisa é certa, no entanto: parece que há alguém na 7. Provavelmente é o cara que eu vi no meu primeiro dia, o mesmo que riu quando eu disse que matei Jackson Paige. Devia ter dito a ele que assassinatos não são coisas engraçadas, assim como a morte. Nunca desejei que ninguém morresse. Já desejei que saíssem de perto de mim e me deixassem em paz, que se tornassem pessoas menores ou que fossem morar em algum lugar bem distante de todo mundo, ou algo do tipo, mas nunca desejei que alguém morresse.

Fico imaginando se a pessoa na Cela 7 era o homem que eu ouvi chorando mais cedo.

Fico imaginando qual é o seu nome, o que ele fez. Ou o que deixou de fazer.

Não sei para onde o guarda foi. Talvez tenha nos deixado ali. Talvez ele não passe o tempo todo aqui. Estamos todos trancafiados, como poderíamos saber?

Por um segundo, a ideia de que um incêndio possa começar e todos nós acabemos sendo assados como frangos passa pela minha cabeça, mas em seguida eu penso: que importância isso teria? E logo depois, pergunto-me se já cheguei a pensar naquilo antes. E começo a imaginar se estou ficando louca.

Dizem que a solidão faz isso com você.

E também é preciso considerar a falta de sono e aquela maldita goteira de ontem.

Não será surpresa se eu acabar pirando.

Sete dias neste inferno. No final, vou implorar para que me matem.

Em algum lugar há uma porta abrindo e fechando, uma rajada de ar frio, vozes altas e sérias, e em seguida alguém rindo. Escuto outra pessoa chorando.

— Não, não, não! — eu ouço. — Por favor, não!

Será que é ele? O cara da Cela 7?

— Culpado! — Eu ouço. Um coro intenso de vozes. Alguns vibram, alguns aplaudem.

— Matem esse desgraçado! — grita alguém.

— Olho por olho! — diz outra pessoa.

Pergunto-me se ele realmente fez aquilo. Se ele realmente matou alguém. A sangue-frio. Eve surge na minha cabeça, e o seu marido também — aquilo foi legítima defesa. Bem, quase isso. O que aconteceria se você matasse alguém por acidente?

Há muitas áreas cinzentas.

Mas não há mais espaço para o cinza.

O lugar ficou quieto agora e uma atmosfera estranha toma conta do lugar. Sinto-me esmagada pela tristeza e de repente me pego chorando. Sento-me no chão e as minhas lágrimas rolam pelo nariz e caem no chão.

Ping, Ping. Pequenas gotas que fazem pequenas manchas escuras.

Levo a mão até a bochecha para enxugá-las e sou levada ao passado, e ali está você, bem diante de mim. Fecho os olhos.

...

— Sabíamos que isso não poderia durar — você disse quando Jackson começou a ficar desconfiado. — Lembra daquela noite na floresta? Você disse que não teríamos futuro. Disse que a única coisa que poderíamos compartilhar eram o céu e as estrelas lá em cima, nada de família, amigos...

— Nós compartilhamos a Senhora B. Ela nos aceitou. — Eu estava começando a entrar em pânico.

— Mas ninguém mais. Concordamos em compartilhar esse sentimento enquanto durasse, enquanto fosse simples. Não é mais.

— Você quer terminar?

— Martha, se não terminarmos, ele vai terminar por nós. Ele vai dar um fim em nós dois!

— Não vale a pena lutar por isso?

— Se fosse apenas a minha vida eu arriscaria tudo, mas como eu posso arriscar a sua? Você sabe o que ele faria. Não posso arriscar que ele acabe machucando você, e não posso assumir o risco de que outra pessoa pague por isso.

Segurei na mão dele e olhei em seus olhos. — O que você quer, Isaac? — eu disse. — O que você realmente quer da vida, do futuro? Com o que você sonha?

— É diferente — ele respondeu. — O que eu queria antes de conhecer você... mudou.

— Acho que eu sempre soube o quanto ele era corrupto, o meu pai e os assassinatos... — Ele parou e balançou a cabeça negativamente. — Mas... e eu sei que o que vou dizer é horrível... eu tive que ignorar aquilo para poder viver. De outro modo, não sei... acho que não teria conseguido aguentar. Eu vi quando ele fazia aquele trabalho com as instituições de caridade, e eu gostava daquilo, gostava de ir para todos aqueles lugares com ele, achava que poderia fazer alguma coisa, como usar o dinheiro e a influência dele para fazer algo de bom para o mundo. Tentar equilibrar um pouco as coisas... Mas, conhecer você? Você abriu os meus olhos e me fez enxergar que há muito mais coisas para equilibrar do que eu jamais pensei que havia.

Ele fez uma pausa e engoliu em seco.

— Mas você me inspirou de verdade. Fez com que eu me desse conta de que talvez eu possa realmente tentar mudar as coisas em uma escala bem maior.

Agitei um pouco o corpo, sentindo-me desconfortável.

Ele sorriu. — Você é muito forte. É uma pessoa pequena em um mundo enorme, sem dinheiro, pouca educação, sem família...

— Obrigada por me lembrar.

— Escute o que eu vou dizer. Você não tem nada disso, mas quer continuar lutando para mostrar às pessoas a verdade sobre o que aconteceu, quando não tem a obrigação de fazer isso.

— Eu devo isso a eles.

Ele fez um sinal negativo com a cabeça. — Na verdade, não. Mas isso mostra que você é uma boa pessoa. E aqui estou eu com dinheiro, influência, educação e uma espécie de família desestruturada, e o que eu faço? Nada. Você... você... — Ele se aproximou novamente e tomou o meu rosto nas mãos. — ... me deu esse sonho de que as coisas podem mudar e que podem ser melhores para mim, para você, para todo mundo.

— Todo mundo sabe que o sistema de justiça é corrupto — eu sussurrei. — Mas eles têm medo de serem apanhados do lado errado da lei. Você realmente acha que pode mudar as coisas?

Ele fez que não com a cabeça. — Não sozinho — disse ele.

— Juntos? — eu perguntei.

Ele assentiu.

Revelar a verdade e obter justiça para a minha mãe e para Ollie eram as únicas coisas pelas quais eu ousava nutrir esperança. O que ele estava falando parecia estar muito além das minhas possibilidades, mas eu me atrevi a pensar, naquele momento, que talvez ele tivesse razão. Talvez, se cada um de nós fizesse a sua parte, então nós realmente poderíamos mudar as coisas, juntos.

...

Volto para o presente e olho ao redor da cela: fria e opressiva, e também solitária. Mesmo assim, a luz é diferente com as barras que atravessam o vão da porta. Nunca cheguei a pensar que o que faríamos seria tão grandioso ou tão definitivo, mas este é o meu papel e a minha participação está quase terminando.

Estou tentando, mas tudo que eu fui, tudo que sou e tudo que sempre serei é uma garota órfã dos Arranha-Céus.

...

Ouço um arrastar de passos do lado de fora do corredor, ou em uma das outras celas, e o meu estômago se revira devido à surpresa e ao medo que sinto.

— Qual é o seu nome? — diz uma voz.

— O quê? — eu respondo, sentando-me na cama e enxugando o rosto, ao mesmo tempo em que tento descobrir de onde vem a voz.

— O seu nome? — diz a voz outra vez. É uma voz de homem, áspera, como se houvesse algo preso em sua garganta.

— Martha — eu respondo. — E o seu?

— Emílio — diz ele.

— Você está preso aqui? — eu pergunto. — Em que cela você está?

— Ah... na 4, eu acho — resmunga ele. — Perdi a conta.

— Estou na 3.

— Bem, eu devo estar na 4, então, porque tenho certeza de que essa merda não é a 5. Você é mulher?

— Sou... uma garota, eu acho. Tenho dezesseis anos.

— Dezesseis? O que você está fazendo aqui?

— Eu matei um homem.

— E você confessou isso? Tipo, eu matei um homem, mas não admiti isso para ninguém. Inocente, eu disse, e mandei que tentassem provar o contrário. Não que precisem provar nada... quem você matou? Algum namorado?

— Não. Jackson Paige.

A risada dele ecoa pelo corredor e também pelas celas.

— Jackson Paige? Como assim? O verdadeiro Jackson Paige?

— Isso — eu respondo.

Ele ri outra vez. — Brilhante — diz ele. — Já era hora de alguém arrancá-lo daquele pedestal no qual ele se colocou. Brilhante.

— Mas ele está morto.

— Garota, você provavelmente salvou vidas, já que se livrou dele. Deviam dar uma medalha para você em vez de mandá-la para a cadeira elétrica!

— Mesmo assim... — eu respondo. — Não se pode sair por aí matando as pessoas só por que você discorda do que elas fazem.

Por um momento ele fica em silêncio, e eu consigo ouvir a sua respiração pesada e o corpo se movendo. — Sim, bem... você sabe... é complicado, não é? Tenho certeza de que você não o matou só para se divertir. Deve ter havido alguma razão.

— Sim, existia uma razão, mas mesmo assim eu vou morrer — eu sussurro para ele.

Ele fica quieto outra vez. Do outro lado do corredor vem o barulho de cadeiras sendo arrastadas e uma porta que se abre com um rangido.

— Não vou mentir para você — diz ele. — Você vai morrer, provavelmente. Ele tinha muita gente no bolso. Mas se eu conseguir sair daqui, garota, vou usar cada centavo que conseguir encontrar para votar pela sua inocência.

— Emílio...

— Mas não faria diferença. Ele se transformou no queridinho da nação. Mas algum dia... sim, algum dia, as pessoas vão perceber que foram feitas de idiotas.

Ouço vozes que vêm do outro lado do corredor, algumas risadas também, e o ruído de rodas e metal batendo.

— Você realmente o matou? — pergunta ele.

A porta no fim do corredor se abre com um estrondo e eu salto.

— Você realmente o matou? — ele pergunta outra vez.

Por entre as barras da porta eu vejo uma maca vindo pelo corredor, as rodas girando sobre o piso, dois pares de botas a empurram. Olho para cima e, deitado sobre a maca, está um corpo vestido com o mesmo macacão da prisão que eu uso. O braço do homem está caído para o lado e balança com o movimento, os dedos parecendo-se com salsichas tiradas da geladeira, e a tatuagem de uma rosa na mão.

O homem que eu vi no meu primeiro dia aqui.

Eu o observo passar por mim na maca, sigo-o com os olhos conforme ele vai até o outro lado do corredor e escuto quando a outra porta se fecha com uma batida forte.

— Tivemos uma ideia — eu sussurro.

— O quê?

A porta se abre abruptamente outra vez e o guarda aparece.

— Hora de dormir! — grita ele. As chaves tilintam na sua cintura, um ruído metálico toma conta do lugar e a porta começa a se fechar.

Fico de joelhos, pressionando o rosto contra as barras conforme a porta vem na minha direção.

— Tivemos uma ideia maluca! — eu grito para Emilio.

Um cassetete explode entre as barras, acertando os meus dedos.

Eu grito, mas não me movo. — Que podíamos realmente melhorar as coisas! — eu grito outra vez, mas tudo fica preto.

...

Alguma coisa me acorda. Um ruído. Como uma lata de desodorante em spray, ou um aromatizador de ambientes. E logo o barulho para.

Estou deitada no chão, perto da porta. Está completamente escuro. Tão escuro que eu poderia estar flutuando no espaço. Não, ainda mais escuro do que isso, porque não há estrelas. Está frio também. E absolutamente silencioso.

A pele da minha testa parece estar esquisita, e eu ergo a mão para tocá-la e sinto alguma coisa se desfazer em flocos sob a ponta dos dedos.

Sangue seco? Eu começo a pensar. *Será que ele me acertou?*

Meus olhos estão se acostumando com o escuro, as sombras estão começando a ganhar forma — a cama, o vaso sanitário, a pia — sim, o mesmo de sempre.

E a janela, lá no alto. O céu me atrai na sua direção. Adoro aquilo. Pergunto-me o que haverá lá fora, como é estar lá em cima e se sentir tão sozinha.

Será que é igual a isto? Eu pergunto a mim mesma. Não, seria pacífico, tranquilo. E sem toda essa merda que há na terra.

Eu devia ir morar lá em cima. Criar uma colônia.

Ah, é claro. Sonhar não custa nada.

Sonhos são tudo o que eu tenho aqui. E lembranças.

Atravesso vagarosamente o piso e me deito na cama.

Esta cela era simples, eu penso. Mas depois eu pisco os olhos, pisco novamente, e vejo algo que está vindo em minha direção por entre as sombras.

Alguém vindo em minha direção.

Escuro no início, e depois ficando mais claro, tomando forma. Uma mulher, cabelos cortados na altura dos ombros, mais baixa do que eu, magra, mas com as feições arredondadas. Olhos castanhos, um sorriso largo, braços estendidos para mim.

Pisco os olhos, pisco outra vez. Fecho-os com força.

Não, não, não, não, não, eu digo na minha cabeça. Não deixe que isso a engane.

Abro os olhos outra vez. Ela está diante de mim. Curvando-se na minha direção. Sorrindo para mim, os braços estendidos.

— Mãe? — eu sussurro.

— Martha — responde ela. — É tão bom ver você...

— Mas... mas... mãe, você não está... não está...?

— Eu tinha que vir e ver você — diz ela.

Aquela voz é tão carinhosa, tão gentil e reconfortante. É tão bom poder ouvi-la novamente... e vê-la novamente.

Sento-me na cama. — Senti muita saudade de você — eu digo. — É muito bom vê-la.

— Eu tinha que vir ver você para lhe dizer... — ela faz uma pausa, olhando para mim com um ar de superioridade. Algo mudou, algo está errado, o seu rosto, ela parece... — Para lhe dizer o quanto estou decepcionada com você.

— O... o quê?

Ela fica diante de mim, com o rosto bem próximo do meu. — Como você pôde fazer uma coisa dessas? Como? Minha filha, uma homicida, uma assassina. Como você acha que eu estou me sentindo?

— Mas...

Ela se levanta e começa a andar pela cela.

— Eu não criei você para se tornar isso! Sua... sua... — ela para de andar e avança sobre mim. — ... sua VADIA sem coração!

— O quê? Mas... mãe, você tem que entender.

— Eu entendo. Não pense que eu não entendo. — A voz dela fica cada vez mais alta, enchendo a cela e fazendo as paredes vibrarem. — Você acabou com o queridinho da nação! Você encheu de balas o ícone do povo! Você deixou o corpo do nosso herói em PEDAÇOS! Por quê?

— Não. — Eu enfio a cabeça nas mãos e mexo o corpo para frente e para trás. — Não, mãe, não foi assim. Foi uma bala, apenas uma, e ele...

— O que você fez foi ERRADO! Sabia disso?

— O quê?

— Jackson Paige não me matou! — ela grita. — Isaac MENTIU para você. Ele é um MENTIROSO, e ele a ODEIA!

— Não, ele não faria...

— Você é uma assassina, e eu ODEIO você! Estou me revirando na sepultura por sua causa!

— Não, mãe, por favor, não! Mãe, mãe, eu amo você, não faça isso, por favor! Não foi assim, não foi, não foi. Por favor. — Eu me cubro com o lençol e desabo sobre o colchão. — Desculpe-me. Desculpe. Mãe, por favor, por favor, me perdoe. — Eu choro, choro sem parar, e os passos dela desaparecem no ar.

— Martha? — outra voz.

— Me deixe em paz — eu respondo. — Por favor, vá embora.

— Você já me disse isso antes, mas não era realmente o que queria.

Eu conheço essa voz.

— Na verdade, você mandou que eu caísse fora, lembra? Na primeira vez em que conversamos? Perto dos Arranha-Céus?

— Eu me lembro — sussurro. *É claro que eu me lembro*, eu penso.

— Você não quer me ver? Eu entrei aqui escondido. Roubei as chaves do guarda.

— Eu adoraria ver você — eu digo.

Acho que escuto passos se aproximando pelo chão da cela. Viro-me na direção do som.

O luar de fora da janela reflete na pele dele e cintila em seus olhos. Ele sorri, eu sinto um calor tomar conta de mim e o meu coração derreter.

— Isaac... — eu suspiro, e sinto-me relaxar. — Oh, meu Deus, é tão bom ver você... Achei que nunca o veria de novo. Pensei que...

Estou chorando agora, mas de alívio. — Como você conseguiu entrar aqui? Vai me levar com você?

Não consigo tirar os olhos dele. Todo o ser dele me passa a sensação de alívio e conforto.

— Você gostaria disso? — pergunta ele. — Fugir daqui, só você e eu. Começar uma vida em algum lugar distante onde podemos ficar juntos e seguros?

Faço que sim com a cabeça. — Sim, sim, isso seria ótimo. Seria maravilhoso. Sim, Isaac, sim, vamos fugir, por favor.

— Bem, isso é uma ideia de MERDA! — Ele avança sobre mim, gritando no meu rosto. — Por que eu iria querer ficar com uma ASSASSINA? É isso que você é. Uma HOMICIDA!

Não consigo me mexer. Minha boca está aberta, mas não consigo dizer uma palavra.

— Você acha que eu a amava? Hein? Você realmente acha que uma pessoa como eu poderia amar alguém como você? — Ele cospe as palavras em mim.

— Eu... eu... — Não consigo falar.

— Eu nunca amei você. NUNCA! Você não é nada além de uma puta imunda. Uma vagabunda. Exatamente como meu pai dizia. Eu usei você!

— Isaac, por favor, não! — As lágrimas chegam novamente e eu não consigo contê-las. Meu mundo está desmoronando. Estou sendo rasgada, feita em pedaços. Estou desmoronando. Não consigo...

— Vá encontrar a sua morte, sua vadia, com essas palavras ecoando na sua cabeça: eu... nunca... amei... você! Entendeu? — grita ele.

Olho naqueles olhos onde sei que vi o amor que ele sentia por mim.

Entendeu? — ele grita outra vez.

Faço um sinal afirmativo com a cabeça, porque preciso.

Quando ele vira as costas para mim, eu estendo o braço para segurar a mão dele, mas não consigo.

Fecho os olhos, puxo os lençóis por sobre a cabeça e desabo outra vez. Meu coração foi dilacerado sem dó. Minha alma está queimando. Estou vazia.

Eu choro. Soluço. Até a minha cabeça latejar e eu sentir que estou esgotada. É apenas nesse momento que eu espio por baixo do lençol. Quase espero ver os dois, mas, é claro, eles não estão aqui. Mesmo nessa luz mortiça e com os olhos borrados eu vejo que a porta ainda está fechada, e percebo o quanto a janela é pequena.

Você sabe que eles não eram reais, não é? Eram hologramas, alucinações ou alguma outra merda bizarra.

Sinto a cabeça pesada. Um gosto estranho na boca. Estou um lixo.

Deito-me e observo o interior da cela.

Aquele barulho sibilante outra vez.

O que é isso?

Pisco mais um pouco e me sento. Minha vista está embaçada de tanto chorar e meus olhos estão pesados, mas eu consigo ver algo perto da porta... algo vindo por baixo dela, algo que a luz do luar tem dificuldade para atravessar.

Como se fosse uma névoa... ou fumaça... ou... gás...

Estão usando um gás em mim? O quê? Por quê?

— Porque eles podem!

Eu viro a cabeça para o outro lado e Ollie está ao lado da cama, girando as chaves do carro em um dedo, os cabelos cacheados caindo na testa. — Porque eles odeiam você, porque eles controlam você, controlam tudo...

— Não, não, não. — Eu me esforço para levantar da cama, puxando os lençóis comigo. — Você não é real. Não vou lhe dar ouvidos.

— Você é fraca, você é uma inútil, e você nunca iria conseguir conquistar nada...

— Não estou ouvindo nada, nada... — eu caio no chão.

— Você não me salvou, não é mesmo? Não votou o suficiente. E eu amava você. Você era como uma irmã mais nova para mim.

Eu rastejo até a porta e consigo sentir nas minhas mãos o vapor, o gás, seja lá o que for. Isso não é certo, eu penso. *Como eles podem fazer uma coisa dessas? Como...*

— Quer saber qual é a sensação de morrer? — A voz dele é cruel.

Enfio o lençol na fresta que há embaixo da porta, forçando-a com as pontas dos dedos o máximo que consigo.

— Quer saber como é a dor?

Tento não dar ouvidos.

— Você sabe que ninguém gosta de você. Eu era o único que gostava, e você me deixou morrer. Isaac só queria te usar. Como pôde pensar...

Eu me levanto e encaro a aparição de Ollie. A cela está girando ao meu redor. Eu sinto a cabeça pesada, mas não vou ser derrotada desse jeito.

— Cale essa boca, porra — eu digo, com a voz arrastada. — Você não é real e eu não vou dar ouvidos ao que diz.

Minhas pernas fraquejam e subitamente eu estou no chão, e fico deitada como se houvesse passado por uma briga, as emoções sendo tiradas de mim como sangue.

C E

EVE

A mulher sentada atrás da escrivaninha gira uma caneta entre os dedos enquanto olha para a tela do computador.

Eve está em pé diante dela.

— Qual é mesmo o seu nome? — pergunta, sem mover os olhos.

— Eve Stanton.

— Não deixamos simplesmente que qualquer pessoa participe, senhora Stanton — responde ela. — Este é um noticiário muito importante e respeitado. É vital para a nossa integridade manter uma conduta das mais rigorosas. Os participantes só são chamados mediante convite, e apenas as maiores autoridades em seu campo de atuação são convidadas para compartilhar suas opiniões, já que isso pode influenciar o voto da audiência e, portanto, alterar o curso da justiça.

— Você está lendo isso?

Ela ergue os olhos.

— Não.

Eve dá as costas para ela. Na parede oposta há uma fileira com sete telas de televisão; acima delas, os números de cada uma das celas.

Ela volta a encarar a recepcionista. — Eles são... estão...?

— É algo que estamos testando no nosso ambiente organizacional e esperando introduzir no mercado mais amplo, fazer com que esteja disponível em todas as casas, empresas e escritórios por um valor extra, oferecendo uma cobertura constante, 24 horas por dia.

— Do interior das celas?

— Sim, senhora. Do interior das celas. Podemos usar recursos como zoom, visão noturna, captação de sons...

— Vocês observam essas pessoas?

— E logo você também vai poder fazer o mesmo com o nosso canal por assinatura dedicado a transmitir um serviço exclusivo de justiça.

— Mas isso é violação de privacidade.

— Ao violarem as nossas leis... — diz ela, baixando os olhos outra vez — ... os prisioneiros abdicam do direito a qualquer tipo de privacidade.

— Isso vai contra os direitos humanos.

— De acordo com os termos do contrato que eles assinam ao entrarem no corredor da morte, eles abrem mão dos seus direitos humanos.

— Eles sabem que estão sendo monitorados?

— Todas as informações relacionadas ao uso de quaisquer dados estavam descritas nos termos do contrato e disponíveis para que cada prisioneiro as avaliasse no ato da assinatura.

Eve franze a testa e volta a olhar para as telas, e, aproximando-se deles, concentra-se na Cela 4: Martha deitada na cama, a cabeça escondida pelo lençol.

Eve levanta um dedo e toca a tela.

— Quando foi que as janelas ficaram menores? — pergunta ela.

— Não temos autorização para discutir a arquitetura das celas, mas há canais utilizados constantemente para garantir a qualidade da experiência do telespectador.

Eve olha para a parede. — Há mais uma tela aqui — diz ela. — Sete câmeras para sete celas, e há uma tomada extra. Para que ela serve?

O rosto da mulher se ilumina e ela olha para Eve. — Essa é para a nossa inovação mais recente — diz ela. — É a nossa oitava interface. Um monitor de computador vai ser instalado aí, que vai trazer imagens ao vivo do nosso novo PV, com tecnologia de ponta.

Eve volta até a escrivaninha. — PV? O que seria isso?

— Psicólogo Virtual — diz a recepcionista, com um sorriso amplo.

— Como assim?

— Depois que fizemos pesquisas com o público telespectador, descobrimos que a ampla maioria sentia que a experiência ao assistir o programa não era tão intensa quanto poderia ser por causa da falta de acesso aos acusados, especialmente em relação às motivações que os levaram a cometer o crime. Tenho certeza de que você, uma telespectadora, vai perceber que isso pode influenciar injustamente o voto da audiência, e portanto...

— ... alterar o curso da justiça.

A recepcionista ergue a cabeça e abre um sorriso largo.

— Na verdade... — diz Eve — ... eu não sou telespectadora.

O sorriso se desfaz e a recepcionista fica boquiaberta.

— Eu não assisto. Creio que o curso da justiça já foi injustamente influenciado pela introdução de um sistema que depende de dinheiro.

— Ah, mas...

Eve ergue a mão. — Não. Na verdade... — Ela se detém por um instante e olha ao redor de si. — Às vezes, senhorita... Desculpe, não sei o seu nome. Às vezes, você não tem a impressão de que está em uma determinada situação, e não faz a menor ideia de como entrou nela?

Eve olha para as telas outra vez.

— Não consigo evitar me perguntar se, em algum momento da história, nós demos uma guinada para o lado errado. Se, em algum momento, alguém teve o poder de se levantar e dizer não, mas, por uma razão qualquer, simplesmente não o fez. É como se tivessem empurrado uma bola pela encosta de um morro para ver o que aconteceria, mas agora ninguém mais consegue fazê-la parar.

— Que bola? — pergunta a mulher.

— E agora... — a voz de Eve começa a se exaltar. — Agora ela está tão grande e poderosa que... que... e todas essas pessoas, que poderiam ser inocentes... estão... e nós estamos presos nesse lugar infernal.

— Como você disse que se chamava? — pergunta a mulher, com o telefone na mão.

— Está chamando a segurança? — pergunta Eve. — Vou poupar o incômodo. — Ela vira as costas e se afasta. — Eve Stanton! — grita ela por cima do ombro. — Psicóloga designada dos acusados!

Ela bate as portas de vidro com força e sai para a rua.

MARTHA

Minha cabeça está latejando. Meu rosto está inchado. Acho que meus dedos estão quebrados.

Não quero sair da cama. Acho que nem vou conseguir fazer isso.

Não me importo mais. Estou esgotada. Vazia. Acabada.

Não quero mais tempo nem mais dias. Quero que vocês me matem agora. Agora!

Não quero ser o brinquedo que vocês adoram torturar, provocando alucinações para me verem surtar, ou para me destruir.

Se eu já não tivesse dito a vocês que sou culpada, eu certamente estaria fazendo isso agora, só para dar um fim nisso tudo.

Fico me perguntando a que horas Eve estará aqui.

O que ela vai dizer? Ela vai fazer alguma coisa? O que isso importa, de qualquer maneira?

Estou na Cela 4, mas não sei como cheguei aqui. A última coisa que eu me lembro é de ter desabado no chão, pensando que tudo é uma merda. Imaginando se aquilo era realmente o que a minha mãe, Isaac e Ollie acreditam e depois pensando no que deveria ser, e em seguida tentando descobrir como poderia transformar os lençóis em uma espécie de forca e simplesmente acabar com tudo agora.

Quando dei por mim, acordei aqui, já me sentindo meio morta.

Sei que estou na 4 porque alguém escreveu "MAIS 3 DIAS" na parede, com letras grandes, marrom-avermelhadas.

Estou olhando para aquelas palavras, tentando descobrir como foram escritas, já que não há canetas nem nada do tipo por aqui.

Há mais uma coisa na parede, mais para cima, bem no alto, onde ela se junta com o teto, uma espécie de caixa ou coisa parecida. Não sei. Viro o corpo para o outro lado e fico de frente para a parede.

Três dias.

Mais três noites de sono.

Mais três vezes vendo o sol nascer em janelas que estão ficando cada vez menores. Isso se as próximas celas tiverem janelas.

O pôr do sol, mais três vezes.

Podemos pular alguns deles, por favor?

Não, espere um pouco. Ainda vou ver o pôr do sol mais quatro vezes. Claro, a execução acontece depois que todos já tiveram tempo para jantar, levar o cachorro para passear e se acomodar para uma noite de entretenimento diante da televisão com uma xícara de chá ou uma taça de vinho, dependendo do dia.

Puro êxtase.

Não sei que horas são. Não quero olhar para o relógio. Vou ficar o dia inteiro aqui. Deitar e dormir. Dormir e deitar. Deitar e mentir. Mentir e dormir.

Ou morrer, por favor.

Meu Deus, minha cabeça dói.

Puxo os lençóis, pensando que o frescor deles causará uma sensação agradável sobre os meus olhos, e a cama se afasta da parede.

Alguma coisa ali atrai a minha atenção. Um pedaço de uma palavra, ou uma estampa. Observo aquilo por um momento. Não quero sentir curiosidade. Não quero me incomodar. Não quero saber o que é.

Mas...

Não, Martha, simplesmente durma, deixe isso para lá, ignore.

Mas... eu busco forças em algum lugar, empurro a cama mais um pouco e consigo ver outra parte.

Eu a afasto ainda mais e...

A parte da parede oculta pela cama está coberta por palavras escritas em vermelho.

Sento-me na cama — não consigo evitar — e olho mais de perto.

Ted McNally. Thomas Redfearn. Alison Holmes. Craig Stiller. Marcus Allcock. Ahmed Johnson. John Reinbeck. Oscar DeVillo. Clarice Netenberg.

Os nomes são escritos desajeitadamente. Manchados. Alguns estão borrados, alguns com as letras escorridas, gotejantes.

Foram escritos com sangue.

A lista de nomes continua, enorme. Há centenas deles.

Subitamente eu estou desperta outra vez, viva e importando-me com o que vai acontecer.

Aquela não era a sua mãe e aquele não era Isaac, diz aquela parte dentro de mim, mais forte agora, e eu estou ouvindo. Eles usaram um gás em você, fizeram você enfrentar seus próprios medos, mas sua mãe e Isaac não pensavam assim, nunca pensaram nem pensariam. E você sabe disso. Não deixe esses desgraçados vencerem.

Confirmo com um aceno de cabeça. *Eu sei,* penso.

Seja forte. Continue sendo forte.

Volto a olhar para os nomes. Um arrepio desce pela minha coluna.

Quantas pessoas estiveram nesta cela, encarando apenas mais três dias de vida, com tantas coisas ainda por fazer ou dizer? Pedir desculpas, explicar, implorar por compreensão ou por uma justiça adequada e correta?

Eu leio os nomes como se tivesse uma obrigação para com suas almas. Boris Axenborough. Corrine Hamah. Edith Chalabi. Oliver Barkova. Ollie. Meu vizinho, meu cuidador, meu amigo... Confidente e culpado.

Eu me inclino para a frente e prendo o dedo em uma das molas da cama. Ela corta o meu dedo e o sangue começa a escorrer. Aperto o dedo e uma quantidade maior sai por ele, como uma bolha vermelha com tonalidade escura.

Quando me levanto, ouço um som baixo e mecânico vindo da parede atrás de mim. Olho ao redor e tenho certeza de que a caixa perto do teto está se movendo.

Eu a observo.

18H30 – MORTE É JUSTIÇA

Tela azul-escura, fagulhas brancas zunem e estalam. O logotipo do olho gira.

A legenda "Sofá do Sábado" atravessa a tela conforme a música de abertura começa, mais lenta e aconchegante do que nos dias da semana, e a batida que marca o ritmo, mais discreta. A legenda desaparece após piscar e as luzes se acendem em um estúdio mais íntimo. Kristina, trajando calças em um tom cinza e uma blusa rosada justa na altura do peito, está sentada em um sofá baixo de couro, com uma mesa de centro de madeira diante de si, coberta por revistas e jornais. Ao seu lado está Joshua Decker, com calças justas e uma camisa cujos botões estão mais abertos do que deveriam.

A música-tema se encerra discretamente.

KRISTINA (sorrindo): Boa noite, telespectadores, e bem-vindos à edição especial de sábado do *Morte é Justiça*.

Aplausos gentis da plateia.

KRISTINA: Hoje temos aqui o nosso repórter, Joshua Decker, que está conosco no estúdio para não ficar exposto ao frio do inverno.

Os aplausos da plateia ficam mais altos, com um toque perceptível de vozes femininas.

JOSHUA: Obrigado, Kristina. É um prazer estar aqui.

KRISTINA: Realmente. Bem, como sempre acontece aos sábados, telespectadores, nós trazemos algo especial para vocês, e esta semana não será diferente. Hoje teremos dois convidados comigo além de Joshua! Em primeiro lugar, temos ninguém menos do que Rafi Mannan, o presidente de operações do conglomerado de mídia Life Visions, a empresa que transformou o nosso sistema de justiça no modelo inovador e na referência mundial que é hoje. Aquele que é considerado o mais justo, de acordo com muitas pessoas do mundo, onde todos, cada um de vocês, os membros do nosso público, é um jurado e um tomador de decisões. Boa noite, Rafi.

A câmera se move para mostrar Rafi em um outro sofá: uma cabeleira grande e solta, trajando uma calça jeans e um blusão.

RAFI: Boa noite, Kristina, Joshua.

JOSHUA: Além de Rafi, temos também o editor-chefe do *National News*, Albert DeLonzo.

Um homem esbelto com uma camisa branca e um paletó cinzento se move no outro lado do sofá, acena com a mão e sorri.

ALBERT: Um prazer estar aqui.

KRISTINA: Obrigada aos dois por virem ao programa. Rafi, se pudermos começar com você, acredito que esteja trazendo ótimas notícias para os nossos telespectadores.

RAFI: Ótimas notícias, realmente. Como vocês já devem saber, a Life Visions está constantemente buscando maneiras de melhorar a experiência de observar o que se passa dentro das celas, pesquisando formas de trazer o público votante para mais perto dos acusados e do corredor da morte, e assim permitir que eles tomem decisões mais fundamentadas para votar. Reunindo e analisando os resultados do *feedback* dos telespectadores, ficou evidente que as pessoas não estão completamente envolvidas com a experiência. Assim, para melhorar esta situação, tenho o prazer de anunciar um sistema inovador e muito inclusivo, permitindo um envolvimento bem mais íntimo dos telespectadores, onde quer que estejam.

JOSHUA: Você está fazendo muito suspense...

RAFI: A partir deste exato momento, estamos dando início à transmissão 24 horas por dia de todas as sete celas!

A plateia aplaude. Rafi sorri e curva-se para o público. Do outro lado do sofá, DeLonzo faz um sinal afirmativo com a cabeça.

RAFI: Com o pagamento de uma taxa mensal, os telespectadores poderão se conectar pelos seus aparelhos de TV, computadores, celulares ou qualquer outro sistema, ficando ainda mais próximos dos nossos acusados enquanto eles apodrecem em suas celas. Em nenhum momento da história isso foi visto. Vocês poderão acompanhar cada movimento, expressão facial, ver cada brecha e imperfeição de caráter, e qualquer defesa, justificativa, razão ou inocência que imaginem que eles possam ter.

KRISTINA: Rafi, isso é algo que venho sugerindo há algum tempo. É muito bom ver que finalmente aconteceu.

RAFI: Na Life Visions nós sempre levamos muito a sério a responsabilidade que temos com os telespectadores, e também com os acusados. Entendemos que seria devastador se, em algum ponto do futuro e por qualquer razão, uma pessoa descobrisse que votou incorretamente, e, é claro, as implicações desse ato sobre os acusados. É como trazer os acusados para dentro de casa, mas, claro, sem o perigo!

JOSHUA: E eu creio que você trouxe uma oferta exclusiva para nós, Rafi.

RAFI: Sim, tem razão. Para lançar esta nova tecnologia, estamos oferecendo esse serviço gratuitamente durante as próximas setenta e duas horas. Ou seja, vocês podem sintonizar agora, escolher a cela que desejam observar apertando o botão vermelho, trocar de cela quantas vezes quiserem, e continuar assistindo sem interrupção até a noite da próxima terça-feira, quando podem optar por assinar o pacote com um preço de lançamento reduzido, que já está disponível a partir de hoje. Quem aproveitar esta oferta, é claro, vai poder observar a passagem de Martha Honeydew pela Cela 7, a última cela.

KRISTINA: O público vai poder observá-la conforme se aproxima o momento tão importante da decisão. Observar aquelas que poderão ser suas últimas horas. E a data de lançamento não poderia ser melhor: bem quando temos o caso histórico da primeira adolescente a passar pelo corredor da morte.

RAFI: Fomos abençoados com a oportunidade de nos tornarmos uma parte ativa de todo o sistema de justiça, especialmente em um caso com esse. É verdadeiramente a democracia em ação. Nós exigimos um mundo mais seguro e o recebemos, mas com ele veio a responsabilidade de garantir que consideremos não somente a vida perdida da vítima, mas também a vida ameaçada do acusado.

JOSHUA: Bem, telespectadores, antes do fim do programa, vamos dar uma espiada exclusiva neste novo sistema, com uma transmissão da Cela 4 com Martha Honeydew. Por isso, continuem conosco. Mas, antes disso, vamos conversar com o nosso segundo convidado, o editor-chefe do *National News*, Albert DeLonzo. É um prazer tê-lo conosco, Albert.

ALBERT: O prazer é todo meu e preciso dizer que estou incrivelmente empolgado com esse novo projeto da Life Visions! Uau, vai ser muito bom, e eu tenho certeza de que os meus leitores já devem estar ansiosos para fazer a assinatura do serviço. Não há nada melhor do que observar as pessoas, não é mesmo?

JOSHUA (sorrindo): Ah, eu adoro fazer isso!

KRISTINA: Albert, você sabe como estão os ânimos da sociedade. Diga, o que as pessoas estão pensando sobre isso? Como elas estão se sentindo agora?

ALBERT: Essa é uma boa pergunta, Kristina, e este é um caso realmente fascinante.

JOSHUA: Mesmo assim, já está concluído, não é?

ALBERT: É o que se pensa. Há muita raiva e ressentimento em relação a Honeydew. Nós testemunhamos demonstrações públicas de dor. Tivemos, por exemplo, uma passeata à luz de velas pelas ruas que culminou em um encontro de aproximadamente cinco mil pessoas diante dos portões da mansão de Jackson. Um livro de condolências foi aberto na catedral, e a fila de pessoas que queria assiná-lo se estendia por mais de um quilômetro e meio. E, talvez o fato mais impressionante de todos, uma quantidade cada vez maior de flores e presentes tem sido deixada no local do assassinato, que está se tornando praticamente um tapete representando o luto.

KRISTINA: Acho que temos uma fotografia do lugar surgindo na tela neste momento.

A câmera se afasta. No estúdio menor, usado aos fins de semana, a tela à direita parece ser maior. Uma fotografia da cena do assassinato enche a tela: no fundo há o concreto duro e desbotado dos Arranha-Céus, um céu cinzento e tristonho e uma rua asfaltada; no primeiro plano, uma explosão de cores. Flores, brinquedos de pelúcia, cartazes pintados a mão com o nome de Paige em destaque, vasos de plantas, cruzes reluzentes, fotografias com o seu rosto sorridente, e a luz de velas tremeluzindo em tudo.

Um policial mantém a vigília perto de um grupo de pessoas com as mãos unidas em oração.

ALBERT (sussurrando): Olhem só para isso! Não existe uma marca mais forte de um homem do que aquilo que se pensa a seu respeito após a sua morte. Milhares de pessoas estão indo em peregrinação até os Arranha-Céus, uma área onde, até pouco tempo, teriam medo de se aproximar. E olhem para eles agora.

Na tela, a câmera dá um zoom em uma criança pequena que segura uma rosa vermelha, e uma lágrima lhe escorre pelos olhos fechados, rolando pela bochecha.

O estúdio está em silêncio. A foto desaparece lentamente. A câmera volta a focalizar o sofá. Kristina está enxugando os olhos e Albert está guardando um lenço no bolso, enquanto os outros dois homens balançam a cabeça, num sentimento compartilhado de indignação.

ALBERT: Um herói dos nossos tempos foi roubado de nós.

JOSHUA: Uma tragédia que afetou muitas vidas.

RAFI: Precisamos agradecer ao fato de que atos como esses são relativamente raros e punidos de maneira exemplar graças ao nosso sistema.

KRISTINA: Acredito que você trouxe algumas informações para nós, Albert. Algo que você ouviu por entre a multidão.

ALBERT: Bem, Kristina, não foi exatamente algo que ouvi. Eu vi isso com os meus próprios olhos.

KRISTINA: Conte-nos, então!

Ele inclina o corpo para a frente e a câmera se aproxima dele com um zoom.

ALBERT: Ontem, acredito que testemunhei um encontro de cérebros importantes, que, no passado, fizeram afirmações contrárias ao nosso sistema atual. Um deles é o Juiz Cícero.

KRISTINA: Senhor Cícero.

ALBERT (rindo): É claro. O senhor Cícero, tomando café com a psicóloga designada para a acusada, Eve Stanton. Um dos meus fotógrafos conseguiu tirar esta foto.

A câmera se move novamente e a tela à direita é preenchida com a imagem de Cícero e Eve na cafeteria. Ele está inclinado na direção dela, os olhos a observando por cima dos óculos, enquanto ela apoia a cabeça sobre as mãos, olhando para baixo.

JOSHUA: Uma fotografia triste.

ALBERT: Fico me perguntando sobre o que eles estavam conversando. O crime de Martha, o sistema de justiça, o fato de que ela provavelmente será a primeira adolescente a ser executada no corredor da morte? Ou uma maneira de conseguirem libertá-la?

KRISTINA: Você conseguiu um material bastante interessante, Albert. O senhor Cícero foi bem explícito sobre suas opiniões quando apareceu aqui no programa.

ALBERT: Mesmo assim, Eve Stanton ainda é uma espécie de enigma. Ganhou fama com o caso no qual seu marido foi executado por matar um homem que, segundo ele mesmo alegou, estava atacando os dois. Ela fez uma requisição para que a função de psicólogo fosse introduzida, citando leis humanitárias.

KRISTINA: Os prisioneiros são proibidos de receber visitas.

ALBERT: Esse foi precisamente o argumento que ela utilizou. Seria desumano privá-los de contato humano.

RAFI: Mesmo assim, eles mataram alguém. O que esperavam que fosse acontecer?

ALBERT: Falar com ela, isso sim seria uma reportagem fenomenal.

KRISTINA: Algo que eu acho bastante confuso em tudo isso é o fato de que não houve nenhum comentário da família de Paige. Na manhã seguinte ao assassinato, um comunicado breve foi divulgado pelo assessor de imprensa, mas não recebemos nenhuma declaração da esposa ou do filho.

JOSHUA: Talvez eles ainda estejam literalmente chocados pela dor.

ALBERT: Sim, eu concordo com você, Josh. A dor que eles sentem provavelmente os está sufocando, e fazendo com que seja impossível dar qualquer declaração. Nós, assim como o público, devemos respeitar a privacidade da família neste momento tão terrível, e esperar pacientemente até que eles façam seus comentários. No momento, estou com vários jornalistas acampados diante da mansão, esperando pelo momento em que eles estarão prontos para falar. Mesmo assim, que tipo de declaração eles podem fazer, a não ser expressar o seu choque, o horror e a sensação de perda interminável por causa desse trágico assassinato? Um assassinato despropositado, cometido por uma criança, ainda por cima. Uma menina que, de acordo com as expectativas da sociedade, deveria estar no auge da sua inocência.

Na tela, duas fotografias aparecem. À esquerda, Martha, com o seu uniforme escolar: sardas, um sorriso e os cabelos longos presos para trás. À direita, a foto tirada pela polícia: o macacão branco da prisão, o rosto marcado pelas lágrimas e a cabeça recém-raspada.

ALBERT: Vou levantar algumas questões para pensar e fechar minha participação neste programa, Kristina: isso é típico de famílias com um único adulto? É isso que acontece quando há apenas um exemplo em casa? E se for isso, o que o futuro nos reserva? Olhando para as essas duas fotografias dela, como estudante e como assassina, eu me pergunto: como a sua mãe pôde fracassar de tal forma para que sua filha se tornasse essa pessoa da foto à direita?

KRISTINA: Uma reflexão fascinante, Albert. Obrigada.

Ela se volta para a câmera.

KRISTINA: E agora, como prometemos, temos aquele material exclusivo para vocês. Rafi, não é empolgante?

RAFI: Estou esperando por este momento há muito tempo, Kristina.

KRISTINA: E tenho certeza de que os nossos telespectadores e a nossa plateia estão tão empolgados quanto você.

Um murmúrio ecoa pela plateia. Kristina leva a mão ao ouvido.

KRISTINA: Sim, vamos poder olhar ao vivo na Cela 4 agora mesmo e ver o que Honeydew está fazendo. Neste momento, restam a ela provavelmente setenta e oito horas de vida apenas.

A tela se enche com uma imagem esbranquiçada — mais escura em alguns pontos, amarrotada e amassada em outros.

KRISTINA: Parece que estamos com alguns problemas técnicos, senhoras e senhores. Se puderem continuar conosco...

Ela leva o dedo até a orelha outra vez, escutando, e assume uma expressão séria.

KRISTINA: Parece que não temos...

A imagem esbranquiçada balança, se move e atravessa a tela, e é removida. O que se revela por trás dela é uma imagem borrada que logo volta a ficar em foco. Em pé, no meio da Cela 4, está Martha, com os dedos e as mãos ensanguentadas, segurando o lençol esbranquiçado que acabou de tirar da frente da câmera.

Kristina cobre a boca com a mão, num movimento brusco.

JOSHUA: Ah, meu Deus...

RAFI: Merda.

ALBERT: Oh!

A cama de Martha foi virada de cabeça para baixo e jogada contra a porta. Claramente visíveis, estão ali todos os nomes que estavam escondidos até então, e, acima deles, em letras vermelhas manchadas, borradas e gordurosas, escorrendo e gotejando em alguns pontos, estão as palavras: "QUANTOS INOCENTES?". A câmera focaliza em zoom os nomes e em seguida o rosto de Martha, passando depois para as mãos e os dedos cobertos de sangue. Ela solta o lençol e desaba no chão. A câmera focaliza seus olhos fechados e congela a imagem.

JOSHUA: Alguém chame um médico.

Em uma questão de minutos, o sistema de assinaturas do pacote para assistir o que se passa no interior das celas já está congestionado.

MARTHA

Ele me acordou de um sono no qual eu nem sabia que estava mergulhada. Ele me deu uma razão para voltar a me levantar todas as manhãs e me lembrou o porquê eu devia continuar respirando fundo, inspirando e expirando.

Ele me iluminou.

Lembro que foi a primeira vez em que sorri.

Ele fez com que fosse possível salvar a minha própria vida.

Se ao menos as coisas pudessem ter ficado daquele jeito...

...

Durante oito meses, a vida foi boa.

Você deixava o carro nos limites do bairro e vinha a pé pelo resto do caminho. Às vezes trazia bolos ou comida para viagem e nós ficávamos sentados no chão do meu apartamento e comíamos como se estivéssemos fazendo um piquenique. Ou então caminhávamos, explorávamos a floresta, que se tornou o nosso lugar. E certa vez um cervo cruzou o nosso caminho enquanto o sol nascia no horizonte e uma luz bonita, uma mistura de rosa e laranja, aquecia os nossos rostos enquanto observávamos a cena, maravilhados.

A primavera chegou e eu finalmente senti que tinha forças para olhar as coisas da minha mãe de novo. Mas as memórias afetivas avivadas por fotografias e cartões desapareceram quando achei aquelas cartas. Quando me encontrei com você naquela noite, eu mal conseguia falar, de tão chocada.

— O que aconteceu? — você me perguntou. E eu lhe contei o que havia encontrado.

...

Meus dedos e pulsos estão cobertos com ataduras. Alguém esfregou e limpou as palavras que eu escrevi e os nomes que estavam escondidos. Aquela coisa no alto da parede é uma câmera? Se for, quem está assistindo às imagens, e quem viu o que eu fiz?

Eu podia perguntar a Eve, se me deixassem falar com ela.

Eu a ouvi gritando quando um médico qualquer estava colocando as ataduras em mim. Esperava que ela estivesse trazendo outra mensagem para mim. Ainda vejo as palavras daquela quando fecho os olhos. *Por favor, não faça isso. Diga a Eve que você quer mudar sua alegação. Diga a verdade a ela. Eu amo você. Quero ficar com você. I.*

Que diferença a verdade pode fazer? Ollie contou a verdade. É assim que as coisas devem ser. Algumas coisas são mais importantes do que ficarmos juntos, e nós nunca poderíamos fazer isso. Tivemos o nosso momento, e agora ele se foi. Nada além de lembranças.

Meus dedos doem. Meus pulsos. Minha cabeça. Minha alma está cansada demais para ser amparada. Quando eu estiver naquela cadeira, esperando que a eletricidade me atinja, é o seu rosto que eu vou ver. Nesta vida, nós não podemos ficar juntos. Mas vou esperar você na próxima.

EVE

Eve enche uma taça grande com vinho tinto e deixa o corpo cair no sofá. Max acendeu a lareira, preparou o jantar e arrumou a casa.

É uma bênção ter um filho como ele, pensa Eve.

Há uma batida sutil na porta da sala de estar e Max olha pela janela.

— Mãe, ele voltou.

Eve toma um gole do vinho e se senta. — Mande-o entrar, Max.

— Você sabe como isso pode terminar? Não é uma boa ideia.

Ela coloca a taça na mesa. — Obrigada — diz ela, com a voz entrecortada. — Eu entendo, mas...

— E aquele cara do jornal colocou alguém para seguir você. Mostraram uma foto sua na TV. Se tirarem uma foto sua junto de...

— Obrigada, Max, mas você pode mandá-lo entrar.

Ela escuta o filho resmungando e murmurando alguma coisa enquanto desaparece outra vez. Ela ouve sua voz pouco amistosa na porta, e suas palavras dizendo ao visitante para tirar os sapatos.

Há outra batida sutil na porta e Eve se levanta.

Um rapaz trajando um casaco com capuz entra na sala. Está sem sapatos. Enquanto estende uma mão para cumprimentá-la, ele baixa o capuz com a outra.

— Obrigado, senhora Stanton — diz ele, e a cumprimenta com um movimento de cabeça.

Ela aperta a mão do rapaz. — Sente-se, senhor Paige.

— Por favor — diz ele, com uma risada constrangida. — Parece que você está conversando com o meu pai.

— Perdoe-me — diz ela, ao se sentar. — Ainda deve ser bastante doloroso a sua perda.

Ele a observa com os olhos cheios de confusão, e eles se entreolham por um momento que é um pouco longo demais antes que ele desvie o olhar e se sente no sofá que está de frente para o dela.

— Pode me chamar de Isaac — diz ele.

— Aceita uma taça de vinho, Isaac?

— Não, obrigado, senhora Stanton.

— Eve.

Ele assente.

— O dia de hoje foi uma merda, Isaac — diz ela, levando a taça de vinho à boca outra vez.

— Eu vi o programa, quando Martha apareceu. Ela... — ele para, sem palavras.

— O que eles fazem aos prisioneiros nas celas é chocante. Não é uma forma de justiça ou entretenimento com o qual eu quero ver meu nome associado, mas eu temo pelo futuro e não consigo me afastar disso.

Meia garrafa de vinho serviu para deixá-la eloquente.

— Este governo finge estar agindo em nome do povo, mas é tudo mentira. O Primeiro-Ministro e seus comparsas nos manipulam para que nos comportemos exatamente como eles querem. — Ela engole o resto da taça e a enche outra vez.

— E se alguém disser alguma coisa que seja contra isso, você sabe o que acontece?

Ela não espera até que Isaac responda.

— É claro que sabe. Eles governam usando o medo, e o nosso medo dá a eles ainda mais poder. E eu lamento pelo seu pai, porque, seja lá quem o matou, e eu tenho certeza de que não foi Martha, essa pessoa jamais será pega. E isso, senhor Paige, quer dizer, Isaac, é uma tragédia para os dois. Mas nós dois sabemos que não existe mais justiça.

Isaac não diz nada.

Os dois ficam sentados em silêncio. A luz da lareira oscila pela sala e em seus rostos, e tudo fica obscurecido pelas sombras.

— Fico feliz por você ter voltado — diz ela. — Mas Max não gostou muito disso.

— Parece que ele se preocupa com você.

Eve toma mais um gole do vinho e olha para o fogo, sentindo o calor em seu rosto e na pele e empalidecendo com a luz branca da chama abaixo do carvão. — Você viu a Senhora B. depois que ela esteve no programa? — pergunta ela, em voz baixa.

— Sim — responde ele.

— Eu me sinto mal por tê-la estimulado a fazer aquilo.

— Não se sinta dessa forma. Ela está feliz por ter ido até lá. Ela tinha que tentar.

Eve assente, desviando o olhar do fogo e atraindo a atenção do rapaz.

— Como você descobriu onde eu moro?

— Não é difícil descobrir uma coisa dessas, senhora... Eve...

— Para alguém com o seu dinheiro e influência?

— Não — responde ele, olhando para ela. — Para qualquer pessoa que tenha um celular ou um computador ligado na internet.

— Isso não inclui todo mundo.

Ele chega o corpo um pouco mais para frente em seu sofá. — Eu sei disso — diz ele. — Simplesmente ter o mesmo sobrenome do meu pai não significa que eu compartilho da ética e das ideias dele.

— Tal pai, tal filho... — ela toma outro gole do vinho.

— Se é nisso que você realmente acredita, então não é a pessoa que eu pensei que fosse. Ou então, bebeu demais.

— Não posso ser a pessoa que eu gostaria de ser, Isaac. — Ela coloca a taça sobre a mesa. — Acho que nunca serei e lamento por isso. Lamento demais, mas, para mim, chega. Você está desperdiçando o seu tempo com esta visita. Estive enganando a mim mesma. Não faço diferença alguma para aqueles prisioneiros que estão no corredor da morte. Estou farta de ver pessoas morrendo. Pessoas que poderiam ser inocentes, mas ninguém se importa com isso desde que gere o entretenimento que querem e as estatísticas da criminalidade continuem baixas. Ah, e desde que alguém esteja ganhando dinheiro com isso.

— Você está errada. Você faz a diferença, sim.

— Não acredito nisso, mas, de qualquer maneira, não importa. Martha é o meu último caso, independente de eu gostar disso ou não. Vou ser substituída. Por um *psicólogo virtual.*

— Um... o quê?

— É inacreditável, não é? Vou ser substituída por um programa de computador. Uma tela que conversa com os prisioneiros. Que procura por respostas em seu banco de dados. Empatia gerada por computador.

— Quando isso vai acontecer?

— Amanhã. Ou depois de amanhã. Não sei ao certo. Aparentemente, o sistema trava toda hora, ainda não está pronto para ser usado. Mas será em algum momento desta semana, inevitavelmente.

— Então você tem que fazer Martha valer a pena.

Lentamente, Eve se inclina na direção de Isaac, franzindo a testa conforme ela o encara, olhando fixamente em seus olhos.

— Por que você veio aqui? — sussurra. — Por que ela mandou uma carta para você? Como a Senhora B. sabia o número do seu telefone?

Isaac baixa a cabeça e olha para os sapatos.

— Martha não matou o meu pai — ele fala.

— Então quem matou?

Ele coloca os cotovelos na mesa de centro e apoia a cabeça nas mãos.

Eve atravessa a sala, fecha a porta e senta-se novamente no sofá, ao lado dele.

— Diga-me quem foi o responsável — diz ela em voz baixa. — E por que ela está levando a culpa.

O rosto Isaac está pálido e inchado quando ele o ergue outra vez.

— Você acredita em promessas, Eve? — diz ele. — Acredita que, se fizer uma promessa a alguém que você ama e que retribui esse amor... acredita que tem que cumprir a promessa, mesmo se isso significa que essa pessoa vai morrer?

Ela o observa, e lembranças de Jim, daquela noite e a promessa que ela fez a ele lampejam pela sua cabeça. — Você e Martha Honeydew...

— Mesmo se essa promessa foi uma ideia da outra pessoa e ela soubesse, quando pediu a você que a cumprisse, o que isso significaria?

— Conte-me — diz ela. — Compartilhe isso comigo. Deixe que eu o ajude.

— Não posso — murmura ele. — Não posso trair a confiança dela.

— Você sabe quem matou o seu pai?

Ele confirma com um aceno de cabeça.

— Você sabe com certeza que não foi ela?

Ele assente outra vez.

— Pode provar isso?

Ele bufa, indignado. — E provar vai fazer alguma diferença a essa altura? Quem se importa com provas? — Ele inspira o ar com dificuldade. — Já falei demais. Não foi para isso que vim até aqui. Eu estava esperando que ela tivesse respondido à minha carta. — O tom de voz dele é abrupto, conclusivo.

— Lamento — murmura Eve.

— Faça com que ela me ligue do seu telefone. — Ao se levantar para ir embora, ele passa a Eve um pedaço de papel com o seu número.

— Se me deixarem falar com ela...

— Cinco minutos atrás, você disse que não podia fazer a diferença. Esta é a sua chance. A sua última chance. Você tem que conversar com ela. — Ele dá as costas para Eve.

— Quem ela está tentando proteger? — diz Eve, indo atrás dele.

Isaac para.

— Tivemos uma ideia, montamos um plano, mas as coisas mudaram rápido demais. O meu pai, ele.... — Isaac faz uma pausa. — Preciso dizer a ela que pensei a respeito e que as coisas não precisam ser desse jeito. Não quero que sejam. Fomos apressados demais. E você precisa encontrar Gus também. Pergunte a ele sobre os documentos que Isaac e Martha deixaram. E, quando for até lá, quando você sair, certifique-se de que não está sendo seguida. Senão, tudo o que estamos fazendo não vai servir de nada.

MARTHA

Minha mãe teria gostado de você. Minha mãe de verdade, não aquela mulher esquisita que surgiu no meio das minhas alucinações na noite passada. A Senhora B. gostava de você. Depois que ela se recuperou do choque ao saber quem você era.

— Que merda você está fazendo com um Paige, Martha? É gente ruim — disse ela, sem quaisquer papas na língua, usando as palavras que ouvia do seu pai, que aprendeu inglês com os estivadores e pescadores. — Fingem que são bons, como rostos pintados, mas são gente ruim. Você sabe bem disso, diabos.

— Ele é diferente — eu falei para ela. — E, de qualquer forma, ele é adotado. Não é um Paige de verdade.

— *Ach*... tudo igual... nascem nus de corpo e mente — afirmou ela. — Situação, criação, você sabe. Como aquele ditado da pera.

— Ah, o ditado das maçãs — eu digo, com uma risada. — As maçãs não caem longe da árvore.

Duas semanas depois, ela o convidou para jantar.

— Aquela maldita pera criou pernas e fugiu da árvore — disse ela, depois que você já havia voltado para casa.

Eu ri daquilo. — São maçãs, Senhora B.

Não muito tempo depois, eu a encontrei sentada no meio do chão da sala, cercada por jornais velhos. Ela apontou para o que estava mais perto dela.

— Demorei para achar — disse ela. — Mas agora eu lembrar.

Agachei-me ao lado dela e peguei o jornal, com uma foto sorridente de um homem de cabelos escuros.

— Meu Deus, ele parece exatamente com...

— Porque ele é pai de Isaac — disse ela. — Morreu quando menino era só bebê. Câncer.

O olhar intenso do homem me atraiu.

— Bonitão, não? — disse ela, cutucando-me com o seu cotovelo. — Igual Isaac.

Senti um calor se espalhar pelo meu rosto. — Eu... n-não... sei — gaguejei.

A gargalhada da Senhora B. encheu toda a sala, e as paredes pareceram vibrar com aquilo. — Você nunca ficar sem palavras! — disse ela. — Sim, bonitão, não é? — Aquelas mãos enormes me deram um tapa nas costas e seus olhos grandes brilharam. — Tomar cuidado, garota. Garotos como esse fazem a sua calcinha cair.

Baixei a cabeça, sentindo o calor nas bochechas. — Senhora B.! Não sei do que a senhora está falando!

— Acho que sabe sim. — Ela assentiu, os olhos estreitos me fuzilando atrás dos óculos. — Não se esqueça de manter a mão sobre o seu porta-joias.

— O quê? — eu soltei uma risadinha. — Meu... porta-joias? O que é isso?

— Sua perereca, periquita, pote de mel. Já ouvi todo tipo de nome. Você sabe do que eu estou falando. Não tem mãe aqui para dizer, então eu digo. Para você ficar segura.

Minhas bochechas ardiam, vermelhas.

— Senhora B., você não precisa se preocupar. Eu sei cuidar muito bem da minha... do meu... porta-joias

O cotovelo dela me cutucou outra vez. — É engraçado você envergonhada — disse ela. Colocou o braço ao redor do meu corpo, abraçou-me com força e o ar em seus pulmões saiu em uma forte gargalhada.

E eu ri junto com ela.

É muito bom sentir um sorriso no meu peito. Essas lembranças de você são boas. Neste lugar, as lembranças são tudo o que tenho para passar o tempo. E visões de esperança, de um lugar mais justo. Um lugar melhor pelo qual você possa lutar depois que a minha hora chegar.

...

Quando eu o encontrei, logo depois que desceu do trem na Galeria, alguns dias depois, você estava uma hora atrasado; estava com uma jaqueta diferente, maior e com um capuz grande lhe cobrindo a cabeça.

— Tentei ligar para você — eu disse. — O que houve?

— Acredito que ele fez alguma coisa com o meu telefone — você respondeu. — Ele sabe todos os lugares aonde vou. Acho que ele suspeita de alguma coisa. Vive soltando indiretas sobre namoradas, dizendo que eu devia levar para casa alguma garota bonita que mora nas Avenidas.

— O quê?

Você balançou a cabeça negativamente. — Esqueça, isso não é importante. Mas... — Você segurou no meu braço e me levou para as sombras. — Há outra coisa. Onde podemos conversar? — você sussurrou. — Não no seu apartamento. Eles podem nos encontrar lá. Algum lugar seguro. Eu descobri algumas coisas. — Você abriu a parte da frente da jaqueta e, sob o alaranjado da luz dos postes da rua, eu consegui ver documentos e papéis enrolados, enfiados em todos os lugares onde pudessem caber. — Fiz fotocópias de tudo.

Olhei para tudo aquilo. — Conheço uma pessoa — eu disse a ele. — Podemos confiar nele.

A expressão no seu rosto foi cômica quando Gus abriu a porta do apartamento. — A bagunça não torna uma pessoa suspeita — eu sussurrei para você quando entramos.

Entre roupas jogadas no chão, embalagens de salgadinhos, latas de bebida vazias e pratos sujos, nós nos debruçamos sobre os documentos que você havia encontrado no escritório do seu pai: cartas escritas a mão, contas em nome de pessoas diferentes, informações bancárias em vários países.

— Não entendo isso aqui — eu disse.

— Eu também não — você respondeu.

E foi então que encontramos uma lista: nomes de policiais, autoridades de alto escalão, jornalistas, personalidades do mundo da TV, executivos de empresas multinacionais... todos com enormes somas escritas ao lado dos nomes, alguns com detalhes de crimes e contravenções que ninguém gostaria de ver chegar aos olhos do público.

— Será que ele estava chantageando todas essas pessoas? Ele podia fazer o que quisesse com essas pessoas e sair impune, só ameaçando divulgar essas coisas? — eu perguntei.

— É o que parece — você disse.

Segurei a lista, examinando os nomes.

— Que loucura — eu disse. — Isso aqui é enorme. Por que ninguém foi punido por esses crimes? Estes... assassinatos e estupros e...

— Alguém teria que ser castigado — você respondeu.

— Sim, talvez, mas alguém que era inocente!

— O que eu não entendo é como ele organizou isso — você disse. — Como ele arquitetou tudo isso? Ele é um homem direto. Isso aqui é obra de uma mente calculista, maligna. Ele não é tão inteligente assim.

— Você acha que alguma outra pessoa...?

— Não sei. Realmente não sei.

Nenhum de nós ousa dizer os nomes ou os crimes em voz alta, mas, em nossas cabeças, nós lemos a lista do começo ao fim. Eu não conseguia gritar nem xingar. Não conseguia nem mesmo chorar pela vergonha que sentia de fazer parte de uma sociedade em que isso podia acontecer.

— A questão não envolve mais somente eu e você, e o fato de podermos nos ver ou não — eu disse. — Agora, todo mundo está envolvido. A minha mãe, a sua, Ollie, a Senhora B., Gus, todas as vítimas que nunca tiveram justiça, as pessoas no corredor da morte sem poder se defender... todo mundo.

— Todo mundo sabe que o sistema foi corrompido, só que ninguém diz nada. Ninguém se atreve. Mas eles não sabem que a situação chegou a esse ponto. — Eu apontei para os documentos que estavam diante de nós. — Você acha... — Um turbilhão de pensamentos girava na minha cabeça. — Você acha que podemos usar isso, de alguma forma?

— E vamos fazer o que com isso?— você perguntou.

— Poderíamos esconder essas coisas aqui, com a carta que eu encontrei também, e podemos achar alguém disposto a escutar.

— Quem? Você sabe o que vai acontecer. Mencione qualquer coisa a alguém que pode fazer alguma coisa, como um jornalista ou a polícia, e de alguma forma esses documentos vão desaparecer, ou nós iremos. Isso se nos derem ouvidos, em primeiro lugar.

— Talvez eles não deem ouvidos a uma órfã dos Arranha-Céus — eu disse. — Mas com certeza ouvirão o filho de Jackson Paige.

— Mas...

— Imagine só. Se conseguirmos derrubá-lo, vamos poder derrubar também todos que estão conectados a ele. Pense em quantas vidas esses papéis poderiam salvar, e, se conseguirmos provar a corrupção, talvez isso possa mudar o sistema de justiça, trazer a verdadeira justiça de volta. É tarde demais para Ollie, para a minha mãe e para a sua, mas para os outros... isso era o que você queria.

...

Quando voltei para casa naquela noite, o meu apartamento havia sido invadido e revirado. Os armários da cozinha haviam sido esvaziados, os sofás e as cadeiras rasgados, o conteúdo do guarda-roupa removido, fotos arrancadas dos porta-retratos e os vidros estilhaçados.

Você se lembra disso? Lembra-se de como perdeu a voz quando eu contei sobre a ameaça pintada na parede da minha sala de estar? Essa foi a gota d'água para você? Saber que o homem que se declarava o seu pai havia ameaçado a minha vida, caso eu voltasse a me encontrar com você?

E eles nem sabiam sobre os documentos naquele momento. Isso passou pela sua cabeça na noite em que Jackson Paige foi morto? Porque, com certeza, passou pela minha.

— Posso ser a mártir — eu disse naquela noite, com a arma na mão e Jackson caído no chão. — Mas o guerreiro tem que ser você.

O azul das luzes da polícia brilhou no seu rosto e nos seus olhos. Meu Deus, como eu o amei! E ainda amo.

— Não — você respondeu.

Eu quis dizer que podíamos fugir e ficar juntos para sempre, mas isso era egoísmo. Estávamos diante da possibilidade de uma mudança, da real justiça, em que a verdade finalmente fosse revelada; eu não podia dar as costas para tudo aquilo.

— Tem que ser assim — eu disse. — Você tem a influência e o dinheiro. As pessoas vão escutar o que você disser. Você pode fazer isso acontecer. Eu, não. Mas eu posso fazer isso aqui.

...

Se eu fechar os olhos agora, aqui nesta cela, consigo me lembrar da sensação do último beijo dele que tocou os meus lábios, e, se forçar bastante a imaginação, consigo sentir o cheiro dele e a sua presença junto de mim. E consigo me lembrar das últimas palavras que ouvi, enquanto ele dizia que me amava.

— Vá! — eu gritei para Isaac naquela noite, e observei a sua sombra desaparecer na escuridão, sabendo que seria a última vez que eu o veria.

CELA 5

EVE

O carro de Eve avança pela rua Crocus. Seus óculos escuros encobrem os olhos injetados de sangue, mas, conforme ela observa e analisa o lugar cuidadosamente pelo para-brisa, encarando algo que está mais adiante, ela os remove do rosto e ergue as sobrancelhas, surpresa com a quantidade de flores e homenagens a Jackson, que agora se estendem por toda a calçada e começam a invadir a rua. Calçadas e asfalto cinzentos e cheios de rachaduras cobertos com pétalas e cores bonitas.

— Quantos até agora? — ela pergunta para si mesma.

Com um suspiro e um aceno negativo de cabeça, ela dá meia-volta com o carro e vê o que estava procurando. Diminuindo a velocidade, ela estaciona ao lado do rapaz trajando jeans largos e um blusão de moletom, com o capuz erguido, escondendo seu rosto. Ela abre a janela do carro e ele olha de um lado para outro.

— Você de novo? — diz ele.

— Entre no carro, Gus — diz ela.

Ele continua andando. — O quê?

— Entre no carro!

— Diabos, nada disso. Sei o que acontece com quem entra no carro de estranhos — responde ele. — E você é uma das pessoas mais estranhas que eu já vi.

— Entre na porra do carro antes que eu ligue para a polícia e invente alguma coisa para que eles o prendam!

Gus para de andar. — Meu Deus, você é louca! Tudo bem, tudo bem.

Ele entra no carro e Eve dirige.

MARTHA

Mais duas noites de sono.

Mais duas manhãs vendo o sol nascer por janelas cada vez menores.

Mais dois dias com torradas frias e suco de laranja no café da manhã.

Mais três almoços.

Mais três jantares até eu morrer.

Olho ao redor da cela. Esse lugar é do tipo que destrói a alma. Entorpece a mente. Devora a esperança. Induz à loucura e todas as outras coisas capazes de derrubar uma pessoa.

Sinto-me esgotada.

Os dias giram em torno de comer, dormir e do nascer e do pôr do sol.

Será que vou poder escolher o que quero comer no meu último dia?

No meu último jantar não vai haver vinho nem amigos ao redor da mesa. Não tenho um número suficiente de amigos para isso de qualquer maneira, e só há uma pessoa com a qual eu gostaria de dividir minhas últimas horas.

...

Nunca pudemos socializar como pessoas normais. Na parte da cidade onde ele morava, os *paparazzi* o seguiam como vespas ao redor de um pote de geleia. Se ele fosse visto junto de mim, uma garota dos Arranha-Céus, isso com certeza apareceria nas primeiras páginas de todos os tabloides da cidade.

Ele dizia que não se importava, mas eu, sim.

Iriam desenterrar informações a meu respeito. Escrever sobre a morte da minha mãe. "A filha da atropelada", diriam os tabloides, ou "Garota que ficou órfã por causa do vizinho assassino". Toda essa merda e todas essas mentiras.

O mundo é feito de mentiras e meias-verdades.

Eu não queria que aquilo que eu e Isaac tínhamos fosse obscurecido por causa disso, lembrando a nós dois que foi o pai dele que matou a minha mãe.

Mesmo assim, imagino que foi isso que nos aproximou.

Se eu pudesse escolher com quem dividir uma última refeição, seríamos eu e ele. Uma noite na floresta, o pôr do sol alaranjado por entre os galhos e o único ruído seria o canto dos pássaros. Não me importa qual comida teríamos conosco; desde que seja algo que não me deixe com o hálito fedido ou que me faça arrotar. Pode ser um pudim de caramelo cremoso, como o que a minha mãe costumava fazer, ou o bolo de mel da Senhora B. Eu comeria devagar, saboreando cada garfada e cada segundo ao lado dele.

...

Em uma noite do verão, nós dois nos sentamos juntos no parque, nos balanços que ainda restavam. Já fazia mais ou menos um mês desde que o pai dele havia começado a fazer perguntas sobre onde e com quem ele estava passando o tempo, e as nossas conversas ficavam cada vez mais sérias. Tínhamos a sensação de que o nosso tempo estava ameaçado. Engolíamos cada segundo que podíamos antes que o fim inevitável chegasse.

— Na noite do atropelamento, ele voltou para casa resmungando e reclamando — disse-me Isaac, enquanto nossos balanços rangiam. — Já era tarde. Onze da noite, talvez, ou meia-noite. Eu o ouvi falando ao telefone. Tinha bebido. Minha mãe estava gritando com ele, completamente histérica. *Você foi se encontrar com aquela puta outra vez*, ela disse.

— Ele estava tendo um caso?

— Ele teve vários, todos com mulheres dos Arranha-Céus. Mas a minha mãe, a minha mãe adotiva, rendia belas fotos quando estava em seus braços, e sua família tinha dinheiro. Ele nunca a deixaria... Ela é uma mulher poderosa, ao seu modo. De qualquer maneira, os dois estavam no quintal de casa, gritando e se xingando. Eu me levantei da cama e fui ver o que estava acontecendo. Não dava para deixar de notar o carro, que estava...

— Um dos sem-teto disse que ela foi atropelada por um 4×4.

Ele confirmou com um aceno de cabeça, olhando para o lado conforme nossos balanços se cruzavam no ar.

— O carro de Ollie era pequeno. Começava a vibrar se passasse dos sessenta. Brincávamos dizendo que ele devia tomar cuidado com as raposas, pois, se atingisse uma, daria perda total no carro.

— O carro estava destruído — disse ele, arrastando os pés no chão embaixo do balanço para frear o movimento. — Ele estava... a frente estava... bem, você não precisa saber disso.

Parei ao lado dele. As lâmpadas nos postes perto do parque haviam queimado há muito tempo e ninguém as trocou desde então. Estava escuro. Eu conseguia ver os contornos de Isaac contra as luzes da avenida principal ao longe, mas não muito mais do que isso.

— Meia hora depois, alguns homens apareceram em uma caminhonete. Meu pai abriu a porta e eu vi quando ele os cumprimentou e entregou dinheiro. Dois deles começaram a trabalhar no 4×4.

— E o que fizeram?

— Começaram a consertá-lo. Para mim, parecia que o carro não tinha salvação, mas eles trouxeram um capô novo e tinta automotiva....

Ele suspirou, segurou as minhas mãos e aproximou os nossos balanços. — Mas eu já havia tirado algumas fotos — sussurrou. — E tentei gravar o que os outros homens conversavam com o meu pai com o meu celular, mas a qualidade não ficou boa. Saí da casa escondido e os segui quando eles terminaram. Não sei por que fiz isso; seria muito mais fácil voltar para a cama, cobrir a cabeça com o edredom e continuar na ignorância, mas alguma coisa me impediu. Eu parei o carro lá adiante, em um velho estacionamento. — Isaac apontou para um ponto que ficava além da rua Crocus, perto de um dos bares fechados. — Caminhei por entre as sombras e me escondi nos vãos das portas das lojas.

Ele apertou a minha mão.

— Escutei os homens conversando quando estavam ao redor dela, e depois os segui até os Arranha-Céus. Enquanto eles estavam arrebentando o carro de Oliver B. para fazer com que aquilo parecesse legítimo, eu estava escondido nas lixeiras. Não consigo acreditar que, com todo o barulho que eles estavam fazendo, eu fui o único que os viu ali.

— Por que você não fez nada, então?

As mãos dele deslizaram pelo meu cabelo. — Eu liguei para a polícia e pedi para mandarem uma ambulância, mas o que mais eu podia fazer?

— Podia ter contado a alguém que pudesse fazer alguma coisa.

— Quem, Martha?

— A polícia? Os jornais? Algum jornalista? Alguém...

— Ninguém acreditaria...

— Você tinha provas! Podia ser uma reportagem explosiva. Podia ter contado o que o seu pai fez, mostrado as fotos, o vídeo. Eles iriam adorar. Colocariam na primeira página. Seria um escândalo.

Ele levou as minhas mãos até o seu rosto e as beijou. — Eu queria... — sussurrou ele. — Queria que isso pudesse ter acontecido. Mas você sabe que não funcionaria. A história não chegaria nem a sair da boca de alguém antes de desaparecer, levando consigo todas as provas. Você sabe disso, Martha. Já se perguntou qual é a coisa mais poderosa do mundo?

— É alguma pessoa? — eu disse. — Alguém que tenha sempre os interesses das pessoas em mente? Pelo menos, deveria ser.

— Deveria, mas não é. O poder é a coisa mais poderosa no mundo. Quem tem poder faz o que quiser. Uma pessoa precisa conquistar o poder de forma legítima, mas a maneira como ela o mantém, o aumenta ou o exerce... aí é que está o problema.

Ele me puxou para perto de si e eu senti o calor dele no meu rosto quando nos beijamos.

— Não vamos desistir — suspirou ele. — Aqui, agora, você e eu. Juntos, nós vamos encontrar um jeito.

Isaac soltou as minhas mãos e se levantou. — Chega desse pessimismo todo — disse ele, e girou o balanço no qual eu estava sentada, várias e várias vezes, com as correntes que o sustentavam se enrolando uma na outra enquanto o meu assento me espremia e se erguia.

— Segure firme — disse ele. — E olhe para cima.

Eu fiz o que ele mandou e Isaac soltou o balanço. Olhei os pontos das estrelas no céu enquanto o mundo girava ao meu redor, primeiro para um lado e depois para o outro, várias e várias vezes, até que as correntes enroscadas perderam a energia e o balanço parou.

— Cara, que loucura — eu disse, e, com as pernas bambas e a cabeça ainda girando, eu me levantei e o beijei outra vez.

...

O ruído da câmera que se move na parede me traz de volta ao presente e tira o sorriso que aquela lembrança me trouxe.

Parece que acabamos nos deparando com um caminho, Isaac.

Ergo a cabeça e encaro a câmera. Quantas pessoas estão me vendo?

Todas as pessoas das Avenidas e da Cidade, que consideram que Jackson Paige estava numa espécie de pedestal?

Quantos mais vão me ver daqui a dois dias?

Não vai demorar muito para saberem a verdade.

EVE

Eve estaciona o carro na Galeria, não muito longe da montanha de homenagens deixadas para Paige.

Gus estala a língua.

— O que foi? — pergunta ela.

— Essa merda toda — diz ele. — As pessoas são idiotas.

— Você conhece a verdade, então?

— Provavelmente eu sou o único que conhece toda a verdade, mas isso não significa que vou contar para você.

— Por que eu não vou pagar?

— Sim, isso também. E porque eu tenho honra — diz ele.

— Ah, não me venha com essa.

— Por quê? Você acha que, só porque eu moro nos Arranha-Céus, não tenho dinheiro e as autoridades mandam em mim, eu também não tenho princípios?

— Não foi isso que eu...

— Você nem precisou dizer, mulher. Você é quem tem princípios, me obrigando a entrar no seu carro? E me ameaçando?

— Eu não o ameacei. De qualquer maneira, por que as autoridades não sabem? Por que você não contou a eles?

— Eles não perguntaram. Não querem saber. E, como eu falei para você, porque tenho honra.

Eve tamborila os dedos no volante.

— Onde você mora? — pergunta ela.

Ele se vira para encará-la. — O quê? Por quê?

— Porque há alguns documentos e cartas que você precisa me dar.

— Não tenho merda nenhuma de documentos.

— Tem, sim. Isaac me disse.

— Não vou levar você até a minha casa. E se as pessoas virem?

— É por isso que eu vim à noite.

— Não se faça de besta. Não vou levar você para a minha casa e ponto final. E, de qualquer maneira, mesmo se eu lhe entregasse toda aquela merda, lá não diz quem matou quem ou por quê.

— Você leu tudo?

Ele dá de ombros.

— E o que me diz sobre a carta de Martha?

Ele a observa. — Bem... mesmo assim, não diz quem matou quem.

— Mas tudo isso são provas.

— E serve para quê? Não dá pra fazer nada com aquilo. Quem vai querer saber? Quem vai se arriscar a publicar? Não faz sentido. — Ele se vira para o outro lado e olha pela janela, observando o policial de sentinela diante das homenagens a Jackson.

— Sabe, já estou cansada disso — diz Eve. — Estou tentando fazer a coisa certa, e as pessoas são difíceis. Martha não matou Paige, eu tenho certeza, mas ela não me diz isso especificamente. Isaac disse, mais ou menos, mas não quer me contar nada por causa de alguma promessa, mesmo que isso signifique que a garota vai morrer. Você diz que sabe de tudo, mas não quer me contar. E, durante todo esse tempo, o momento em que aquela garota inocente será morta está se aproximando, e eu não posso fazer nada a respeito.

— Apenas entregue os papéis — diz ela.

— E se você contar a alguém que fui eu que dei ou que fui eu que escondi a papelada? Hein? O que você acha que vai acontecer comigo? *Eles vão me pegar. Vou sumir do mapa e nenhum desgraçado vai saber ou se importar.*

— Não vou contar a ninguém.

— Correção: você não quer contar para ninguém, mas às vezes você não tem escolha.

Eve mergulha a cabeça nas mãos. — Ninguém vai fazer nada contra você só por ter guardado alguns papéis.

— Não me diga que você acredita nisso, mulher!

Ela dá a partida no carro, prende o cinto de segurança outra vez e tranca as portas.

— O que você está fazendo? Deixe-me sair daqui!

Eve pisa no acelerador e o policial que vigia as flores para de andar.

— Você acha que aquele policial gostaria de saber que você invadiu o meu carro e começou a me extorquir por dinheiro?

— Você não faria isso.

— E se eu der a ele uma desculpa para revistar a sua casa?

Ela pisa no acelerador com mais força e o policial observa o carro atentamente. — E se ele encontrar os documentos? Com certeza ele pensaria que você invadiu a casa de Jackson e os roubou. O que aconteceria, hein?

Ela deixa o carro avançar. A mão do policial busca o rádio.

— Não...

— Nós dois sabemos o que iria acontecer, não é? Você já me disse isso antes. Aliás, o que foi que você disse agora mesmo? Eles vão me pegar. Vou sumir do mapa e nenhum desgraçado vai saber ou se importar. Algo assim, não foi mesmo?

— Sabe, eu achei que você fosse uma pessoa decente.

— Eles estavam namorando, não é? Martha e Isaac Paige.

— O quê?

— Estavam ou não?

— Sim, sim, tudo bem. Eles estavam namorando.

O carro avança um pouco mais.

— Como eles se conheceram?

— Não vou lhe contar... — Ele puxa a maçaneta da porta, mas ela não se abre. — Que merda! Merda! Tudo bem... tudo bem. Eles se conheceram depois que a mãe de Martha morreu. Isaac começou a frequentar este lugar.

— Por quê?

— Ah, você é idiota? Culpa, é claro. Por causa da mãe dela.

— Por que ele se sentiu culpado? Não teve nada a ver com a morte dela, não foi?

Gus ergue as mãos, desesperado. — Ele não matou a mãe de Martha, se é isso que você está querendo saber. Ele é um cara decente...

— E o que me diz sobre Jackson? Por acaso ele sabia que os dois estavam namorando?

O carro continua a avançar e o policial tira a arma do coldre.

— Jackson? Puta que pariu, ele proibiu os dois de namorarem e o apartamento dela foi invadido e revirado. Disse que iria matá-la se eles não terminassem o namoro, e estava falando sério.

— E aí ele veio procurá-la naquela noite?

O policial começa a se aproximar do carro.

— Puta que pariu! Me deixe sair daqui, agora!

— Quem atirou em Jackson? De quem era a arma?

— Não posso dizer.

Ela puxa o freio de mão e o policial liga a lanterna para iluminar o interior do carro pelo para-brisa.

— A arma era de Jackson. Era de Jackson. Disse que ia matá-la, disse um monte de merda sobre a mãe de Martha, coisas muito ruins...

O policial se aproxima.

— Quem atirou nele?

— Não posso! — diz ele. — Isso não pode vir de mim!

— Quem estava lá? Quem viu tudo acontecer?

— Eu... ele... pelo amor de Deus, deixe-me sair daqui! Estou perdido. Estou preso em uma porcaria de triângulo com as autoridades, Martha e Isaac, e agora com você, e eu não fiz nada!

O policial bate no vidro da janela.

— Qual é o nome da rua onde você mora?

— O quê?

— Rápido. Qual é o nome da sua rua?

— Rua Snowdrop, Jesus, caralho, Rua Snowdrop!

Ela pressiona o botão, a janela se abre e o ar frio invade o carro.

Gus baixa a cabeça.

— Boa noite. Posso perguntar o que a senhora está fazendo aqui a esta hora da noite?

Eve sorri para o policial. — Desculpe, oficial — diz ela. — Viemos olhar as homenagens.

— E você? O que faz aqui? — pergunta ele, iluminando o rosto de Gus com a lanterna.

— Isso. Eu também — resmunga ele.

O policial volta a olhar para Eve. — Nenhum problema, senhora?

— Nenhum. Obrigada.

— Bom, vou deixá-los em paz, então.

Ele dá meia-volta e começa a se afastar. Gus respira aliviado.

— Ah — diz Eve, pela janela. — Com licença, policial, mais uma coisa. Pode me dizer como faço para chegar na Rua Snowdrop?

O policial retorna ao carro. — Rua Snowdrop? Por que alguém como a senhora iria querer ir até lá?

— Sou advogada — mente ela. — Tenho que entregar alguns documentos para um cliente.

— Ah, sim. Qual é o número?

— Eu levo você até lá — interrompe Gus. — Não se preocupe, policial. Eu mostro o caminho a ela.

— É muito gentil da sua parte — diz Eve, com um sorriso.

O policial se afasta outra vez. Eve fecha a janela, dá a partida e começa a dirigir.

— Sabe de uma coisa... vocês, esse povo das Avenidas, vêm aqui para resolver seus negócios sujos, nos envolvem em um monte de merda e nós temos que levar a culpa, porque vocês têm dinheiro para se safar. A merda cai de cima para baixo. Já era hora disso acabar. Vou entregar as coisas para você, as cartas e os papéis, prometo. Mas vou dizer outra coisa também. Pare o carro.

— Como é?

— Pare o carro perto da Galeria. Aqui, pare aqui.

Ela encosta o carro ao lado da calçada.

— Está vendo aquilo na parede? — Gus se inclina para frente e aponta pelo para-brisa. — Câmera de circuito fechado de TV. Está aqui há anos. Quando instalaram, eles disseram que era para nos proteger. Mas, quando precisamos, aparentemente não estava funcionando.

— Mas...?

— Destranque a porta.

— Você acha que eu sou idiota? Você vai fugir.

— Não — diz ele. — Eu disse que tenho honra e estou falando sério. Agora, observe a câmera.

Quando Gus sai do carro e atravessa a rua, Eve observa a câmera girar e acompanhar os seus movimentos.

ACOMPANHAMENTO PSICOLÓGICO

— Eu achava que eles não nos deixariam conversar de novo — diz Martha, olhando para Eve, com os pulsos e as mãos cobertas por ataduras.

— Foi necessário fazer um pouco de pressão — responde Eve. — Como você está? Parece cansada.

— Estou — diz Martha. — Foi... — Ela deixa a frase morrer no ar.

— Quer falar a respeito?

Martha a encara. Seu peito se move para cima e para baixo conforme respira, e seus dedos se movimentam agitadamente sobre o colo. Ela passa a mão pela cabeça raspada. — Não — sussurra ela.

Eve faz que sim com a cabeça.

Martha respira fundo e se inclina para frente. — De certa forma, vai ser um alívio quando acontecer — sussurra ela. — Eu não achei que... seria... que seria... — Ela cruza os braços diante do peito. — Não sei... — ela balbucia. — Vamos nos ver amanhã? — pergunta.

— Espero que sim — responde Eve.

Martha aperta os braços ao redor do corpo.

— O guarda disse que não haverá mais psicólogos para fazer o acompanhamento. Disse que agora eles serão virtuais, em uma sala em que uma voz conversa com você.

— Sim. Descobri isso ontem. Já te levaram para usar um desses?

— Não. — Ela olha por cima do ombro de Eve, buscando a janela. — Sabe, eu fico feliz por você ter plantado a árvore. É legal ver um pouco de verde. Verde de verdade.

— Se eles a levarem para falar com uma dessas máquinas, você não é obrigada a dizer nada.

Martha olha novamente para Eve.

— Eles vão transmitir a sessão de acompanhamento ao vivo.

— E as câmeras nas celas?

— A mesma coisa.

— As pessoas podem me observar o tempo todo?

— Você não percebeu isso ontem, quando aprontou aquela cena com a mensagem na parede?

— Não. Achei que somente as pessoas nos escritórios da televisão veriam, ou... não sei... o que você disse? Isso é transmitido pela televisão ao vivo?

— Televisão, internet... tudo gratuito. Bem, vai ser gratuito até as seis da tarde do seu sétimo dia.

— Depois as pessoas vão ter que pagar para assistir?

Eve confirma com um aceno de cabeça.

— Você conseguiu ver todos aqueles nomes na parede?

Ela assente outra vez.

— Ótimo — sussurra Martha. — E a minha mensagem?

— Ah, com certeza.

Martha começa a exibir os indícios de um sorriso. — Você andou assistindo, então? — pergunta ela.

Eve se mexe em sua cadeira. — Só um pouco, ontem à noite — responde ela.

— Ah. Fico feliz por você não ter assistido na noite anterior.

— Qual delas?

Martha solta os ombros. — Cela 3, eu acho. Difícil dizer qual é qual, elas parecem se misturar umas com as outras.

Eve junta as mãos diante de si. — Um prisioneiro me disse, certa vez, que teve a impressão de que eles usavam uma espécie de gás em uma das celas. Para causar alucinações.

— Então é isso. Puta que pariu, essa merda é de enlouquecer.

Martha cobre as mãos com as mangas do macacão e cruza os braços diante do peito. Ajeita-se novamente na cadeira. — Deve ter gente que acha isso engraçado.

— Talvez algumas das pessoas mais cruéis.

— Sim, e agora todo mundo pode assistir. Como se tudo fizesse parte da diversão, do entretenimento. Uma espécie de zoológico bizarro ou coisa do tipo. — Ela esfrega as mãos pelo rosto e exala o ar com força. — Se não puderem ver o gás, vai ser muito engraçado, não é mesmo? Acho que eu iria parecer louca e surtada. Nunca se sabe, talvez algumas pessoas decentes não gostem disso e façam um protesto público, dizendo que isso é... não sei, um atentado contra os direitos humanos ou algo assim. Acho que deve ser. Ser atacada com um gás.

Ela faz uma pausa, pensando.

— A que horas você estava assistindo?

— Acho que entre as quatro e cinco da manhã — diz Eve. — Acordei e não consegui mais dormir.

— Então você me viu enquanto eu dormia?

— Eu estava preocupada com você. Era... era... a única forma pela qual eu podia ver como você estava. Isso a incomoda? Prefere que eu não faça isso?

— Por que você estava preocupada comigo? Por que isso faz parte do seu trabalho?

Eve pensa na pergunta por um momento. — Acho que eu estava preocupada com o que estavam fazendo com você. Como você estava se sentindo. Não porque você é minha cliente, mas porque... porque você está vulnerável. E sozinha.

— Porque eu sou uma adolescente?

— Não, na verdade não. Porque você é um ser humano. Porque não gosto de sofrimento. Nem de dor. Porque eu me preocupo com você. Porque me sinto inútil. Porque não quero que você morra.

Eve observa enquanto Martha esfrega os olhos com as mãos.

— Porque eu acho que você está assustada.

A respiração de Martha vacila em seu peito.

— Não vou mais assistir — diz Eve.

— Não tem importância — responde Martha. — Só estou com a sensação de que isso é meio esquisito.

— Quer falar sobre isso?

— Você parece uma psicóloga, dizendo "quer falar sobre isso?" o tempo todo.

— Bom, isso sim é esquisito — diz Eve com um sorriso.

Do lado de fora, a árvore balança com o vento forte, e os pássaros se desequilibram nos galhos.

Martha olha para o lado da sala. — Há um relógio em cada cela, você sabe, e o tique-taque deles é tão alto quanto o relógio daqui. Achei que acabaria me acostumando, mas ninguém consegue.

— Lembro de um dos prisioneiros — diz Eve. — Chamava-se Jorge. Ele conseguiu subir no batente da porta e arrancar o relógio da parede. Quebrou-o em mil pedaços.

— Há grades de metal ao redor deles.

— Desde aquela ocasião.

Martha sorri. — Você tem permissão para me contar essas coisas?

Eve ergue os ombros.

— O que vai acontecer com o seu emprego, agora que instalaram esses psicólogos virtuais?

— Você é a minha última cliente — diz ela.

— Não vai se esquecer de mim depois que terminar?

— Nem se eu quisesse — responde Eve. Ela abre a bolsa e tira outro pacote de biscoitos, recheados com creme desta vez.

— Obrigada — diz Martha. — São os meus favoritos, mas não quero arruinar a minha silhueta. — Ela tenta sorrir outra vez.

Eve empurra o pacote por sobre a mesa. — Coma todo o maldito pacote — responde ela.

Com uma cautela incrível, Martha abre a extremidade da embalagem, tira um dos biscoitos e mordisca a beirada.

Eve a observa comendo. — Há quanto tempo você tinha um relacionamento com Isaac Paige? — pergunta ela.

Por um segundo, a boca de Martha para de se mover. Enquanto olha para Eve, seu corpo inteiro começa a tremer.

— Com quem você andou conversando?

— Isaac, a Senhora B., Gus. Sabia que havia uma câmera de vigilância apontada para o lugar exato onde você alega ter atirado em Jackson?

Martha coloca o resto do biscoito na boca. — Se você sabe disso, então sabe também que nada disso adianta — resmunga ela por entre as migalhas.

— As autoridades fazem uma cópia de segurança de todas as imagens das câmeras de vigilância.

Ela engole. — Não faz diferença. Não quero passar por tudo isso outra vez. Não quero pensar, nem falar sobre isso, nem nada. Nada. Está terminado.

Ela pega outro biscoito e o morde na metade, observando enquanto Eve tira um telefone celular do bolso e toca a tela.

— Você não pode... — diz Martha.

Eve coloca um dedo diante dos lábios para silenciá-la, e, enquanto segura o telefone diante da orelha, ela e Martha se entreolham.

— Alô. Sim, sou eu. Estou aqui — diz Eve, no aparelho. — Aham. Sim, ela está na minha frente. Comendo os biscoitos que você mandou. Você tinha razão, são os favoritos dela.

Martha fica boquiaberta. Seus olhos começam a piscar sem parar.

— Vou passar o telefone para ela. Não, está tudo bem. Não há câmeras aqui. Vai ficar tudo bem.

Ela estende o telefone. — Ele quer falar com você.

Martha olha para ela, com a boca aberta.

— Pegue.

Martha faz que não com a cabeça.

— Pegue — diz Eve por entre os dentes. — É Isaac. — Ela empurra o telefone por sobre o tampo da mesa.

Com movimentos trêmulos, Martha estende a mão lentamente, tocando no telefone com dedos cautelosos. Com os olhos fixos em Eve, ela pega o aparelho e o traz até a orelha.

— Alô — sussurra.

Martha desvia o olhar. Seus ombros se contraem e ela ergue os joelhos, abraçando-os contra o peito, equilibrando-se na beirada da cadeira enquanto balança o corpo para frente e para trás.

— Estou com saudades de você, também — suspira Martha.

Ela assente com a cabeça e um sorriso se forma por entre as lágrimas. — Você viu? A Senhora B. também? É mesmo? Ela viu o nome dele?

Mais um segundo e o sorriso se desfaz.

— Não posso. Não estou...

Ela apoia a cabeça nos joelhos.

— Não posso — ela diz. — Não... não posso dizer isso a eles...

Ela enxuga os olhos com a mão.

— Quem iria acreditar em mim? — sussurra. — Eu sei... mas as provas... a câmera... — Ela balança a cabeça, negando a situação enquanto Isaac fala. — Não, nós já conversamos sobre isso... mesmo assim... não, Isaac, por favor. Não vou mudar de ideia...

Por um segundo ela olha para Eve, mas seu rosto se contrai e seus olhos se enchem de lágrimas. Ela se encolhe na cadeira, baixando a cabeça.

Sua respiração sai em soluços estrangulados. — Amo você também — sussurra ela.

Martha desliga o telefone e o deixa cair no chão. Eve dá a volta na mesa e, enquanto o corpo de Martha treme e suas lágrimas caem, ela a toma em seus braços e a abraça com força.

18H30 – MORTE É JUSTIÇA

A música estridente de abertura toca sobre uma batida de coração que marca o ritmo. Tela azul-escura, fagulhas brancas zunem e estalam.

O logotipo do olho, as palavras "Olho por olho por olho por", girando ao redor da íris.

A música vai ficando mais baixa. O logotipo se move para extremidade da tela, onde as palavras param de girar e as luzes se acendem em um estúdio diferente — a sala de um antigo tribunal de justiça, com as paredes revestidas por painéis de carvalho, uma área elevada para o júri abarrotada com membros da plateia, mesas grandes de madeira e cinco púlpitos de carvalho entalhados.

Ao lado de uma das mesas, ladeada por cadeiras de madeira com espaldar alto e decoradas com painéis entalhados, está Kristina, trajando um conjunto de calça e paletó azul-royal, com um decote generoso e corte acinturado. Um par de óculos fajutos se equilibra na ponta do seu nariz e, sobre a cabeça, ela usa a peruca de cabelos longos de um juiz.

KRISTINA: Boa noite a todos, e bem-vindos ao nosso *Domingo na Corte*, telespectadores!

A plateia aplaude.

KRISTINA: Como sempre, no *Domingo na Corte*, fazemos uma transmissão ao vivo neste prédio histórico na região central de Londres, o Old Bailey, construído no final do século dezessete e onde já foram julgadas pessoas como os irmãos Kray, famosos gângsters na Inglaterra, e o escritor Oscar Wilde. Com a dissolução dos tribunais, este prédio foi salvo do fechamento após sua transformação em um conjunto de estúdios de televisão para a gravação do nosso *Domingo na Corte*, e que agora também recebe o nosso novo programa: *Campainha da Justiça*, que vai ao ar duas vezes por dia, sete dias por semana.

Ela faz uma pausa para sorrir para a câmera.

KRISTINA: Aqui na Olho por Olho Produções nós estamos muito empolgados por poder apresentar este novo conceito a vocês. Se ainda não viram o comercial ou não assistiram ao programa, não ficarão decepcionados. Esta é uma oportunidade para que vocês, os membros comuns do público, façam parte de uma comissão, sentados diante dos acusados enquanto eles contam suas histórias. Acham que eles são culpados? Apertem o botão da campainha! Basta que três pessoas na comissão votem da mesma forma para mandá-los para a prisão. Quer fazer parte da comissão? Então acesse o link em nosso website para mais detalhes sobre como comprar ingressos. Temos tantos inscritos que logo teremos uma lista de espera. Por isso, compre o seu ingresso agora mesmo!

A plateia aplaude. Os dentes de Kristina e o seu colar de diamantes cintilam sob as luzes do estúdio.

KRISTINA: Conosco mais uma vez no programa desta noite está o nosso incrível repórter itinerante, Joshua Decker.

Vestindo um terno azul de grife com um colete e gravata, Joshua entra na sala, com a mão erguida para acenar para a plateia enquanto as pessoas o aplaudem e assobiam. Ele pisca para algumas pessoas, segura na mão de uma delas e a beija com um sorriso.

KRISTINA: Obrigada por estar conosco, Joshua. Não está tão itinerante hoje, eu presumo?

JOSHUA: O único itinerário que vou seguir é o caminho entre o palco e a nossa maravilhosa plateia!

Um murmúrio ecoa entre as mulheres.

KRISTINA: Como você sabe, Joshua, neste tribunal do *Domingo na Corte*, você tem que usar uma peruca.

Ela lhe passa uma peruca branca de juiz, mais curta do que a que ela usa. Ele sorri, coloca-a na cabeça e olha para a câmera.

JOSHUA: Que tal, hein, telespectadores? Essa peruca branca me deixa mais elegante?

Vários assobios cortejadores surgem por entre a plateia. Joshua faz poses, exibindo-se.

KRISTINA (em voz alta para se fazer ouvir sobre os assobios): Vamos falar sério, telespectadores...

Joshua levanta a mão para acalmar a plateia.

KRISTINA: Esta noite, exclusivamente no nosso canal, vamos trazer para vocês um grupo de especialistas para discutir o caso da adolescente assassina Martha Honeydew e ajudá-los a tomar uma decisão bem fundamentada na hora de votar. Ela é realmente culpada como afirma ser? Ela realmente roubou um dos nossos tesouros nacionais?

O estúdio fica em silêncio. A câmera se aproxima do rosto de Kristina; seus olhos estão úmidos, e os lábios, trêmulos.

JOSHUA: Vamos chamá-los para o palco!

Joshua e Kristina se aproximam dos púlpitos vazios.

KRISTINA: No púlpito número um, temos a psicóloga das estrelas, Penny Drayton!

A plateia aplaude quando ela sai dos bastidores, acenando para a câmera enquanto assume o seu lugar no primeiro púlpito.

KRISTINA: Diretamente do esquadrão de crimes hediondos da Cidade, o Inspetor-Detetive Hart.

Um homem de ombros largos, vestindo um uniforme azul e elegante, com ombreiras brilhantes e uma fileira de medalhas adornando o peito marcha para o interior do estúdio e assume o seu lugar. Tem uma expressão neutra no rosto. Seu olhar é frio. Os aplausos do estúdio perdem um pouco da sua intensidade.

JOSHUA: O autor do livro que se tornou sucesso de vendas *Por que os adolescentes matam*, Ian Chobury, está no púlpito número 3.

Os aplausos ganham um pouco mais de força quando um senhor de meia-idade aparece, com as luzes refletindo na sua cabeça calva e óculos grossos. Ele cumprimenta a plateia com um breve inclinar de cabeça e um aceno, e assume seu lugar no púlpito seguinte.

KRISTINA: E finalmente, no púlpito número 4, temos um rosto já conhecido dos nossos telespectadores, que foi acrescentado de última hora ao nosso painel de hoje. O ex-juiz da Suprema Corte, senhor Cícero.

Cícero ajeita os óculos diante do rosto quando sai dos bastidores e assume o seu lugar, o bigode se retorcendo quando ele tenta sorrir. Suas mãos repousam sobre o púlpito, os dedos entrelaçados. Se a câmera desse um zoom em seu rosto, poderia ver as gotas de suor se formando ao redor do colarinho da sua camisa.

Os aplausos se encerram. Os dois tomam seus lugares ao lado dos púlpitos, naqueles que antigamente eram os bancos das testemunhas. Cada um deles empunha um martelo de juiz.

KRISTINA: Cícero, vamos começar com você. Esta é a segunda vez que você participa do programa para discutir o caso de Martha Honeydew. Por que todo esse interesse?

Cícero passa a mão pelos cabelos grisalhos.

CÍCERO: Estou interessado em justiça para todos. Para as vítimas, para as famílias que ficaram para trás e também para os acusados.

INSPETOR HART: Os acusados? Os acusados renunciaram ao seu direito à justiça quando cometeram seus crimes!

CÍCERO: Você está presumindo que ela é culpada, quando, na verdade, ela é apenas acusada. O que aconteceu com o princípio de que a pessoa é inocente até que se prove o contrário?

INSPETOR HART: Ela definitivamente é culpada. Meus homens a apanharam. Ela admitiu o crime. O que mais você quer?

CÍCERO (gritando): PROVAS! Quero PROVAS! Evidências sólidas, pelo amor de Deus!

Joshua bate suavemente com o martelo na madeira. Os convidados param de discutir entre si e voltam-se para ele.

JOSHUA: Parece que o nosso painel está ficando um pouco exaltado, não acha, Kristina?

KRISTINA: Com certeza. Vamos trazer o foco para o nosso convidado no púlpito número três, Ian Chobury. Ian é autor de vários romances policiais *best-sellers*, escritos a partir das perspectivas do assassino e também do investigador, e assim tem o conhecimento necessário para nos ajudar a compreender as mentes de ambos...

CÍCERO (interrompendo): Isso é ficção!

KRISTINA: ... de ambos, a nossa acusada e a nossa vítima, Jackson Paige. Diga-nos, Ian, qual é a importância dessa ideia de haver provas?

CHOBURY: Obrigado, Kristina. Eu acredito que é importante lembrar o que realmente é a prova do crime, para que ela seria necessária e para que ela seria usada. Em casos como o nosso nobre colega aqui, o senhor Cícero, julgou durante a sua carreira, as provas realmente seriam indispensáveis, assim como seria para ele instruir o que o júri iria analisar para ajudá-los a compreender o crime e a decisão subsequente. Entretanto, o nosso sistema de justiça evoluiu para a forma atual, mais justa e mais democrática. Todos nós somos juízes e jurados. Todos nós temos voz igual...

CÍCERO: Não, não temos!

CHOBURY: Com o devido respeito, senhor Cícero, permita que eu expresse a minha opinião.

JOSHUA (interrompendo): Eloquente como sempre, senhor Cícero, mas vamos conversar agora com a nossa especialista-residente, a psicóloga Penny Drayton. É um prazer ter você conosco outra vez, Penny.

Ele pisca o olho para Penny e ela reage com uma risadinha.

JOSHUA: Em sua opinião, qual seria a motivação dessa garota para matar Jackson Paige?

DRAYTON: Não é preciso voltar muito no tempo para descobrir qual é a motivação mais provável da senhorita Honeydew para cometer um ato desses. Se examinarmos sua infância, podemos ver o caos no qual ela foi obrigada a viver. Um pai que desapareceu antes do seu nascimento, a mãe que foi abandonada à própria sorte, dia após dia, noite após noite, que dizia estar trabalhando quando, na verdade, saía para se encontrar com outros homens.

CÍCERO: Isso é besteira! E você sabe disso!

DRAYTON: Tudo isso resultou em uma jovem mulher que é tremendamente instável. Não devemos nos esquecer da morte da sua mãe, também. A maneira como todos esses eventos devem ter afetado sua personalidade é fascinante. Acredito que a sua motivação foi o ciúme e a inveja. Não há como negar que ela teve uma vida difícil — sem dinheiro, sem amor, sem atenção ou compaixão. Ela via o estilo de vida dos ricos e famosos e concentrou sua atenção neles. Ela atraiu Jackson Paige para uma armadilha que resultou na sua morte.

CÍCERO (gritando): POR QUÊ? POR QUE ela atrairia um dos homens mais ricos e famosos do mundo para matá-lo, e por que admitiria isso logo em seguida? POR QUE ela faria isso?

Cícero esmurra o tampo do púlpito.

CÍCERO (gritando): Isso não faz sentido algum! E vocês não estão tentando descobrir a verdade!

Kristina bate o martelo com força no poste de madeira.

KRISTINA: Ordem no tribunal, senhor Cícero, por favor! Ordem! Ou vou mandar que o retirem da corte!

O inspetor Hart ri da reação de Cícero.

INSPETOR HART: Ela se declarou culpada, Cícero, seu idiota. Por que ela faria isso se não fosse verdade?

CÍCERO: Bem, já que você é inspetor, poderia fazer algo radical, como inspecionar a situação! Fazer perguntas! Se está tão convencido de que ela cometeu o crime, então descubra o porquê!

O Inspetor-Detetive Hart se vira para Cícero, com o dedo erguido em riste, golpeando o ar:

INSPETOR HART (gritando): Eu fiz o meu trabalho, seu retardado! Eu prendi uma assassina! Tenho a arma que ela usou e uma confissão assinada. Coloquei-a no corredor da morte, onde é o seu devido lugar, e estarei lá daqui a dois dias para ver a eletricidade arrebentar o corpo dela e fritar seu cérebro, como ela bem merece. Se você tivesse feito o seu trabalho há tantos anos, não teríamos tantos assassinos à solta nas ruas hoje em dia. Você deixou os assassinos livres; nós não fazemos isso. Tornamos as ruas mais seguras.

Ele se afasta do púlpito e dá um passo em direção a Cícero:

INSPETOR HART (falando por entre os dentes, com raiva): Martha Honeydew é uma assassina fria e insensível, e merece morrer!

Cícero salta de trás do seu púlpito, avança sobre Hart e o derruba com um soco. Os seguranças do programa se aproximam, correndo. Cadeiras caem. Pessoas gritam. A câmera focaliza Kristina e Joshua, que agora estão juntos, com as perucas desalinhadas nas cabeças.

JOSHUA (em voz baixa): Os ânimos estão bastante exaltados neste caso tão delicado.

Kristina, boquiaberta, o encara com uma expressão séria.

JOSHUA: E nunca temos um momento entediante aqui no *Domingo na Corte*, telespectadores!

KRISTINA: Absolutamente, Joshua! A empolgação está sempre presente, e quase sempre temos algum escândalo! Continuem conosco depois dessa mensagem do nosso patrocinador, Cyber Secure, com os números para lançar os seus votos.

A tela se enche de azul, os sons ficam mais fracos. Uma nuvem aveludada aparece; linhas de texto borradas passam por ela. Quando um cadeado se fecha no canto da tela, o texto desaparece e, em seu lugar, logo abaixo, surge uma lista com todos os acusados e os números para as votações.

EVE

O fogo na lareira estala e crepita e a luz alaranjada reflete nos rostos de Eve e Isaac, sentados frente a frente, com as cabeças mergulhadas em uma concentração profunda.

Na mesa de centro estão as pastas e os documentos que Gus havia escondido, junto com cadernos rabiscados com informações retiradas deles, xícaras de café vazias, pratos com sobras de sanduíches e embalagens de comida para viagem.

Max está sentado no canto da sala, com o notebook no colo, olhando para a sua mãe e para Isaac, estalando a língua de vez em quando e conferindo o relógio.

— Vocês vão me contar o que está acontecendo? — diz ele.

Eve passa os dedos pelos cabelos, mas não ergue os olhos. — Não — diz ela. — É melhor se você não souber.

— Você está me tratando como criança.

A campainha toca.

— Você está esperando que eu atenda a porta?

Quando ele se levanta e sai da sala, Isaac olha para Eve.

— Você devia contar a ele — diz Isaac.

— Estou tentando protegê-lo.

— Por causa do que aconteceu com o seu marido?

— Você não entende.

— O que eu entendo é que você vai colocá-lo em um perigo ainda maior se não contar.

Cícero entra na sala e larga o corpo no sofá, ao lado de Eve. Leva a mão até o bolso da jaqueta, tira um molho de chaves e o joga sobre a mesa de centro. Eve, Isaac e Max olham fixamente para as chaves.

— Era isso que você queria, não era? — pergunta ele, esfregando os cortes e os hematomas nas juntas dos dedos.

— Sim, mas... — sussurra Eve.

— Você estava ótimo na TV hoje, senhor juiz — diz Max. — Quando arrebentou a cara daquele policial... aquilo foi... uau!

Cícero olha para o rapaz, com o bigode se estendendo em um sorriso sombrio. — Obrigado. Não foi a coisa certa a se fazer em circunstâncias normais.

— Foi, sim — responde Max, e dá alguns passos adiante, concentrando-se nas chaves. — Isso aí... — os olhos dele se detêm em um *pen-drive* de segurança, com um emblema familiar. — Você pegou as chaves dele?

Cícero olha para Eve e depois para Max. — Bem... — ele dá de ombros. — O chaveiro caiu do bolso dele.

— Não me venha com essa — responde Max, pegando as chaves. — Você começou aquela briga de propósito para roubar isso aqui?

— Não concordo com atos de violência, Max. Mas, de vez em quando, certas atitudes são necessárias.

— Você fez aquilo de propósito, não foi? O que exatamente vocês estão planejando?

Eve se levanta e olha fixamente para o filho. — Você não pode contar isso a ninguém.

— Confie em mim, mãe.

Ela fica em silêncio por um momento, observando-o. — A câmera — diz ela — na Galeria estava funcionando naquela noite, e também na noite em que a mãe dela foi morta. Todas as gravações da câmera são copiadas em um sistema de *backup*.

Max gira o *pen-drive* nas mãos. — Sabe, vocês não precisam ir até a delegacia para conseguir acesso aos arquivos. Não precisava nem ter roubado as chaves dele.

MARTHA

A janela da cela é tão pequena que eu acho que poderia cobri-la com a mão se conseguisse alcançá-la. Não há vidro, e o vento uiva por ela como se fosse algum lobo ou animal enlouquecido tentando se livrar de alguma coisa. Não há interruptor para a luz aqui. Não há lâmpadas nesse lugar, assim como na outra cela, mas este cômodo é muito mais escuro. Procurei uma lâmpada quando o sol começou a se pôr e depois fiquei só observando conforme todo o cenário ia ficando cada vez mais borrado, e os contornos de todas as coisas começaram a se mesclar uns com os outros.

É essa a sensação de morrer? Tudo vai simplesmente desaparecer? Meus olhos vão ficar pesados e será como se eu adormecesse? Vai doer? É eletricidade, então vai doer. Quanto tempo vai demorar até que eu desmaie? Vou desmaiar e depois morrer, ou o desmaio vai ser parecido com a parte da morte, também?

Meu Deus, que frio está fazendo aqui. O vento está cortante.

Em vez disso, queria poder morrer por causa de um bolo de chocolate. Comer o bolo e cair no sono. Apagar. Não envenenada, porque isso iria doer. Drogada, talvez.

Não consigo me lembrar da última vez em que comi bolo de chocolate. Provavelmente no apartamento da Senhora B. Ela faz um bolo muito gostoso.

A Senhora B. acredita em Deus. Rezou para ele depois que Ollie foi preso, pedindo-lhe que fosse solto, mas não funcionou. Ela mesma disse. Disse que Deus havia perdido aquele *round*, mas a luta ainda não havia terminado; e sabia que ele cuidaria bem de Ollie até que ela pudesse vê-lo outra vez.

Era muito reconfortante para ela pensar que voltaria a encontrá-lo em breve.

Lembrei-a sobre o que aconteceu com a minha mãe e disse que Deus estava perdendo muitos *rounds* ultimamente, mas que não tinha uma resposta para aquilo.

Sempre pensei que, quando alguém do meu círculo morresse, eu, de algum modo, saberia que a pessoa estaria bem. Parece idiotice, porque essa pessoa não está bem. Está morta, mas eu achei que teria uma espécie de intuição de que a pessoa estaria em paz ou coisa parecida. Mas nunca tive esse sentimento em relação à minha mãe.

Ela se foi. Ponto final.

Em dois dias, eu vou ter o mesmo fim. Ponto final.

Seria mais fácil se eu acreditasse.

Todos os meus pensamentos e lembranças sobre você vão desaparecer, Isaac. Você terá que guardar o dia em que nos conhecemos, nossas noites no parque, nossas caminhadas pela floresta, o dia em que você conheceu a Senhora B., a primeira vez em que andamos de mãos dadas, a primeira vez em que nos beijamos, fizemos amor — você terá que guardar tudo isso, mas, quando você morrer, será como se nada disso jamais tivesse acontecido.

É como se nunca tivéssemos existido.

Não há nada para mostrar, nenhuma marca, nenhum registro.

Meu Deus... quem vai lembrar da minha mãe quando eu morrer?

Jesus. Meu Deus. Que merda, mãe. Desculpe.

Lembro da sua mão segurando a minha com força no portão da escola, seus braços ao redor do meu corpo quando era hora de dormir, sua voz me chamando para tomar o café da manhã, mas não consigo mais ver seu rosto.

Quando fecho os olhos, eu a vejo em fotos, em um parque, em um casamento, levantando uma taça, congelada naquele momento, mas você não está diante de mim agora. Ouço você chorando, discutindo ao telefone com pessoas que você não podia pagar.

Você teve uma vida difícil. Sempre tentando fazer o melhor por mim.

Lembro-me daquela época. Afasto a sua tristeza dos meus pensamentos e me lembro. Ouço o seu riso.

...

É Natal. Estamos no apartamento da Senhora B., sentadas à mesa com ela e Ollie. Decidimos economizar dinheiro e não comprar os tradicionais *crackers* de Natal. Em vez disso, eu e Oliver os confeccionamos por conta própria. Não conseguimos fazê-los quebrar, mas isso não importava. Escrevemos piadas ridículas no interior deles, que não eram nem mesmo engraçadas, e foi isso que usamos.

Você estava lendo uma delas... eu me lembro...

O que a galinha foi fazer na igreja?

Assistir à Missa do Galo.

Não tinha graça, mas você começa a gargalhar, e, quando vimos você fazer isso, começamos a rir também. Não conseguimos parar. Minha barriga dói. Vejo a sua mão diante do rosto, enxugando as lágrimas, mas não consigo ver toda a sua face. Mas não importa. Eu ouço o seu riso. Escuto a sua felicidade. Você é minha mãe e eu sinto orgulho disso. Fico feliz por ser sua filha.

Guarde isso para mim, Senhora B. Você estava lá, você vai se lembrar também. Guarde essa lembrança para mim depois que eu morrer. Guarde-a em segurança. Guarde-a com você.

...

Horas se passam.

Estou com frio. Congelando.

A cela ficou mais escura e a janela é a menor coisa aqui dentro. Fico imaginando como está a lua nesta noite. Deve estar enorme, porque há tanta luz lá fora que consigo ver as nuvens se movendo pelo céu.

O vento está ficando mais forte. Meus dedos das mãos estão enrijecidos. Os dos pés, entorpecidos. Meu cérebro insiste em querer calcular quantas horas ainda me restam, mas eu não deixo.

Sinto-me gelada até os ossos.

Talvez eu congele até a morte esta noite. Eles vão chegar pela manhã e eu vou estar como um cubo de gelo, e terão que quebrar meus braços e pernas para me endireitar. Vão ter que me erguer e me largar no chão, e vou me despedaçar em um milhão de pedaços. Provavelmente eles continuarão com toda essa palhaçada, e colocarão todos os pedaços congelados e quebrados do meu corpo na cadeira elétrica.

Não posso passar a noite assim, eu penso.

Estou tremendo.

Ouço alguma espécie de ruído, um estalado rápido, e olho ao redor, tentando descobrir o que é, achando que vou conseguir enxergar alguma coisa nesta escuridão e que vou encontrar algum rato correndo ao meu redor ou uma aranha abrindo e fechando as pinças.

São os seus dentes, eu digo a mim mesma.

Preciso me aquecer. Ou então, pelo menos, preciso evitar sentir mais frio. Tento pensar no que posso fazer, mas não consigo pensar.

Hipotermia. Afeta o funcionamento do seu cérebro.

Queria ter alguma coisa além desse lençol esfarrapado.

Bata na porta, peça um cobertor, um edredom.

Claro, claro. Não consigo me mover. Estou cansada.

Meu nariz está escorrendo agora. Pensei que ele iria congelar, não escorrer. Estalactites de catarro penduradas na ponta do meu nariz.

Talvez eles tenham desistido da tortura psicológica e passaram para a tortura física.

Estou tremendo e balançando agora, como se eu tivesse quatro anos de idade e precisasse fazer xixi. Não consigo ficar imóvel. Enfio as mãos embaixo do travesseiro. Mudo de ideia. Abraço-o com força contra o peito.

Mantenha o tronco aquecido.

Não consigo sentir meus pés.

Queria que você estivesse aqui comigo, Isaac, eu penso. Para me manter aquecida. Para ficar junto de mim. E me abraçar.

— Eu estou aqui — diz ele na minha cabeça. — Estou aqui ao seu lado. Esqueça o frio. Olhe para as estrelas comigo. Ainda podemos compartilhar o céu.

Tinha que terminar, não é?

— Se o meu pai não tivesse...

Estávamos sendo ingênuos.

— Não, estávamos apaixonados.

Estávamos?

— Estamos.

CELA 6

MARTHA

Um som crepitante e insistente me acorda de um belo sonho em que você estava comigo.

O calor dos seus braços estava ao meu redor, a sua respiração na minha pele, a batida do seu coração, seu peito se movendo para cima e para baixo enquanto você dormia. Deve ter sido isso que fez com que o meu coração continuasse bombeando sangue pelo meu corpo congelado.

O sonho me fez lembrar daquela vez em Bracken Woods, em que estávamos deitados sobre um cobertor com o laranja do pôr do sol no seu rosto, e eu xinguei a mim mesma por ter me apaixonado por você. Feliz como eu nunca havia me sentido, mas esperando pelo impacto da destruição, que teria um ruído enorme e acabaria com as nossas vidas.

Os estalos ficam mais altos, as lembranças de você se dispersam e eu me sento na cama.

Esta nova cela é minúscula. Há espaço somente para o colchão, um vaso sanitário preso à parede e uma pia para lavar as mãos logo ao lado. Não há janela; apenas uma fresta fazendo as vezes de uma, sem vidro e pequena demais para precisar de barras, ou para que elas pudessem ser instaladas.

Eu me aproximo lentamente de um quadrado de luz do sol que entra por ela.

O som parece estar vindo de um alto-falante, mas não consigo avistar nenhum no espaço da cela.

O barulho para. O silêncio é estranho agora. Eu espero.

— *Morte* — diz uma voz. — *Um fim permanente de todas as funções vitais em um organismo. Destruição. Assassinato intencional.*

Não consigo enxergar de onde vêm as palavras.

— *Matar: causar a morte. Privar de vida. Causar dor extrema ou desconforto. Causar a morte de algo.*

Parece o meu velho professor de inglês monótono falando.

— *Morrer.*

Acho que o som está ficando mais alto.

— *Cessar de viver. Tornar-se morto. Expirar.*

Oh, meu Deus...

— *Cessar as funções. Parar. Falecer gradualmente. Apagar. Sucumbir. O resultado de um assassinato.*

Volto a me deitar e puxo o travesseiro sobre a cabeça.

— *Assassinato: matar outra pessoa sem justificativa ou propósito. Dar fim a. Destruir. Matar brutalmente ou desumanamente. Particularmente infligindo dor.*

Quanto tempo isso vai demorar?

— *Dor: um sentimento desagradável...*

Não diga...

RESIDÊNCIA DA FAMÍLIA STANTON

— Foi apenas uma promessa — diz Cícero ao remover o cartão de memória, desligando o computador e olhando para Isaac.

— Uma promessa não significa nada para você? — pergunta Isaac.

— Não se, caso eu a cumpra, essa promessa resultar na morte de uma pessoa inocente. — Ele joga o cartão sobre a mesa. — Como você foi capaz de fazer uma coisa dessas?

— Porque eu a respeito! Porque não sou um adulto que acha que sabe o que é melhor, quando, na verdade, não sabe. Ela sabe o que está fazendo. Nós dois sabemos.

— Eles vão matá-la! — grita Cícero.

— Você acha que era isso que eu queria? — diz Isaac. — Acha que eu não preferiria que ela contasse a verdade e lutasse contra isso?

— Francamente? Não!

— Ela tem o direito de decidir! Eu tenho que respeitar isso! E você também tem! — Isaac pega o cartão de memória que está na mesa e vai em direção à porta, pisando duro.

— Você não pode levar isso com você! — grita Cícero por trás dele.

Isaac para e gira sobre os calcanhares, encarando Cícero, que está completamente exaltado.

— Pare de achar que você sabe o que é melhor para todos — diz Isaac, com a voz medida e controlada. — Porque você nem sempre sabe. Eu também não. Nem Martha, nem Eve, nem mesmo Max ou aquele maltrapilho, Gus, dos Arranha-Céus. Mas, juntos, nós podemos fazer alguma coisa e temos que confiar uns nos outros para fazer o que é certo.

— Eu posso fazer isso. Com a ajuda de Max, com algum apoio de vocês, e tentando acreditar que estou fazendo a coisa certa, eu vou conseguir fazer isso. Confie em mim. — continuou.

Quando Isaac vai embora e a porta se fecha silenciosamente, Cícero começa a caminhar pela sala, de um lado para outro.

— Meu Deus — diz ele, passando os dedos da mão pelos cabelos. — Desgraçado. — Ele pega o paletó que está no encosto da cadeira e sai correndo atrás de Isaac.

A casa mergulha no silêncio enquanto Eve se senta diante da mesa e apoia a cabeça nas mãos, e Max chega. Olhando rapidamente para a mãe, ele vai até a cozinha, enche a chaleira de água e acende o fogão.

Eve não se move.

Ele coloca uma colherada de café em uma caneca e prova o leite da geladeira, mas mesmo assim Eve não se move e não diz uma palavra.

Depois que a água ferve, ele enche a caneca, acrescenta o leite, mistura tudo com uma colher e a coloca diante da mãe.

Ela levanta o rosto. — Obrigada — sussurra ela.

Ele se senta diante dela, pega um biscoito do pote e o coloca ao lado da caneca.

— O que você acha, Max? — pergunta ela.

Max fecha os olhos, deixando o silêncio envolvê-lo.

— Isaac e Martha? Acho que os dois se amam — diz ele, finalmente.

MARTHA

Martha se senta em uma cadeira branca de escritório em uma pequena sala branca. Não há nada mais ali, exceto um monitor de computador diante dela.

— Olá, Martha — diz uma voz lenta e metálica.

Martha não responde.

— Como você está hoje? — Cada sílaba sai entrecortada, com o tom de cada palavra variando um pouco enquanto o computador tenta imitar uma voz humana.

Martha faz a cadeira girar para a direita e para a esquerda, direita e esquerda.

— Queremos conversar com você.

Ela faz a cadeira girar ainda mais, ficando de costas para a tela.

— Você tem a sorte de ser a primeira usuária do novo serviço de acompanhamento psicológico computadorizado: o psicólogo virtual.

Martha coça a cabeça.

— Os telespectadores em casa iriam gostar se você pudesse se virar de frente para nós. Eles querem ver o seu rosto.

Ela não se move.

— Para poder tirar o máximo proveito do psicólogo virtual, é imperativo que você se vire.

Um som mecânico começa e a cadeira se vira sozinha. Martha luta contra aquilo, pisando com força no chão com os pés descalços para frear o movimento, mas a cadeira ainda vira, parando e ficando travada no lugar, e ela novamente está de frente para a tela.

Martha se move no assento, erguendo as pernas e girando o corpo para trás de modo que a tela focaliza apenas as suas costas.

— É imperativo que você se vire.

— Foda-se — diz ela.

As luzes se apagam e a sala mergulha na escuridão. Em algum lugar, uma porta se abre.

— Ei! — grita Martha. Sons abafados de pés enchem a escuridão, um tilintar de chaves, corpos andando de um lado para outro, alguns baques e um grito abafado.

Silêncio.

As luzes se acendem novamente.

Martha está amarrada à cadeira, de frente para a tela. Seu rosto está vermelho.

— Obrigado pela sua cooperação — diz a voz. — Gostaríamos de saber como você está se sentindo hoje.

Martha não responde.

— Restam trinta e quatro horas e quinze minutos até a sua possível execução. Correção: trinta e quatro horas e quatorze minutos. Como está se sentindo?

— Quero falar com Eve. Ela é a minha psicóloga — diz Martha.

— O cargo de psicólogo não existe mais. A senhora Eve Stanton não é mais a sua psicóloga designada. Nós, o PV, o psicólogo virtual, agora cuidamos de tudo que você precisar. Você pode conversar conosco.

— Não quero falar com você.

— Com o nosso banco de dados ilimitado de experiências virtuais, podemos ajudá-la a lidar com as próprias emoções e compartilhar os seus problemas, sentimentos e segredos. Gostaria de compartilhar um segredo conosco agora?

— Não — responde Martha.

— É uma pena ouvir isso. Detectamos estresse em sua voz.

— Estresse? Está surpreso? Como você achou que seria? — Ela para de falar abruptamente.

— Gostaria de compartilhar seus sentimentos?

— Não — ela responde novamente.

— Gostaríamos que você compartilhasse os seus sentimentos. Ou talvez você tenha um problema que gostaria de discutir.

— Na verdade, sim, sim... eu tenho um problema. Você pode resolvê-lo para mim?

— Podemos escutar e demonstrar simpatia. Podemos sugerir maneiras pelas quais você pode lidar com o seu problema.

— OK. Meu problema é que vocês são todos uns cuzões.

— É uma pena ouvir isso. Embora detectemos que o seu problema deriva de um ponto de vista subjetivo...

— Um ponto de vista subjetivo e de uma porra de tortura.

— ... nós sugerimos que você encare o problema de forma objetiva. Isso pode aliviar a sua dor.

— Eu não tinha terminado de falar.

— Por favor, queira prosseguir.

— Tenho muitos problemas. Podemos discutir todos eles?

— Nossa função é auxiliá-la num momento de necessidade. Se discutir todos os seus problemas é algo que pode ajudá-la, então podemos discutir todos eles.

— Obrigada. Meu primeiro problema, com exceção das... merdas... que acontecem nas celas, é que eu não tenho biscoitos, e isso me deixa triste. Sinto saudade dos biscoitos.

— É uma pena ouvir que você se sente triste e tem saudade de biscoitos. O serviço do corredor da morte no qual você está encarcerada lhe dá três refeições por dia, das quais nenhuma inclui biscoitos. O resultado da busca no nosso banco de dados mostra que não há planos para a inclusão de biscoitos no cardápio e a análise das estatísticas relacionadas à sua morte iminente indica que a probabilidade de você ser libertada é mínima. Portanto, gostaríamos de recomendar que, no futuro, você evite cometer crimes que resultem em um encarceramento. Esperamos que isso resolva o seu problema.

Ela assente. — Certo. Bem, o meu segundo problema é que eu gostaria de ver uma árvore novamente antes de morrer. É bom poder ver um pouco de verde.

— É uma pena que o serviço atual não inclua o uso de árvores. Entretanto, se você deseja ver algo verde, é um prazer poder informá-la de que haverá ervilhas no jantar desta noite.

— Fantástico — responde Martha. — Obrigada.

— Você tem um terceiro problema?

— Tenho. Diga-me, computador. Esta conversa está sendo transmitida pela TV?

— Está.

— Ao vivo? Quantas pessoas estão assistindo?

— Estamos transmitindo ao vivo. Examinando as estatísticas atuais, estimamos que o número de telespectadores está em torno de... vinte e um milhões.

— Uau. É muita gente.

— Estimamos que a sua execução atrairá uma audiência muito maior do que isso. Nosso objetivo é exceder a marca de 24,15 milhões, o número de telespectadores que ligaram suas TVs para ouvir as notícias do assassinato de Kennedy.

— Posso superar Kennedy.

— Suas estatísticas de audiência atuais a colocam entre as 20 maiores audiências de todos os tempos.

— Aposto que você gostaria que esse número fosse ainda maior, estou certa?

Por trás da tela, o mecanismo do computador parece estalar e vibrar.

— Estamos aqui para discutir as suas necessidades. Somos o seu psicólogo virtual e nosso objetivo é ajudá-la.

— Sim, sim, mas um número maior de pessoas... acho que eu posso ajudar vocês com isso.

O computador não responde.

— Sabe, eu tenho um segredo...

O computador continua em silêncio.

— Uma coisa que posso compartilhar com os seus telespectadores. Algo que eles achariam tão chocante que teriam dificuldade em acreditar. Mas é algo que eu posso provar que é verdade.

— Depois de examinar o seu histórico pessoal, a sua infância, sua família e seus amigos e também os seus registros escolares e escolhas pessoais para a vida, parece altamente improvável que você tenha realmente um segredo que possa chocar os telespectadores ou que eles teriam dificuldade para acreditar. Portanto, nossa resposta é que, infelizmente, não acreditamos em você.

— Mas você está curioso.

— Não acreditamos em você.

Martha consegue dar de ombros ligeiramente, e suas sobrancelhas se erguem com uma pergunta silenciosa.

— Apesar de não acreditarmos que o seu segredo seja capaz de chocar, você é livre para compartilhá-lo conosco agora, se desejar. Tirar esse peso dos ombros pode ajudá-la a descansar.

— Eu vou morrer logo, logo. Por que eu precisaria descansar agora? Não. Se você quiser saber, então vai ter que fazer algo para mim.

A sala fica em silêncio. Ao lado da tela, uma luz vermelha pisca.

— Conte-nos o seu segredo.

— Não. Você tem que fazer algo por mim antes.

— Diga-nos do que se trata e poderemos negociar.

Martha fecha os olhos enquanto pensa, esticando as mãos contra as amarras que as prendem.

— OK. Você concorda em me deixar conversar com Eve novamente, imediatamente, agora. Quero falar com ela agora. E aí eu digo sobre quem é o segredo.

— Não acreditamos que podemos confiar em você.

— Que pena — responde Martha.

— Acreditamos que será difícil encontrar a senhora Stanton.

— Acho que não. Imagino que ela já esteja por aqui.

Novamente, o silêncio.

— Nós concordamos em deixá-la ver a senhora Eve Stanton mais uma vez.

Martha sufoca um sorriso. — Ótimo. Meu segredo é sobre Paige, e a minha relação com ele, digamos.

As amarras ao redor dos pulsos de Martha afrouxam.

— Você nos contará o seu segredo depois de conversar com a senhora Eve Stanton.

A porta se abre e um guarda entra.

Martha faz um sinal negativo com a cabeça. — Não. Vou contar o meu segredo, tudo que sei, quando disser as minhas últimas palavras amanhã. Logo antes de morrer.

ISAAC

— O que você está fazendo? — esbraveja Isaac.

Na enorme tela de televisão instalada na parede, ele observa Martha ser levada pelo guarda. A sala branca de aconselhamento é substituída pelo azul do estúdio, os lábios vermelhos de Kristina abertos em uma expressão de horror fingido, e os olhos cheios de delineador olhando para cima. Ao seu lado, o logotipo do olho com as palavras girando lentamente.

— Desligue essa porcaria. — A mãe de Isaac entra na sala, com calças de veludo cor de rosa e um blusão branco. Seu rosto brilha enquanto ela o enxuga suavemente com uma toalha, os cabelos ligeiramente úmidos. — Como se não fosse o bastante eu ter perdido meu marido, tenho que ver a cara dessa garota em todo lugar que vou.

— Ele também era meu pai.

— Mais ou menos. Mas você não parece estar muito abalado pelo que houve, não é?

— Deixe disso, Patty. Você sabe como ele era. Você sabe o que ele ia fazer nos Arranha-Céus.

— Se você vai chamá-lo de pai, então pode me chamar de mãe.

— Eu me lembro da minha mãe. Ela era uma mulher muito melhor do que você jamais vai conseguir ser.

— Se você se lembra dela, sabe que ela era uma prostituta!

— Ela dormia com homens em troca de dinheiro para poder comprar comida e me alimentar. Somente assim nós podíamos sobreviver. E você, tem alguma justificativa?

O tapa acerta o rosto de Isaac e ele geme com a surpresa.

— Independentemente do que estava fazendo, isso não significa que ele merecia morrer.

— Olho por olho? — diz ele, encarando Patty com indignação, a marca vermelha de uma mão na bochecha.

— Sim, olho por olho. Ela o matou e por isso merece morrer.

— Uma regra para ela e outra regra para nós, hein? De qualquer modo, você sabe se realmente foi ela quem matou o meu pai?

— Meu Deus do céu, Isaac. Você realmente é tão ingênuo assim? Você sabe quem ela é. Tinha todas as razões do mundo para querer machucar o seu pai. Mas eu nunca pensei que ela realmente chegaria às vias de fato.

— Do que você está falando?

— Tenho que sair.

— Não, mãe. — Ele a segura pelo pulso, e ela fica imóvel.

— Você me chamou de mãe, então deve estar querendo alguma coisa. — Patty olha para o local onde ele a segura. — Isaac, meu querido, não deixe que isso o afete. Eu sei que a situação é dramática. Eu realmente fiquei chocada, mas o seu pai... ele era um idiota. Algumas pessoas poderiam dizer que ele foi procurar sarna para se coçar. Mas eu achei que quem iria fazer isso seria a mãe, não a filha...

Erguendo o pulso de Patty e segurando-o com força, ele aproxima o seu rosto do dela. — Ele atropelou a mãe dela — sussurra Isaac. — Mas não é disso que você está falando, não é mesmo? O que você sabe?

— Muitas coisas, mas nada que seja da sua conta.

— Coisas que têm a ver com Martha? — ele solta o pulso de Patty. — Acho que precisamos conversar.

— Acho que não — diz ela, endireitando as roupas e o cabelo. — Tenho que ir.

— Mãe, isso é importante.

— O almoço com as minhas amigas também é.

— Mais importante do que uma conversa com o seu filho?

— Não tenho filho — diz ela. — E se você sabe o que é bom para você, é melhor decidir de que lado você está.

MARTHA

— *Não matarás* — diz uma voz. — *Um dos Dez Mandamentos, também conhecidos como o Decálogo, que são...*

A porta da cela de Martha se abre e Eve entra.

— *... encontrados duas vezes na bíblia hebraica...*

— Não esqueça da câmera — sussurra Martha quando se levanta do colchão que está colocado sobre o piso. Nada de cama nem de cadeira.

— *... primeiro no Êxodo...*

Eve confirma fazendo um sinal sutil com a cabeça. — Que voz é essa? — pergunta.

— *... depois no Deuteronômio...*

— Alguma espécie de comentário moralista para o dia — diz Martha, com a voz baixa e monótona. — Estou ouvindo definições de palavras no volume máximo durante toda a manhã.

— *... alguns acreditam que foi Deus que as entalhou...*

Eve franze a testa ao olhar para ela.

— Como as definições de palavras como matar e assassinato — acrescenta Martha. — Morte e coisas do tipo.

— *... seus Dez Mandamentos em tabuletas de pedra...*

— Parece que a moral foi para o campo religioso agora — prossegue ela. — Você não acreditaria se eu contasse o tanto de merda que aprendi.

— *... e os deu a Moisés...*

Martha deixa o corpo cair no chão. Seu rosto está abatido, com bolsas sob os olhos, e sua boca fica aberta frouxamente, como se precisasse fazer algum esforço para controlá-la. — Você não... bom, deixe para lá.

— *... no Monte Sinai...*

— Depois disso, vai passar para o islamismo — murmura ela. — Parece estar rodando em um ciclo. Pelo menos o volume é mais baixo do que a parte das definições das palavras.

— *... o Alcorão inclui versos similares a esses, que alguns estudiosos chamam de...*

— Viu?

Eve concorda com um meneio de cabeça, e senta-se ao lado dela. — Olhe para mim, então. Tente ignorá-lo por algum tempo. Preste atenção à minha voz.

Martha gira o corpo e fica de frente para ela. — Tudo bem — diz ela.

— *... instruções, conforme...*

— Esta cela é minúscula — suspira Eve. — Nunca entrei em uma cela antes.

Martha dá de ombros. — Não preciso de muita coisa — diz ela.

— Parece menor do que na TV — prossegue Eve. — E o teto parece ser mais baixo.

— A sensação é de que estou num caixão — diz Martha. — Mas é mais quente do que a última em que estive, então...

Elas ficam sentadas no colchão, de costas para a câmera. Eve coloca a bolsa diante dos pés e abre o zíper.

— *... encontrados duas vezes no Alcorão...*

— Foi a coisa mais próxima que consegui encontrar de uma árvore — sussurra ela, e tira da bolsa um pequeno graveto, cujo comprimento é um pouco menor do que o da palma da mão, com folhas amarelas e douradas, prontas para cair. — Mas não é muito verde.

Martha sorri. — Eu disse isso para você — comenta ela. — Realmente fez a diferença.

— Obrigada — responde Eve. — Imagino que vão tirar isso de você, mas... — Ela dá de ombros.

A voz continua, mas Martha esfrega os dedos na casca do graveto e na textura seca das folhas que estão morrendo, tentando se distrair.

— Fui à casa de Gus — sussurra Eve.

Martha olha para ela. — Você pegou os...

Cautelosamente, Eve coloca o dedo sobre os lábios, e, de maneira quase imperceptível, assente. — Eu li tudo — suspira ela.

— Até mesmo...?

— A carta da sua mãe? Sim.

Eve tira um pacote de biscoitos da bolsa, abre-o e o coloca diante de Martha, escondido do campo de visão da câmera.

— Ficou chocada?

— Não — sussurra Eve. — Tudo faz sentido agora. Você ficou chocada quando a leu?

Martha morde um dos biscoitos e o mastiga, demorando-se para engolir e depois olha para Eve pelo canto do olho. — Sinto pena da minha mãe.

Eve concorda com a cabeça. — Entendo. Quem sabe a respeito?

— Não podem ser tantas pessoas. Senão, ele não tentaria abafar o caso.

— Você acha que isso pode mudar as coisas?

— Isoladamente, não. Mas é mais munição para fazer com que as pessoas escutem. Bem, para fazer com que elas escutem Isaac, na melhor das hipóteses.

— Você sabe que as câmeras de vigilância na Galeria estavam funcionando na noite em que a sua mãe foi atropelada? — pergunta Eve.

Martha a encara. — Não. Não sabia.

— Você poderia provar que ele matou a sua mãe.

— Mas só isso não é o bastante para fazer alguma coisa.

— Por quê?

— Tudo que essas imagens provam é que eu tinha a motivação perfeita para matá-lo!

— Raiva e desejo de vingança?

Martha confirma com um aceno de cabeça.

— Por que você e Isaac não planejaram tudo isso com calma, antes de agirem?

— Ah. Sabe, você está se esquecendo de algo fundamental.

— O quê?

— Até Jackson aparecer naquela noite, não tínhamos condição de fazer nada. Tínhamos os documentos que Isaac havia roubado e a carta da minha mãe, mas não havia nada que pudéssemos fazer com eles. Ninguém que tivesse influência nos daria ouvidos. Nenhum policial iria tocar naquilo. Nenhum político ou jornalista. E mesmo se tivessem nos ouvido, se eles se interessassem, não poderiam fazer nada. A influência dele era grande demais.

— Tudo que eu sempre quis foi que houvesse justiça para a minha mãe e Ollie, mas, juntos, eu e Isaac percebemos que poderíamos fazer mais, se ao menos conseguíssemos encontrar uma maneira.

— Imagino que isso seja meio idiota. Quem somos nós para fazer alguma coisa? Devia ser alguém como você ou Cícero. Não um casal de adolescentes, mas... — ela dá de ombros, limpa as migalhas dos biscoitos do colo e volta a olhar para Eve. — Até Paige cair no chão com um buraco na cabeça e os carros da polícia chegarem com as sirenes tocando e as luzes azuis, não tínhamos condição de executar o plano. De repente, o corpo de uma das pessoas mais famosas do país está aos meus pés, a polícia está a caminho, e provavelmente a mídia também. E naquele momento eu soube o que devia fazer. O plano, se é que podemos chamar de plano, foram algumas poucas palavras que trocamos nos minutos que a polícia demorou para chegar até nós. Antes disso, só o que existia era esperança.

— Então por que decidiu fazer isso?

Ela se aproxima de Eve e baixa a voz. — Porque chega um momento em que você precisa escolher entre a apatia e a ação. Eu podia ter me afastado e voltado para as sombras e continuar vivendo um dia após o outro, observando as injustiças ficando cada vez maiores ao meu redor, pensando "se eu tivesse feito isso, ou feito aquilo, o que aconteceu com a minha mãe vai acontecer com outra pessoa, e o que aconteceu com Ollie também". Ou eu podia me levantar e dizer ao mundo que já estava farta daquilo, assim como muitas outras pessoas, e encarar as consequências e rezar para que isso pudesse mudar o futuro.

— Mas, Martha, quando isso tudo for revelado, na hora em que você disser suas últimas palavras ou se Isaac disser algo na hora do discurso das vítimas, as pessoas não vão sentir pena de você automaticamente e votar pela sua inocência. Mesmo se fizessem isso, já seria tarde demais.

Martha solta o ar. — Não se trata de salvar a minha vida. Se fosse assim, eu não alegaria que era culpada. Isso é algo muito maior. Eu vou morrer amanhã, mas as pessoas vão saber a verdade sobre a minha mãe e Ollie, e também sobre Paige e todas as coisas nas quais ele se envolveu. E, quando isso acontecer, vai surgir também a oportunidade para a justiça renascer. Um sistema novo e mais justo, onde as pessoas têm os olhos abertos e não são manipuladas pela publicidade ou pela mídia.

— Tem certeza de que você quer morrer por causa de uma esperança tão incerta?

— Se eu não achasse que isso poderia ser pelo menos um começo, por que eu faria tudo isso?

— Em todo esse tempo que passei aqui, Martha, ninguém nunca admitiu sua culpa de maneira tão aberta e foi tão franca em relação à própria morte. Não sei o que fazer com você. Tenho a sensação de que fracassei com você.

Martha olha fixamente para Eve por um momento. — Sério? — sussurra ela. — Nenhuma pessoa admitiu ser culpada de maneira tão aberta?

Eve faz que não com a cabeça e a encara de volta com uma expressão séria.

Martha se aproxima sutilmente. — E o seu marido? — sussurra ela no ouvido de Eve.

Eve prende a respiração.

— Todos nós lá nos Arranha-Céus sabemos — continua Martha. — Ele não matou aquele homem, foi você. Foi em legítima defesa, mas eu aposto que ele assumiu a culpa para que você pudesse viver, para que você pudesse cuidar de Max.

— Martha, ninguém... Max não... eu disse a Jim para não... eu não...

— Nem mesmo Cícero sabe?

Ela faz que não com a cabeça.

— Eu sei que é por isso que você me entende, e sei que você entende por que estou fazendo isso.

A porta atrás delas se abre outra vez. Eve empurra os biscoitos para baixo do colchão e pega a sua bolsa.

— Hora de ir, senhora Stanton — diz o guarda.

As duas mulheres se levantam.

— Não vou poder falar com você outra vez — sussurra Eve.

— O que vai acontecer amanhã?

— Amanhã? — Eve segura na mão de Martha. — Você vai passar o dia na Cela 7. É maior do que esta. Já a viu na televisão? No programa?

— Eu a vi quando Ollie foi executado... mas não me lembro.

— Eu disse que é hora de ir — insiste o guarda.

— A cadeira está lá também.

— A cadeira? A cadeira que... onde eu vou... — a voz de Martha vacila.

Eve confirma com um aceno de cabeça.

Martha dá um passo hesitante em direção a ela. Por um segundo ela se detém; em seguida, fecha os olhos e apoia a cabeça nas mãos.

— Estou assustada — sussurra ela.

Gentilmente, Eve puxa as mãos de Martha do rosto. — Nunca vou me esquecer de você — diz ela, com os olhos cheios de lágrimas.

A respiração de Martha fica entrecortada, o corpo tremendo conforme o pânico começa a crescer e ela inspira profundamente para tentar se acalmar novamente.

— Amanhã, feche os olhos e imagine a árvore balançando com a brisa — sussurra Eve. — Seja o pássaro que fez seu ninho nela, e depois, deixe-se voar para longe.

Martha se aproxima dela. — Diga a Isaac... diga que eu lamento... diga... que eu o amo.

O guarda puxa Eve para fora da cela e as lágrimas escorrem pelo seu rosto.

— Vou dizer a ele! — grita ela, enquanto é arrastada. — Eu prometo. Vou dizer a ele.

A porta se fecha com um estrondo. Na cela, Martha desaba no colchão. Ela vira as costas para a câmera e puxa o cobertor ao redor de si.

— Fique comigo, Isaac — sussurra ela, fechando os olhos. Me abrace. Não deixe que eu me sinta tão sozinha.

Em sua imaginação, ele está deitado atrás dela, envolvendo-a com os braços. Está sussurrando em seu ouvido que a ama e que os dois sempre vão estar juntos.

MORTE É JUSTIÇA

O programa já está no ar há algumas horas. A iluminação está suave. Na sombra, Kristina está sentada em sua banqueta habitual, em uma das extremidades da longa mesa, com Joshua ao seu lado. Do lado direito a tela mostra Martha deitada no colchão, de costas para a câmera.

A cela parece maior, mais limpa, mais iluminada, mais branca. O colchão parece ser mais grosso, os cobertores mais macios e a comida intocada na bandeja, mas apetitosa.

KRISTINA: É exatamente por isso que foi necessário remover a função de psicólogo designado. O problema com a interação humana, como vocês podem perceber, é que sentimentos e emoções podem afetar o julgamento.

JOSHUA: Parece realmente que a senhora Stanton desenvolveu uma espécie de apego pela nossa acusada.

KRISTINA: Realmente, e isso simplesmente não é certo. É preciso manter sempre um distanciamento profissional. Essa mulher simpatizou com a garota desde a Cela 1.

JOSHUA: Eu fico me perguntando, Kristina, telespectadores e plateia, se esse comportamento é uma influência direta das suas próprias experiências trágicas.

KRISTINA: Será que foram tão trágicas assim?

Joshua olha rapidamente para Kristina.

JOSHUA (rindo): Bem... imagino que ver o marido ser executado é algo que pode causar um estresse enorme, Kristina!

Ele se vira para a plateia e as pessoas riem com ele.

JOSHUA: Foi um caso que teve bastante notoriedade. Jim Stanton, marido dela, foi executado por matar um homem que, segundo ele, o estava atacando. Disse que agiu em legítima defesa e que a morte foi acidental. Foi uma mudança de opinião pública que nunca vimos antes: 92% dos votos indicavam que ele era inocente até a noite na cela 6, quando um documento da polícia vazado para os jornais mostrou que o homem morreu devido a um ferimento na parte de trás da cabeça. Não foi um golpe em legítima defesa, e sim um ataque covarde.

KRISTINA: Você certamente se lembra dos fatos, Josh!

JOSHUA (sorrindo): Bem, Kristina, isso está no meu novo livro, você sabia?

Ele empunha um livro com o título "*O que eles merecem?*" estampado na capa dura, e abre o exemplar para mostrar a sua foto impressa no miolo.

JOSHUA: Com uma bela foto minha.

Ele pisca o olho e um murmúrio passa pela plateia.

JOSHUA: Mas, falando sério, o livro examina o que o público pensa que um criminoso deve sofrer para pagar sua dívida com a sociedade.

KRISTINA: A morte, aparentemente.

JOSHUA: Em muitos casos, sim, mas não em todos. É interessante ver que o velho adágio "Olho por olho, dente por dente" ainda encontra uma resistência mais profunda com muitas pessoas moralistas. O ditado que inspirou a lei, esta empresa e o nosso logotipo. Um ditado que é encontrado na bíblia, mas que frequentemente é interpretado de maneira errônea, e que significa...

KRISTINA: Obrigada, Joshua, mas me deixe interrompê-lo por um momento antes de entrarmos no campo das opiniões.

A câmera se aproxima dela em zoom.

KRISTINA: Como sempre, estamos recebendo as ligações de vocês, o público, e ouvindo as suas opiniões sobre o caso da Cela 6. Mas, antes disso, vamos dar mais uma olhada no que torna este caso tão importante e fascinante para tantas pessoas, nas palavras graciosas do nosso maravilhoso Primeiro-Ministro.

Ela sorri para a câmera, que move para focalizar a tela à direita, preenchida por uma imagem da Dama da Justiça sobre o prédio do Old Bailey, olhando para a cidade com os braços estendidos, a espada de dois gumes empunhada bem alto e equilibrando a balança na outra.

Uma legenda entra na tela pela direita: *Culpae poenae par esto.*

A tradução aparece logo abaixo: "Que o castigo seja proporcional ao crime".

Outra legenda a aparece: *Bonis nocet quisquis malis pepercit.* E a tradução vem em seguida: "Quem poupa os maus, fere os bons".

VOZ DO PRIMEIRO-MINISTRO: As leis e a moral são o nosso compasso há muitos anos e nos guiaram por guerras, revoluções, desordem pública, recessões e conflitos religiosos, garantindo que até mesmo quando somos colocados à prova, faremos o que é certo em nome do povo da nação.

A tela muda, exibindo um corredor longo e sombrio, com portas de metal fechadas ao longo das paredes e uma luz fraca que vem de cima. Barras de ferro se fecham com um estrondo diante da câmera; um retinir de metal ecoa pelo corredor.

VOZ DO PRIMEIRO-MINISTRO: Aqueles que decidem ir contra esta postura moral sentirão todo o peso da lei.

A câmera recua pelo corredor, com a luz ficando cada vez mais forte até que não haja mais nada na tela além de um tom de branco puro e intenso.

VOZ DO PRIMEIRO-MINISTRO: Seis dias atrás, foi cometido um crime que deixou a nossa nação chocada.

Fotografias de Jackson passam pela tela em rápida sucessão: um garoto esquálido de seis ou sete anos, sentado na sarjeta perto dos Arranha-Céus, com sujeira no rosto, segurando com força um pedaço de pão. Outra que o mostra quando era adolescente, com jeans justos e um sorriso desdenhoso, com um cigarro entre os dedos enquanto um policial está à sua frente. Outra foto o mostra com cerca de dezoito anos, o braço ao redor de uma mulher esbelta com cabelos longos, os dois com uma garrafa de vinho nas mãos.

VOZ DO PRIMEIRO-MINISTRO: Jackson Paige poderia ter continuado a viver desse jeito, mas escolheu mudar seu destino. Ele cresceu nas circunstâncias mais terríveis que se pode imaginar, mas trabalhou para conseguir sair da pobreza e viver a vida que realmente merecia.

A imagem muda outra vez. Uma fotografia dele com vinte e poucos anos, uma maleta surrada na mão e um sorriso nervoso enquanto acena para a câmera.

VOZ DO PRIMEIRO-MINISTRO: A primeira vez em que ele atraiu a atenção do público foi quando participou de um dos mais inovadores *reality shows* da TV — *Eles Contra Nós* — que colocava algumas das pessoas mais ricas do país contra as mais pobres. Seu charme o colocou em nossos corações, e ele não somente saiu do programa com o prêmio de um milhão de libras...

Na tela, um Jackson Paige exultante aparece com flores ao redor do pescoço, uma garrafa da qual jorra champanhe e ao lado de uma mulher jovem e sorridente.

VOZ DO PRIMEIRO-MINISTRO: ... mas também com aquela que logo se tornaria sua esposa, a jovem *socialite* Patty West.

Surge uma fotografia de casamento na capa da revista *Celebrity Goss*!

VOZ DO PRIMEIRO-MINISTRO: Juntos, eles dominaram as páginas das revistas sobre celebridades, as festas dos ricos e famosos, eram frequentemente convidados a participar de programas de entrevistas. Ele se tornou uma figura de destaque para muitas das principais instituições de caridade, enquanto ela apoiava a sua carreira e importância, que crescia cada vez mais. Eram o exemplo do casal perfeito.

Uma série de imagens surge e em cada uma delas Patty e Jackson aparecem glamourosos enquanto entregam cheques enormes ou aparecem sentados ao lado das camas de pessoas doentes.

VOZ DO PRIMEIRO-MINISTRO: O ápice do cuidado que dedicavam à comunidade veio quando uma tragédia os atingiu, quando Jackson estava retornando de uma noite trabalhando em um banco de alimentos perto da casa onde cresceu, nos Arranha-Céus. Uma mãe jovem e em dificuldades financeiras se jogou da sacada. Como foi a primeira pessoa a aparecer na cena, Jackson ficou emocionado com a situação do filho daquela mulher, que seria abandonado. Juntos, ele e Patty o acolheram e o adotaram como se fosse o próprio filho do casal. Nenhuma despesa foi poupada na criação do jovem órfão, e isso instigou o aumento de obras de caridade na região dos Arranha-Céus.

Uma foto em preto e branco granulada enche a tela: Jackson de joelhos ao lado de um menino, com lágrimas no rosto.

VOZ DO PRIMEIRO-MINISTRO: Ele era uma figura que representava a esperança para muitos, um filantropo, um ídolo público. Era um verdadeiro príncipe, embora tenha nascido em roupas de mendigo; mesmo assim, foi tirado de nós em um ato chocante e despropositado de violência.

Uma imagem das câmeras da polícia surge na tela: o corpo ensanguentado de Jackson deitado em uma rua molhada, levemente ocultado pela sombra da Galeria.

Uma música começa a tocar: o som emotivo de violinos.

Imagens de pessoas tomadas pela tristeza aparecem na tela, os rostos marcados pelas lágrimas ou imóveis pela angústia. Crianças deixando desenhos no local onde ele caiu. Adolescentes segurando rosas, homens reconfortando uns aos outros com tapinhas nas costas, mulheres cobrindo a boca com as mãos e garotos com as cabeças baixas, encobrindo seus rostos com os capuzes.

VOZ DO PRIMEIRO-MINISTRO: Tudo por causa desta garota.

Uma fotografia escolar sorridente de Martha brilha na tela. Seus cabelos estão cacheados, sua camisa está bem-passada, o blusão está limpo.

VOZ DO PRIMEIRO-MINISTRO: Às 20h30 da segunda-feira passada, Martha Elizabeth Honeydew pegou esta arma...

Uma fotografia da arma tirada pela polícia aparece.

VOZ DO PRIMEIRO-MINISTRO: ... e disparou contra Jackson Paige até que o corpo dele caiu no asfalto, e o seu sangue escorreu pelo chão.

Um segmento de vídeo com a imagem granulosa começa a passar: a gravação da câmera da polícia outra vez, as ruas passando rapidamente, luzes azuis piscando, faróis apontando para Martha, ela empunhando a arma, correndo para a frente, a arma da polícia apontada para ela.

POLICIAL: Largue a arma! Largue a arma!

Martha larga a arma e coloca as mãos na cabeça.

MARTHA: Fui eu! Eu atirei nele! Eu matei Jackson Paige.

Novamente a tela muda: uma sala ampla, uma parede feita de vidro, uma porta sólida e o piso de concreto nu. A luz é fraca, iluminando alguns pontos da sala, mas deixando os cantos e os limites na sombra. No meio está uma cadeira sólida de madeira, com um espaldar alto e reto, com cinco correias de couro: duas na altura dos tornozelos, duas sobre os descansos para os braços e uma presa ao encosto da cadeira, na altura do peito. No alto, uma coroa de metal está presa a um braço ajustável.

VOZ DO PRIMEIRO-MINISTRO: O que há para se discutir?

A música termina e o logotipo do olho enche a tela enquanto a câmera volta a focalizar Kristina e Joshua. O estúdio está em silêncio, e o clima, soturno.

KRISTINA: Realmente. E nós agradecemos ao primeiro-ministro por dedicar um tempo das suas férias para gravar estas palavras para nós. Tudo isso tem um grande significado.

Ela faz uma pausa, tira um lenço de papel do bolso, pressiona-o contra os olhos e volta a olhar para a câmera.

KRISTINA (com um meio-sorriso): Mas neste programa, e em nosso país, temos orgulho de possuir um sistema democrático que dá voz a todos. Participe do debate nas mídias sociais agora, compartilhe suas opiniões, ligue para nós e deixe suas mensagens. Voltaremos depois das palavras do nosso patrocinador, Cyber Secure, para ouvir as suas ideias. Antes disso, vamos relembrar aqueles números tão importantes para a votação.

MARTHA

Hoje, minha cabeça está indo e voltando o tempo todo. Estou totalmente confusa. Pensamentos e ideias surgem, se misturam, saem e depois retornam. Não consigo me acomodar. Não consigo ficar parada. Meu cérebro não sossega.

O que me surpreendeu é o tempo que eu passo pensando no futuro. Nada muito importante, e sim coisas como o que vou comer no café da manhã do dia seguinte, o que vai passar na TV na semana que vem. Se vai nevar no inverno deste ano. Esse tipo de coisa.

Vou descobrir o que terei para comer no café da manhã de amanhã, mas isso é tudo.

É difícil pensar sobre o nada que está se aproximando. Como vai ser... não ser.

Nenhum pensamento. Nenhuma lembrança. Nada de TV na semana que vem, ou neve no inverno deste ano, ou o canto dos pássaros na primavera, ou... ou... abróteas, ou nozes, ou arco-íris, ou... relâmpagos... ou...

Que merda, garota. Apenas cale essa boca.

Apenas. Cale.

Essa. Boca.

Eu fecho os olhos, tentando ignorar as minhas próprias preocupações, mas, em seguida, tudo que aparece na minha cabeça é a imagem de uma vagabunda idiota estendendo a mão para pegar uma pistola. Quando percebo, estou gritando comigo mesma: — Largue essa arma! Não faça isso!

O estouro foi tão alto e o clarão do tiro foi tão brilhante, e só foi necessária uma fração de segundo e um movimento muito breve de um dedo para tirar uma vida. O que foi que aquele cientista disse? Newton, não é mesmo? *Para toda ação existe uma reação oposta e de igual intensidade?*

Não parece ser muito certo. Mova o dedo indicador e alguém morre.

Amanhã vai ser igual, não é mesmo? Digite alguns números no seu telefone e eu morro.

Eles têm poder sobre a minha vida, a responsabilidade de fazer a coisa certa.

Nós tínhamos a responsabilidade naquela noite, mas, mesmo assim, era a primeira vez em que o poder estava a nosso favor.

...

Pensando em tudo que aconteceu, eu vejo agora, aqui da minha cela, que tudo vinha progredindo até algum ponto no tempo que eu não conseguia enxergar com clareza, e tudo teria que terminar em um determinado momento. E, quanto mais demorasse, mais velocidade ganharia e maior seria o estrago que causaria quando fosse obrigado a parar.

Meu Deus, isso vai causar um estrago enorme.

As pessoas vão falar a respeito. Vão se lembrar. Espero que façam alguma coisa.

...

Um mês antes daquela noite, jantamos com a Senhora B. Você comprou a comida e ela cozinhou. Não comíamos carne há um bom tempo, e quando a comida começou a cheirar pelo corredor do nosso andar, achamos que íamos atrair uma multidão esfomeada.

Você nunca esfregou nas nossas caras que tinha dinheiro e que nós não tínhamos; você era o esnobe mais pé no chão que já conhecemos!

Mas você não era um esnobe, não é mesmo? Porque, na verdade, você veio dos Arranha-Céus.

— Jackson foi muito elogiado quando o resgatou — disse a Senhora B. enquanto você cortava o frango. — Os jornais, eles adoraram quando ele fez isso.

— Não me lembro — eu disse.

— Você tinha seis anos, a mesma idade dele. E você, Isaac? Lembra?

Você fez que não com a cabeça. — Não muito, Senhora B. Mas eu acho que, se morasse perto da senhora quando era criança, não ia querer ir embora.

Ela sorri para você. Você sabe encantar as pessoas.

— História da sua mãe foi trágica — disse ela. — Boa pessoa. Fazia tudo por você. Nunca entendi por que ela pulou.

— Você a conhecia? — Eu perguntei à Senhora B.

— Via de vez em quando. Morava perto de amiga minha no Edifício Jacinto. Amiga disse que ela sempre sorridente, não podia imaginar que estar tão deprimida.

Isaac apoiou a faca no prato.

— Toda aquela comoção... aquele tumulto. Claro, depois eles colocaram grades nas janelas para outras pessoas não pularem também. — ela continuou.

Seus olhos se fecharam. Eu coloquei a mão na sua perna.

Balançando a cabeça, a Senhora B. continua. — Incrível como Jackson chegou rápido no prédio. Disse que era para ver se você estava bem. Achava que você podia debruçar e ver mãe no chão, talvez fosse cair também. Saiu com você nos braços, com lágrimas no rosto sujo. Imprensa já estava lá com aquela mulher, Patty.

— Ele viu quando isso aconteceu? — eu perguntei. — O que ele estava fazendo por aqui?

— Disse que lembrava de onde veio, das suas... qual é mesmo palavra... sementes?

— Raízes — eu corrigi.

— Sim, isso mesmo. Disse que voltou para dar comida e coisas, ver novas famílias, ajudar pessoas. Eu? Não acho que era tão simples. — A Senhora B. dá de ombros, a boca se encurvando para baixo. — Mas quem sou eu para dizer? Talvez ele estivesse andando por aqui quando aconteceu.

Eu observei enquanto ela tamborilava os dedos contra os lábios e esperei que prosseguisse, mas Senhora B. ficou em silêncio. Quando Jackson Paige surgia na conversa, geralmente isso deixava o ar infestado com todos os palavrões que ela conhecia, e a Senhora B. nunca se importava se alguém podia ouvi-la ou se concordavam com ela.

O que estava diferente? Era o fato de Isaac estar ali, e por isso ela não queria falar mal do pai dele?

Fiquei emocionada por ela demonstrar tanta consideração.

— Mas como ele saber qual o apartamento certo?

Ela olhou para mim com as sobrancelhas erguidas, como se dissesse que eu estava louca. — Muitas perguntas, Martha, você devia trabalhar na polícia! Não sei respostas.

Deixei aquilo passar. Independente do que eu pensasse, ou do que ela pensasse, ou mesmo do que Isaac pensasse que eu supunha, o fato era que mesmo assim foi Jackson Paige quem o criou. Ainda assim foi ele quem o adotou, e não precisava ter feito aquilo. Podia ter deixado que

Isaac fosse para algum orfanato ou instituição. Por quê? O bem daquele ato não se encaixava com tudo que eu sabia a respeito daquele merda.

Mas a sua cabeça estava calculando.

— E o que me dizem de Patty? — você perguntou, cortando um pedaço do pudim.

— A sua madrasta?

Você fez que sim com a cabeça. Colocou a fatia na boca e não tirou os olhos da Senhora B. enquanto mastigava.

Ela pegou o recipiente do molho e deu de ombros. — Só a vi na vida real naquele dia. Era bonita. Linda.

— Inteligente? — você perguntou.

— Não sei dizer.

— Manipuladora?

— Não sei dizer — repetiu ela. Em seguida, como não conseguisse mais se conter, ela colocou o pote de molho de volta na mesa e suspirou. — Como é aquele ditado que vocês têm aqui... Embaixo de grande homem... não... atrás de grandes mulheres...

— Por trás de um grande homem há sempre uma grande mulher? — você perguntou.

A Senhora B. assentiu e sorriu — Isso mesmo!

Vocês trocaram um olhar e, lentamente, o sorriso dela se desfez.

— É isso mesmo — ela repetiu com um sussurro e um aceno de cabeça, e alguma coisa se passou entre vocês, mas eu não sei o que foi. E, pela primeira vez, eu questionei se Patty era realmente a loira burra que fingia ser.

...

Quando terminamos de comer, nós voltamos para o meu apartamento. Sentamos no chão da pequena sala de estar, com as cortinas fechadas e as luzes apagadas. O "fogo" era uma daquelas luminárias com pedaços de vidro amontoados para parecer com um carvão, uma luz por baixo e um ventilador. Tirei o vidro, liguei a luminária e o ventilador e nós nos deitamos, observando as formas amarelas e alaranjadas dançando no teto.

Ao fundo havia o burburinho baixo das vozes dos apartamentos próximos, o ronco do motor de um carro lá fora, uma sirene da polícia, mas tudo isso estava a um mundo inteiro de distância. Estávamos sozinhos e sabíamos que o nosso tempo estava acabando.

Rolei de lado e fiquei olhando as luzes no seu rosto. Os cantos da sua boca se ergueram em um sorriso quando você me abraçou e eu tracei os seus contornos com o dedo.

— Isso faz cócegas — você disse. Em seguida, eu desci pela sua bochecha e pelo queixo. Depois pelo pescoço, passando por cima do seu pomo-de-adão. E depois chegando até o primeiro botão da sua camisa.

Sua respiração ficou acelerada.

— Martha — você sussurrou.

— Shhh — eu respondi, aproximando-me e beijando a sua boca. Meus dedos abriram o segundo botão e tocaram o seu peito.

Gentilmente você se afastou, afastou os cabelos que cobriam o meu rosto e olhou para mim.

— Martha — você sussurrou. — Eu nunca...

Você deixou o resto das palavras suspensas no ar.

— Eu também não — respondi.

— Tem certeza de que você quer?

Fiz que sim com a cabeça.

Você vai se lembrar do que aconteceu a seguir. Afinal, como poderia se esquecer?

Você retribuiu o meu beijo. Nós nos beijamos. Derretemos, um nos braços do outro, nervosos e desajeitados, com hormônios, desejos e uma vontade que eu nem sabia que tinha dentro de mim.

As roupas foram jogadas para longe e a sua pele era quente e macia; seu peito, peludo; seus braços, fortes; seus dedos, delicados, mas também bastante desajeitados.

Eu queria tocar tudo, mas tinha medo. Queria você, amava você, não conseguia imaginar ninguém mais com quem eu quisesse ter a minha primeira vez.

Minha nudez me constrangeu, mas a sua também. Olhamos um nos olhos do outro em busca de segurança, rimos da nossa própria inexperiência, sorrimos para nos reconfortar, escutamos nossas respirações entrecortadas quando as coisas se encaixaram. Quando nos movemos, os nossos corações batiam mais rápido e os nossos corpos se agarravam um no outro, com o suor, o nervosismo e o carpete arranhando nossos joelhos e cotovelos.

Compartilhamos o céu, compartilhamos as estrelas, e agora estávamos compartilhando a nossa primeira vez.

Eu puxei o lençol que cobria o sofá e nós ficamos deitados, nus, debaixo dele.

— Você me seduziu — você disse com um sorriso.

Eu ri. — Acho que não!

— Não estou reclamando.

No apartamento de algum vizinho, um relógio bateu doze vezes.

— Meia-noite — eu disse. — Seus pais vão ficar desconfiados.

Você apoiou o corpo em um cotovelo. — Queria poder ficar aqui.

Eu estava pensando na mesma coisa, mas fiz que não com a cabeça. — Não dê razões para que ele siga você até aqui — eu disse.

— Sabe aquilo que a Senhora B. estava dizendo antes... ela estava errada. Ele não foi até lá para distribuir comida — você disse.

— Eu sei — eu respondi.

— Você sabe que a minha mãe... minha mãe verdadeira, não Patty. Bem, depois que o meu pai morreu, ela e Jackson estavam...

Eu me aproximei, vendo os seus olhos brilharem naquela luz.

— Ele esteve no apartamento dela antes...

— Isso não importa mais — eu sussurrei.

— Importa, sim — você respondeu. — Eu sei que ela não pulou.

Eu observei as cores refletindo na sua pele e senti a sua dor.

— Ela tinha seus problemas, mas nunca quebrou uma promessa. Nem mesmo nos seus piores dias. O meu aniversário era no dia seguinte... no dia seguinte, e ela prometeu que iria me levar ao zoológico. Estava com os ingressos e tinha até mesmo preparado uma cesta de piquenique. Estava bem alegre. Não fazia sentido.

— Está dizendo que ele a empurrou? Por que ele faria uma coisa dessas? — eu sussurrei.

— Não sei — você respondeu. — Talvez ela tenha ameaçado a vida mansa que ele levava. Talvez ele estivesse querendo abusar do poder que tinha, tentando provar alguma coisa. Talvez ele simplesmente sentiu vontade de fazer aquilo.

Eu vi o quanto que as memórias te dilaceraram e a vontade de encontrar sentido nisso tudo machucou você. E, durante esse tempo, eu fiquei com essa pergunta na cabeça... Mas sabia que eu não devia pronunciá-la.

— Isaac — eu sussurrei, colocando a mão sobre a sua. — Por que ele o adotou?

Lentamente, o rosto dele se virou para ficar de frente para o meu.

— Fazia bem para a imagem dele, não é? Adotar a mim, um pobre órfão dos Arranha-Céus. Isso daria a ele uma imagem gentil e caridosa. As pessoas o admiram por isso, você sabe. Gostam dele. E o respeitam. Que homem mais bondoso, pensam. — Você fez que não com a cabeça. — Acho que não foi ideia dele. Quanto mais eu penso nisso, mais eu desconfio que havia alguma outra pessoa manipulando o meu pai. E quanto mais eu penso nisso, mais raiva eu sinto.

— Não faz sentido sentir raiva — eu sussurrei. — Isso não vai mudar nada.

— Nada nunca vai mudar — você disse. — Quanto mais tempo passa, mais tenho certeza. Nada faz sentido, você sabe tanto quanto eu.

Mas com aquelas palavras alguma coisa aconteceu, uma sensação que me acertou como as ondas em um mar gelado. Como se eu houvesse acordado com um tapa, ou tivesse errado um degrau enquanto descia a escada.

— Vai, sim — eu disse, totalmente convicta. — Algo vai acontecer e as coisas vão mudar. Elas têm que mudar.

E aconteceu, não foi?

Alguma coisa realmente aconteceu, porra.

C E L

MARTHA

A porta da Cela 7 se abre e eu entro nela.

A cadeira está no centro do piso, com as correias a postos, esperando por mim.

Eu paro. Não consigo me mover.

Ouço um som mecânico baixo e olho para cima, para o alto da parede; há uma câmera apontada para mim. Quero sorrir para ela, acenar, mostrar o dedo do meio ou gritar com ela, mas não consigo fazer nada.

A porta bate por trás de mim e eu pulo, solto um grito de susto, algo que não gostaria de ter feito. Não quero demonstrar fraqueza, mas meu coração está batendo tão forte que eu tenho certeza de que todas as pessoas que estão me assistindo vão ver o meu corpo inteiro tremendo.

Fico naquele lugar sombrio, sem me mover, olhando para a cadeira e para as correias de couro.

Na parede, o tique-taque do relógio continua.

— O horário é: oito horas — anuncia uma voz eletrônica e artificial. — Você tem: treze horas até a sua possível execução. As estatísticas atuais são: 97% a favor, 3% contra. Iremos atualizar sua situação em: uma hora.

Merda.

ISAAC

Em seu quarto, Isaac desliga a televisão.

Ele respira fundo e olha para o conjunto de coisas que estão sobre a sua escrivaninha. Algumas fotografias, vários documentos, um cartão de memória...

Pega um envelope: "Último Desejo e Testamento", é o que está escrito. Ele coloca as outras coisas dentro. Olha para o relógio.

— Doze horas e cinquenta e oito minutos até a sua possível execução — diz ele.

EVE

Eve se olha no espelho da cômoda. Seu cabelo está arrumado, mas o rosto está sem maquiagem.

— Você sabe que eles vão mencionar o meu pai — diz Max, na porta do quarto.

Eve assente. — Eu sei — sussurra ela. — Mas preciso fazer isso.

— Quer que eu vá com você?

Ela se vira para olhar para o filho.

— Não me importo de ir — diz ele.

Ela concorda com um aceno de cabeça. — Seria bom.

CÍCERO

— Você não é mais um juiz — diz Cícero a si mesmo enquanto enche o rosto de creme de barbear. — O que você pensa não tem importância. Ninguém se importa.

Ele esfrega o vapor que se acumulou no espelho até que apenas os seus olhos apareçam, e fixa o olhar naquela imagem. — Mas eu reconheço a inocência quando a vejo — sussurra ele. — E reconheço ainda mais a corrupção. Ele desliza a lâmina sobre a pele.

— A época em que você tinha influência acabou, velhote — ele diz a si mesmo. — Tudo que você pode ser agora é um par de ombros para erguer os outros.

Os pelos do rosto estalam contra a lâmina. — Ombros fracos e inúteis — resmunga ele.

MORTE É JUSTIÇA

Fagulhas brancas zunem e estalam em uma tela azul-escura. O logotipo do olho brilha, e as palavras "Olho por Olho por Olho por" giram em um círculo ao redor da pupila preta.

VOZ DO LOCUTOR: Olho por Olho Produções apresenta...

As palavras param de girar. O som da eletricidade cresce novamente e os contornos das letras que formam as palavras assumem aspecto serrilhado. O olho fica vermelho e se fecha.

VOZ DO LOCUTOR: ... a edição de hoje do nosso programa *Morte é Justiça*, com a apresentadora...

O azul esmaece e as luzes se acendem sobre Kristina, sentada em seu lugar habitual, com a maquiagem e os cabelos perfeitos.

VOZ DO LOCUTOR: ... Kristina Albright!

KRISTINA: Bom dia, telespectadores. Tivemos uma semana bastante empolgante aqui no Morte é Justiça, e, meus amigos, estamos fazendo muita justiça em nome de vocês!

A plateia aplaude.

KRISTINA: Três execuções em três dias certamente vão deixar as nossas ruas mais seguras. Vocês podem voltar para casa do trabalho ou da escola a pé, sabendo que há três criminosos a menos por aí. Juntos estamos fazendo a diferença e transformando o nosso país em um lugar melhor para se viver.

Os aplausos ficam mais fortes.

KRISTINA: E parece que, nesta noite, vamos trazer mais um pouco de justiça para vocês, mas ainda temos que aguardar algumas horas até o *grand finale*. Vamos dar uma olhada rápida e ver o que a nossa acusada está fazendo neste exato momento.

Ela se levanta e vai até a tela à direita.

KRISTINA: Telespectadores, estas são as imagens ao vivo da Cela 7. Para aqueles que não estão familiarizados com o sistema, a Cela 7 também é utilizada como sala de execuções. O acusado passa o dia ali dentro e pode circular pela cela, examinar a cadeira da morte e fazer sua última refeição, até o encerramento da votação às 20h30 desta noite.

Ela termina de falar e olha para a tela. Martha está diante da porta, com o macacão branco da prisão e pés descalços sobre o chão de concreto. Kristina sorri.

KRISTINA: Ela parece estar um pouco preocupada, não é?

A plateia ri.

KRISTINA: Estivemos bastante ocupados recebendo as suas ligações sobre a nossa assassina, Martha, e lendo as suas mensagens de texto e e-mails. E hoje, para repassar algumas dessas mensagens comigo, está o inigualável Joshua Decker.

Vestido com um terno cinzento justo ao corpo e uma gravata, Joshua entra no estúdio, com uma mão erguida para acenar à plateia, que grita e aplaude.

KRISTINA: É um prazer vê-lo novamente aqui, Joshua. Aliás, você tem aparecido por aqui com bastante frequência nestes últimos dias.

JOSHUA: Obrigado, Kristina. É sempre um prazer estar aqui.

Ele se vira para a plateia e sorri. Um murmúrio se espalha por entre as pessoas.

JOSHUA: E espero ver vocês muito mais vezes no futuro.

O sorriso de Kristina se desfaz. Ela olha para a tela e se concentra.

KRISTINA: Vamos dar uma olhada em algumas das opiniões que estão chegando.

JOSHUA: Vamos.

Joshua toca na tela interativa, arrastando caixas de texto pela área visual, ativando e aumentando o tamanho de algumas delas.

JOSHUA: Como podem ver, as emoções estão fervendo. Parece que os telespectadores têm pouca simpatia por "Martha, a Carniceira", o apelido cruel pelo qual a imprensa vem se referindo a ela.

KRISTINA (rindo): Esse eu ainda não tinha ouvido!

Joshua aponta para a tela.

JOSHUA: Dê uma olhada em algumas dessas mensagens. "Ela devia apodrecer no inferno", diz Tony. "Como uma adolescente pôde ser tão cruel?", pergunta Chandra. "A sociedade devia ter vergonha de si mesma por deixar essa imoralidade se multiplicar", um comentário bastante duro de Caswell. Mas houve um que atraiu bastante a minha atenção: "O que a sociedade pode esperar além de morte e destruição desenfreadas quando os nossos valores morais estão em decadência há tantos anos? Não é de surpreender que uma adolescente cometa um crime como este, já que foi criada no seio de uma família inadequada. A culpa pelo que houve deveria ser da mãe". Foi um comentário deixado por Geri. Não temos o sobrenome de Geri. Mas será que podemos realmente colocar a culpa pelo que houve na mãe, que, de acordo com o que sabemos, sofreu seu próprio...

KRISTINA (interrompendo): Bem, telespectadores, a opinião que queremos ouvir sobre este assunto é a de vocês. O quê vocês pensam? Nós certamente já ouvimos esse argumento antes. Quanto da responsabilidade deveria recair sobre a mãe?

JOSHUA: Temos uma ligação sobre isso que está chegando agora. Alô, telespectador? Qual é o seu nome?

PRIMEIRA LIGAÇÃO (STEVIE): Meu nome é Stevie e eu queria perguntar sobre a câmera de vídeo.

Kristina e Joshua se entreolham, com as feições sérias.

JOSHUA: Lamento, Stevie, mas estávamos perguntando se a falta de uma unidade familiar pode afetar o comportamento de uma criança.

STEVIE: Sim, sim, eu sei, mas é o seguinte. Eu fui apanhado enquanto dormia no chão debaixo da Galeria ontem à noite e a polícia disse que eles me viram pelo vídeo. A câmera de vigilância, sabem? Então, se aquela câmera ainda está funcionando, por que eles não têm a imagem do momento em que Jackson foi morto?

KRISTINA: Stevie...

STEVIE: Porque eu acho que eles filmaram tudo. Mas por que não mostram? Perguntem para vocês mesmos, caras. Por que não estão mostrando? Bom, eu acho que é porque...

A ligação cai.

JOSHUA: Stevie? Stevie?

KRISTINA (sorrindo): Desculpem, telespectadores, parece que perdemos a ligação de Stevie. Fico me perguntando como ele conseguiu pagar pela ligação...

JOSHUA: Temos outra pessoa na linha? Ah, temos sim. Alô? Qual é o seu nome, e o que você gostaria de compartilhar conosco hoje?

SEGUNDA LIGAÇÃO (LUKA): Alô, meu nome é Luka, e eu queria fazer uma pergunta sobre Martha e o programa de uns dias atrás.

JOSHUA: Vamos lá.

LUKA: Um dos convidados disse que vocês não precisavam de provas porque tinham a motivação, mas ele não conseguiu dizer qual era a motivação. Vocês podem me dizer qual era a motivação que ela tinha para querer matar Jackson Paige?

Kristina olha para os lados.

KRISTINA: Er... bem, Luka, isso foi discutido exaustivamente na noite do programa que você mencionou. Sugiro que você entre no nosso site e assista ao programa completo, e tenho certeza de que você vai encontrar suas respostas.

LUKA: Eu entrei no site. Não há respostas. Eu já disse, ele não mencionou qual era a motivação de Martha, e eu não entendo por que ela fez isso. E por que ela admitiria o crime se sabia que iria morrer?

JOSHUA (em voz baixa): Talvez ela não tivesse nada a perder...

LUKA: E qual é esse segredo que ela diz ter? E se isso mudar as coisas? Aí vai ser tarde demais, não é mesmo?

KRISTINA: Obrigada pela ligação. Temos mais alguém na linha?

Ela leva o dedo até a orelha. Gotas de suor estão começando a se formar logo acima do seu lábio superior.

KRISTINA: Ah, temos sim. Alô, e seja bem-vindo ao programa.

TERCEIRA LIGAÇÃO: Alô, Kristina. Espero que vocês não desliguem na minha cara, também.

Ela ri nervosamente.

TERCEIRA LIGAÇÃO: Nestes anos, desde que o sistema de votação foi implantado, mais de 2.500 pessoas foram executadas. Desde então, foram encontradas provas de que mais de cinquenta dessas pessoas eram inocentes, embora nem todos os casos tenham sido analisados.

KRISTINA: O que significa que havia 2.450 culpados.

TERCEIRA LIGAÇÃO: Potencialmente. Mesmo assim, mais de cinquenta assassinos não foram punidos por seus crimes. Além disso, em todos esses anos, o aumento do custo de vida colocou os telefones e a internet fora do alcance de cerca de 45% da população...

KRISTINA: Essas pessoas podem utilizar sistemas públicos para isso... bibliotecas...

TERCEIRA LIGAÇÃO: Que ainda têm que ser pagos e são caros demais para muita gente. E estão ficando cada vez menos acessíveis. Analisando os registros de votação, que tenho aqui em mãos, posso dizer que, no caso em questão, o de Martha Elizabeth Honeydew, 98,3% dos votos vêm de áreas com o mesmo nível de renda da Cidade e das Avenidas. Na realidade, 56,2% do total de votos, do total de votos, vêm de um único número de telefone. Um único número. Gostaria de saber quem é o dono desse número?

KRISTINA: Com licença, telespectador... Você havia dito que o seu nome era...?

TERCEIRA LIGAÇÃO: Eu não disse. Esse número de telefone...

KRISTINA: E como você teve acesso a esses registros telefônicos?

TERCEIRA LIGAÇÃO: O modo pelo qual eu os consegui não é importante. Kristina, você está me interrompendo para impedir que a informação chegue à sua plateia e aos seus telespectadores? Tenho certeza de que você os respeita, e vai permitir que eles tenham acesso à verdade, de modo a tomarem uma decisão bem embasada na hora de votar.

KRISTINA: Eu...

TERCEIRA LIGAÇÃO: O telefone pertence a William Crawford. Sabe quem ele é? Era o advogado de Jackson Paige, e ainda está agindo em nome do seu cliente. Diga-me, Kristina, por que você acha que ele faria uma coisa dessas? Porque ele iria querer que essa garota morresse?

KRISTINA: Plateia, amigos telespectadores, preciso pedir a vocês que desconsiderem essa informação. Isso é uma calúnia contra um dos melhores e mais bem-sucedidos advogados do nosso país. Não há provas de que...

TERCEIRA LIGAÇÃO: Desculpe, Kristina, mas você disse "provas"? Agora você acha elas relevantes, não é mesmo? Só a motivação não basta? Bem...

A tela pisca e o registro das ligações telefônicas do advogado aparece, com o registro de ligações para o número que declara o acusado "culpado" claramente visível.

A plateia solta uma exclamação, surpresa.

KRISTINA: Telespectador? Onde você encontrou isso? Isso é ilegal. Não pode ser exibido na televisão.

A linha telefônica fica muda, mas a imagem do registro das ligações continua na tela. Joshua não faz nada além de olhar para a plateia, com um leve sorriso se formando no canto dos lábios.

KRISTINA: Telespectadores, peço desculpas por haverem hackeado o nosso sistema com informações inadequadas e potencialmente falsas. Voltaremos logo após uma curta mensagem do nosso patrocinador, Cyber Secure.

Ela exibe um sorriso amarelo.

CÍCERO

Cícero esfrega uma toalha pelo rosto suado e exala o ar ruidosamente.

— Fui bem? — pergunta ele.

— Você foi ótimo — diz Max. Ele pega o telefone e retira uma cobertura do bocal. — Nunca vão descobrir que foi você.

— É melhor que não descubram mesmo. Como foi que você conseguiu esses registros? Sua mãe sabe?

— Ah, eu fiz tudo pelo computador...

— Mas?

— É só o que está acontecendo, não é? Você sabe que essa votação é manipulada.

— Não é exatamente manipulada, mas...

— As pessoas que têm dinheiro programam o telefone para que o aparelho vote várias e várias vezes no resultado que eles querem. Isso é manipulação, não é? Todo mundo sabe que é assim que acontece. Nós simplesmente os colocamos para pensar mais um pouco.

— Preciso ir. Minha mãe está me esperando no estúdio.

— Ela vai ao *Morte é Justiça*?

Max confirma com um aceno de cabeça.

MARTHA

Esta cela é a pior. Achei que seria pequena, limpa e branca, com luzes brilhantes como uma clínica. Mas o lugar é escuro e miserável. O ar é frio. Há brotoejas nos meus braços, o concreto sob meus pés descalços é congelante, mas não há nenhum lugar para me sentar. Somente naquela cadeira horrível com as correias.

Ela me lembra uma cadeira de dentista antiga.

— Sente-se aqui, garotinha — diria o dentista, com um avental sujo preso ao corpo, manchado com respingos de sangue e o rosto coberto por uma máscara. — Deixe-me prender as correias ao seu redor, você vai se sentir mais confortável assim.

Ah, cale a boca. Cale a boca, Martha. É difícil pensar que, daqui a algumas horas, tudo que está passando pela minha cabeça vai se acabar e eu vou simplesmente deixar de existir.

Alguém tem alma? Será que eu tenho?

Lembro-me de assistir na televisão, certa vez, a um programa que dizia que, logo antes de morrer, o peso do seu corpo diminui vinte e um gramas. Algumas pessoas achavam que esse era o peso da alma. Você perde esses vinte e um gramas porque ela deixou o seu corpo.

É engraçado.

Será que isso significa que um fantasma pesa vinte e um gramas?

Não sei. Não sei mais nada.

Vou para o outro lado da sala e apoio as palmas na parede de vidro que separa a cela de uma área com plateia.

Quando as recolho outra vez, vejo as marcas das minhas impressões digitais no vidro e procuro pelas marcas deixadas por outras pessoas; talvez as do cara que foi executado ontem, aquele com quem eu conversei, ou o outro que chegou aqui antes dele.

O guarda me disse que foi uma das semanas mais cheias que eles tiveram em anos. Não consigo ver nenhuma. Acho que eles devem limpar o vidro. Pergunto-me se eles lavam a cadeira, também.

É estranho pensar que já estive aqui antes, mas do outro lado do vidro, observando Ollie. Como eu era a pessoa mais próxima e a única parente da vítima — a minha mãe — eles me deram a oportunidade de fazer um discurso.

Decidi não fazer isso. Tinha coisas para dizer, mas eram particulares. Não queria que a mídia transformasse aquilo em algo que poderia ser citado fora de contexto ou impresso nas primeiras páginas dos jornais para ganhar dinheiro.

Também perguntaram se eu queria que o vidro fosse baixado — para que eu pudesse ver melhor a execução, disseram. Eu disse a eles que, se dependesse de mim, a execução não iria acontecer, e, se aquilo tivesse que ocorrer inevitavelmente, seria em um lugar privado no qual Ollie pudesse morrer em paz, não com um milhão de rostos anônimos olhando para ele.

Não sei o que as outras pessoas escolheram. Nunca assisti ao programa na TV. Achava desrespeitoso. Como se eu estivesse espionando a vida dos outros.

De qualquer forma, a Senhora B. ficou feliz com as minhas escolhas. Se é que é possível ficar feliz quando vão matar o seu único filho.

Há cadeiras na área da plateia, do outro lado deste vidro. Várias fileiras que se estendem pelo salão. Não sei dizer quantas; está muito escuro e não me lembro de quantas havia na outra vez em que estive aqui. Dez fileiras? Talvez mais.

É como se fosse um cinema, só que o filme sou eu.

Ao vivo, hein?

Quem vai vir me ver morrer?

A Senhora B.? Não. Duvido que ela seria capaz de suportar.

Amigos do tempo da escola, que não vejo desde que a minha mãe morreu e eu tive que largar os estudos? Talvez.

Gente dos Arranha-Céus como Gus? Os sem-teto que estavam na Galeria naquela noite? Não. Acho que não.

Eve?

A imprensa?

Isaac?

Isaac, eu sei que você virá.

Deixei tudo que tenho para a Senhora B., mas pedi que as minhas cinzas ficassem com você. Você sabe onde eu quero que você as espalhe. Posso ver você agora quando fecho os olhos e apoio a cabeça no vidro. Você está caminhando pela trilha, rumo à floresta. Está frio, é inverno, o vento sopra ao redor de você, mexendo os seus cabelos. A gola do seu casaco está levantada, os ombros encolhidos, e você está olhando para as árvores ao longe.

Meus vinte e um gramas estão caminhando com você, mas você não consegue me ver. Quero enlaçar o meu braço no seu, colocar a minha mão no seu bolso e sentir os seus dedos agarrarem os meus.

Espero que sinta que eu estou com você, mas temo que isso não vá acontecer.

Na clareira, no meio das árvores, no lugar em que nos sentamos juntos ao redor de uma fogueira que acendemos, o lugar onde nos beijamos pela primeira vez, onde nos deitamos sentindo os raios do sol na nossa pele. Será onde você vai deixar as minhas cinzas, e, quando você quiser se lembrar de mim e dos momentos que passamos juntos, é o lugar para onde você vai voltar.

E, quando tudo estiver uma merda, quando lutar for difícil, será o lugar para onde você virá e se sentirá mais forte outra vez.

Vou sentir saudades de você.

Você iluminou a minha vida no momento em que tudo estava mergulhado na escuridão.

Você me despertou e me deu forças para que eu me tornasse eu mesma outra vez.

Você me deu razões para acordar de manhã, para comer durante o dia e para sorrir novamente.

E, embora amanhã eu não vá mais estar aqui, a razão pela qual eu vou morrer é uma razão pela qual vale a pena morrer.

Você vai garantir que seja.

...

— O horário é: — aquela voz outra vez. — ... nove horas. Você tem: doze horas até a sua possível execução. As estatísticas atuais são: 96,5% a favor, 3,5 % contra. Iremos atualizar sua situação em: uma hora.

Isso é o pior. Podiam simplesmente acabar com tudo agora.

Você está esperando por mim, mãe? Ollie, você está aí também?

Bato os punhos contra o vidro.

— Acabem com isso agora! — eu grito. — Me matem agora!

Quando paro, eu ouço a vibração baixa do motor da câmera, mas nada além disso.

Deixo o corpo cair no chão e apoio a cabeça no vidro.

Lembre-se do que dissemos, Isaac. Eu posso ser a mártir, mas você vai ter que ser o guerreiro. Eu fecho os olhos.

...

Estávamos namorando há oito meses quando ele descobriu. Só Deus sabe como conseguimos chegar tão longe. — Porque ele está sempre ocupado — você me disse. — Não se importa com nada do que eu faço.

Mas já fazia algum tempo que você estava desconfiado. Pensava que ele estava rastreando o seu telefone, e, por causa disso, começou a deixá-lo com um amigo. E os comentários, como você me contou, sobre o quanto era importante sair com as pessoas certas, ou o fato de que você nunca trazia nenhuma namorada para casa.

Na noite em que ele nos encontrou, quando ele realmente nos viu, eu fui até a estação para me encontrar com você, e estava esperando na plataforma. Era um fim de tarde morno de verão, o sol estava escondido por trás dos prédios altos, uma bela luz alaranjada banhando o concreto. O sol era capaz de deixar até mesmo os Arranha-Céus mais bonitos.

Você sorriu para mim quando desceu do trem, pegou na minha mão e, juntos, nós começamos a caminhar.

— Quer ir para o meu apartamento? — eu perguntei.

Você fez que não com a cabeça. — Vamos aproveitar o sol em algum lugar — disse.

Compramos refrigerantes e salgadinhos na loja da esquina e caminhamos tranquilamente pelas ruas, indo na direção do parque.

As pessoas à nossa volta estavam alegres. Algumas que eu conhecia paravam para dizer oi e perguntavam sobre você. Você não dizia a eles que era o filho de Jackson, mas a maioria o reconhecia.

— Seu pai aparece muito por aqui — disse uma delas.

Você não ficou surpreso.

Um cara perguntou se você tinha algum produto do seu pai. Nós demos as costas e continuamos andando.

Enquanto caminhávamos, você colocou o braço ao redor do meu corpo e me puxou para perto, tomando o meu rosto nas mãos e curvando-se para me beijar. — Graças a Deus eu não sou realmente filho dele — você disse. — Você não precisa se preocupar com a possibilidade de que eu vá me transformar em alguma espécie de traficante maluco, infiel e mulherengo. — Você sorriu quando disse isso, mas eu sabia que não era piada.

Só conseguimos andar mais alguns passos antes de ouvirmos o ronco do motor. Nós dois ficamos paralisados. Você se lembra disso?

O carro freou diante de nós e Jackson saltou de dentro dele.

Não me lembro de toda a conversa, se é que podemos chamar toda aquela gritaria, xingamentos e palavrões de conversa. Mas eu me lembro do quanto ele me assustou e me lembro daquela coisa que ele disse.

— As mulheres daqui são as com quem você faz sexo — disse ele. — As mulheres de lá são com quem você se casa. Você pode vir aqui para se divertir, mas não leve uma dessas para casa.

E foi aí que você o acertou com um soco. Quando ele se recuperou do choque, revidou. Derrubou você no chão.

Enquanto eu me abaixava para ajudá-lo a se levantar, eu olhei para Jackson. Lembro que estava tremendo, mas não iria deixar que ele visse isso.

— Você matou a minha mãe — eu disse a ele, por entre os dentes.

— Hein? — ele respondeu. — Quem é a sua mãe?

— Beth Honeydew.

As pessoas estavam começando a se aproximar, chegando mais perto de mim e de você, encarando Jackson com expressões hostis. Ele parecia estar abalado, como se as minhas palavras o tivessem deixado chocado.

— Você sabe quem eu sou? — eu perguntei a ele.

Ele cuspiu no chão. — Uma vagabunda, igual à sua mãe — disse ele.

Lembro-me do medo que senti quando você se levantou do chão com um pulo e avançou sobre Jackson. Tentei puxá-lo para trás, mas você se desvencilhou das minhas mãos e pulou sobre ele. Achei que fosse matá-lo. As pessoas à nossa volta gritavam e vaiavam e outras saíam do parque e debaixo da Galeria para ver melhor aquela cena.

Mas, antes que você pudesse tocá-lo, tudo parou.

O medo tomou conta de mim. Dei um passo atrás, junto com todas as pessoas, e o silêncio encobriu tudo.

Ele estava com uma pistola apontada para sua cabeça.

— Não faça isso — disse ele. — Não desperdice a sua vida com uma merdinha como ela.

O seu rosto se contorcia de raiva. — Você não atiraria no seu próprio filho.

— Não — disse Jackson. — Se eu tivesse um filho, não atiraria nele. Mas você não é meu filho, não é mesmo?

A raiva fervia dentro de você, mas não havia nada a fazer. Ele o empurrou para dentro do carro e tudo que eu consegui fazer enquanto ele o levava embora foi observar.

Foi Gus quem veio até mim, quem colocou o braço ao redor dos ombros e me acompanhou até a minha casa.

— Eu nunca tinha visto uma arma antes — eu murmurei para Gus.

— E você não vai querer ver mais nenhuma — disse ele. — Homens fracos usam armas.

— Como assim? — eu perguntei. O sol já estava baixo e estendia as sombras dos prédios com se fossem dedos esticados para me pegar.

Ele levantou a mão, com todos os dedos flexionados, com exceção do indicador. Ele o curvou, imitando o gesto de disparar uma arma. — Pensar dá mais trabalho do que puxar um gatilho.

Acho que nunca contei isso a você. Profundo? Verdadeiro? O que acha?

Talvez, hein? Mas quando sua única opção é morrer, você não perde tempo pensando.

Ei, olhe só para mim, dizendo uma coisa dessas.

Pensando no passado, em todas as vezes que andamos pelos Arranha-Céus juntos e que as pessoas nos diziam que Jackson havia passado por ali, não seria algo tão surpreendente, eu acho. Havíamos sido descobertos. A arma apontada para a sua cabeça foi o primeiro aviso e a invasão do meu apartamento foi o segundo.

Nós ignoramos os dois.

EVE

Do lado de fora do estúdio, uma multidão está reunida. Pessoas agasalhadas com casacos e cachecóis, agitando cartazes e recitando palavras de ordem.

Uma vida por uma vida.

Exigimos ruas seguras.

Do outro lado da rua, em uma posição relativamente segura e distante da multidão, está Gus, dos Arranha-Céus. Ele empunha um pedaço de papelão úmido, com manchas de comida e sujeira. Na superfície, escritas com tinta preta borrada, estão as palavras: Uma pessoa, um voto.

Ele segura o cartaz contra o peito e apoia o peso ora em um pé, ora no outro, tentando manter o corpo aquecido. Seu blusão e as calças finas tremulam e esvoaçam com o vento. Não está usando casaco, chapéu, luvas nem cachecol. Ele treme.

Um táxi vira a esquina, diminuindo a marcha conforme se aproxima do grupo de pessoas. Alguns se viram para o carro, olhando pelo vidro para ver quem está ali dentro.

— A psicóloga! — grita um deles, e alguns outros se viram.

— Eve Stanton! — diz outro, e, conforme a novidade se espalha pela multidão, as pessoas cercam o carro, socando as janelas, o capô, o teto, o barulho ficando cada vez mais alto. Em questão de segundos, o carro não consegue ir para frente e nem para trás, agitando-se violentamente de um lado para outro enquanto as pessoas empurram e puxam.

Gus larga o seu papelão e corre até lá, abrindo caminho por entre as pessoas. Alguns tentam afastá-lo, mas ele os empurra, agarrando e avançando até que consegue chegar diante da porta.

Ele abre a porta com um movimento brusco, agarra Eve e a puxa para fora. Max vem logo atrás, bem no momento em que o carro se inclina e capota.

Um urro se ergue entre a multidão, com muitas pessoas pensando que ela ainda está dentro do táxi. Gus coloca um braço ao redor de Eve e abre caminho à força por entre as pessoas, e Max o segue de perto.

Manifestantes pulam sobre o carro virado, as palavras de ordem ficando cada vez mais furiosas, agitando os cartazes com mais força.

Queremos segurança nas ruas!

Matem os assassinos!

Morte é justiça!

— Rápido — diz Gus para Eve e Max. — Se eles perceberem que vocês escaparam, estamos fritos.

MORTE É JUSTIÇA

Sentado diante da mesa, as luzes do estúdio brilham na pele de Joshua quando ele se vira de frente para a câmera. Ao seu lado, Kristina, em um vestido verde-limão de risca-de-giz, está sorrindo para a cena de destruição que aparece na tela.

JOSHUA: Kristina, parece que aquele cartaz está fazendo propaganda do nosso programa!

Kristina ri para ele.

KRISTINA: Parece mesmo. Mas, é claro, este é o lugar certo para todas as últimas notícias e fofocas sobre os nossos acusados e seus crimes. E, por falar nisso, não tínhamos uma notícia bombástica hoje?

A plateia prende a respiração.

JOSHUA: Tenho certeza de que os nossos telespectadores de olhar aguçado viram a nossa convidada lutando para conseguir chegar ao estúdio agora há pouco. Sim, vindo para falar conosco hoje e para nos dar a sua opinião sobre o assassinato de Jackson Paige, temos ninguém menos do que a psicóloga designada...

KRISTINA (sorrindo): Ex-psicóloga designada!

JOSHUA: Ex-psicóloga designada, Eve Stanton. Ela conseguiu causar uma polêmica enorme com o caso Martha, mas antes de chamá-la para o estúdio, vamos relembrar aqueles números tão importantes mais uma vez. Ligue 0909-87-97-77 e, para votar culpada, acrescente o número 7 ao telefone. Para votar inocente, acrescente o zero. Você também pode votar por mensagem de texto, enviando a palavra MORTE ou VIDA para o número 7997. Para votar pela internet, visite o nosso website, www.olhoporolhoproducoes.com, clique na aba "Martha Honeydew, Adolescente Assassina", e registre o seu voto. As chamadas têm um custo adicional, por isso, não esqueça de pedir permissão à pessoa responsável por pagar a conta para votar. Mensagens de texto custam cinco libras mais as taxas da sua operadora e a votação on-line também custa cinco libras, mais uma taxa inicial de registro de vinte libras. Para uma descrição completa dos termos e condições do serviço, visite o nosso website.

Uma tarja azul com os números e detalhes escritos em letras prateadas passa pela parte de baixo da tela. Joshua olha para a câmera, mas não sorri.

ISAAC

— Não sei por que você continua ligando, meu bem. Isso é um desperdício de dinheiro. O advogado do seu pai já cuidou de tudo. Aquela garota vai morrer.

A mãe de Isaac aplica uma pincelada de esmalte cor-de-rosa pela unha do polegar, sentada diante da mesa da cozinha, com as pernas longas estendidas por baixo do roupão, os cabelos loiros caindo sobre os ombros.

— Você é um amor de pessoa — diz ele.

— Bem, ela vai receber o que merece.

Isaac se senta diante dela. — Você acha que ela merece morrer?

— Ela matou Jackson!

— Tem certeza?

— Ela disse que sim.

— Você não acha que devia haver uma certeza maior sobre os fatos antes de tomarmos a decisão de executar alguém? Provas concretas.

— Como a minha cabeleireira me disse ontem, é nossa responsabilidade, como público votante, ligar a TV e assistir ao *Morte é Justiça*. Podemos conseguir toda informação que precisamos se ouvirmos o que os especialistas têm a dizer.

— Mãe, esse programa é tendencioso.

— Eles estão prestando um serviço importante. Você não viu que as ruas estão bem mais seguras desde que eliminamos os tribunais? E nós, com o dinheiro de que dispomos, temos a responsabilidade com a sociedade de votar tantas vezes quanto pudermos.

— E as pessoas que não têm dinheiro para votar?

— Bem, é exatamente por isso que devemos votar mais vezes.

— E se elas quiserem votar em uma opção diferente? — grita Isaac.

— E por que eles iriam querer uma coisa dessas? Ela é culpada. Ela mesma disse isso.

Ele se levanta e abre os braços, exasperado. — Será que você é mesmo tão burra quanto parece?

Ela olha para ele pelo canto do olho e não diz nada.

— Só porque ela disse que cometeu aquele crime, não significa que ela realmente o matou.

— Se isso estiver certo, então, ela merece morrer por ser tão imbecil! — diz ela.

Isaac a encara.

— Você deveria ficar feliz porque o seu pai o tirou daquele lugar e deu a você uma boa educação e um futuro.

— Ah, sim, vamos falar sobre isso, então. Por que ele fez isso? Foi ele mesmo quem teve essa ideia?

Ela termina de pintar as unhas e recoloca o pincel no frasco de esmalte. — Você nunca perguntou isso quando Jackson estava vivo. Por que faz isso agora que ele está morto? O que isso importa? Ele fez o que fez porque era um homem bom e generoso. Aí está o motivo.

— Que matava pessoas, manipulava os outros, vendia drogas e tinha casos com outras mulheres...

Ela se levanta diante dele e coloca-lhe um dedo sobre os lábios.

— Ora, e não é que você está crescendo rápido? Sabe o que eu aprendi quando era mais nova? Aprendi qual era a hora de calar a boca e qual era a hora de fechar os olhos. — Ela move o dedo e aponta para ele. — Antes de querer dar essas lições de moral, pense no que poderia ter acontecido com você se ele não o tivesse tirado daquele lugar. Você seria exatamente igual àquela garota órfã inútil e inconsequente.

— Como Jackson matou tanto a mãe dela quanto a minha, acho que eu já sou igual a ela.

Ela abre um sorriso frio. — Adotar você fez muito bem para a imagem dele. Para a nossa imagem, na verdade.

— A adoção foi ideia sua?

— Eu já devia ter dado um fim naquela garota há muito tempo. Ela sempre foi um incômodo. Graças a você, nós finalmente somos...

— O que você quer dizer com isso?

— Não importa quem puxou o gatilho naquela noite — sussurra ela, erguendo a mão direita e fechando-a no formato de uma pistola e, ao apontar suas mãos para ele, ela pisca o olho.

O queixo de Isaac cai. Ele tenta falar, mas as palavras sumiram.

— E a nossa imagem continua ótima. Você não imagina quantas condolências e pêsames eu venho recebendo.

— Eu... você... — diz ele.

— Sem palavras? — diz ela. — Isso não combina com você.

— Martha... ela...

— É engraçado como você se importa com as pessoas pequenas!

Ela ri e, enquanto observa o rosto de Patty se contorcendo, Isaac respira fundo e se recompõe.

— Fico me perguntando se você ainda vai rir quando o testamento de Jackson for revelado — diz ele.

O sorriso de Patty se desfaz. — O que você disse? — pergunta ela.

— Ah, você não soube que ele o alterou? — A voz de Isaac vacila. — Talvez, em vez de presumir que ele estava desaparecendo apenas para dormir com outras mulheres, você deveria ter considerado a possibilidade de que ele estava se encontrando com um advogado.

— Ele não se atreveria!

— Mesmo assim...

Isaac deixa a ideia pairar no ar por um momento. — Parece que ele estava com o saco cheio da sua atitude controladora — diz ele, e sai da sala com um sorriso no rosto.

MARTHA

— O horário é: onze horas. Você tem: dez horas até a sua possível execução. As estatísticas atuais são: 95,5% a favor, 4,5% contra. Iremos atualizar sua situação em: uma hora.

Não me lembro de ouvir a atualização das dez horas. Será que eu estava dormindo? Eles chegaram a fazer a atualização? Talvez estejam tirando algumas das horas que me restam só para se divertirem. A próxima será anunciada à uma da tarde, ou mesmo às duas.

A voz disse que há 95,5% de votos a favor. Está caindo, não é? Talvez continue caindo. As pessoas não vão acreditar que eu sou culpada. Não vou morrer.

Mas eu queria morrer. Eu disse que essa era a única maneira.

E é.

Mas eu sou apenas uma garota dos Arranha-Céus.

Você é a garota cujo nome as pessoas vão se lembrar por causa da mudança que começou com você.

Não, isso não vai funcionar. E eu vou morrer de qualquer jeito.

Isso vai acontecer porque você é uma assassina e merece morrer.

Não, não sou! Não mereço!

Merda, pare de ficar falando sozinha. Você está ficando louca. Pare com isso.

Olhe, ali está ele, do outro lado do vidro. Está vendo? Ali, sentado na primeira fila. Está acenando para você. Parece estar muito feliz, você está vendo?

Ele realmente parece estar feliz. Está até sorrindo.

Está vendo o que ele tem nas mãos?

Não.

Aquele envelope. Aquele em que está escrito "Último desejo e testamento". Pertence ao pai dele. Deixando tudo para Isaac. É por isso que ele está feliz.

Por quê? Porque ele vai ficar com o dinheiro do pai?

Sim. Ele vai observar você morrer e não vai fazer nada. Você matou o pai dele e isso foi favorável para Isaac, percebe? Agora ele está livre para fazer o que quiser com todo aquele dinheiro.

Isso não é verdade!

Olhe, ele está indo embora agora. Não vai nem esperar até você morrer. Está acenando outra vez. Não está fazendo nada além de ir embora. Está vendo?

Não! Não, Isaac, não! Cale a boca! Cale a boca! Pare de discutir comigo. Você não é real. Você sou eu. Você é apenas eu, preocupada e assustada. Cale a boca, cale a boca!

Bato as mãos novamente no vidro, sem parar.

— Isaac! — eu grito. — Isaac!

Kristina balança a cabeça negativamente enquanto olha para a plateia. A transmissão ao vivo do interior da cela de Martha continua sendo exibida na tela à direita, e Joshua está ao seu lado.

KRISTINA: Fazia algum tempo que não víamos alguém surtar tão cedo no último dia, não é mesmo, Joshua?

JOSHUA: Não, Kristina, você tem razão. E é muito estranho o fato de ela estar gritando o nome do filho do falecido.

KRISTINA: Realmente. É algo para os nossos telespectadores ponderarem, eu creio. Mas, agora, vamos concentrar nossa atenção na convidada que temos no estúdio hoje.

A transmissão ao vivo na tela é substituída por uma fotografia de Eve entrando no prédio da prisão.

KRISTINA: Durante todo o tempo em que ocupou o cargo de psicóloga designada, ela recusou constantemente aparecer em nosso programa. Entretanto, com exclusividade para vocês, telespectadores, esta noite ela está conosco!

JOSHUA: Por favor, deem as boas-vindas para... Eve Stanton!

O logotipo do olho toma seu lugar na tela quando Eve entra no palco, vindo dos bastidores. Está com a cabeça erguida conforme caminha e ela estende a mão para cumprimentar Kristina e Joshua.

Joshua se levanta e retribui o cumprimento. Kristina a ignora. A plateia está em silêncio.

JOSHUA: Eve, por favor, sente-se.

Ao redor da mesa, Joshua vai para a lateral e Eve senta-se no meio. Sua banqueta é ligeiramente mais baixa que as outras.

JOSHUA: É uma honra termos você conosco hoje.

EVE: Obrigada.

Para a plateia no estúdio e para os telespectadores em casa, a voz de Eve não está tão altiva, mas, na realidade, o volume do seu microfone foi diminuído.

JOSHUA: Posso perguntar por que, depois de tanto tempo evitando os olhos do público, você decidiu que era o momento de conversar conosco?

Eve abre um sorriso breve.

EVE: Bem, para ser honesta... há alguns motivos. Para começar, eu não queria influenciar acidentalmente o processo da justiça.

KRISTINA: Essa é uma frase um pouco antiquada! Não ouço isso desde a introdução do sistema de Votos Para Todos. E nem chega a ser relevante hoje em dia. O sistema de votação erradicou a possibilidade de que uma coisa dessas possa acontecer.

EVE: Sim. Falando de modo convencional, eu concordo. Minha preocupação se devia mais ao fato de que eu poderia inadvertidamente trazer ao público sentimentos ou emoções que havia assimilado dos acusados, talvez por meio das histórias que eles sempre compartilham comigo sobre suas infâncias ou entes queridos, e que qualquer simpatia que eu pudesse acidentalmente sentir pela pessoa que o acusado era antes de se tornar assassino poderia vir comigo. E eu poderia demonstrar isso em alguma coisa que dissesse.

KRISTINA: Está dizendo que você sente simpatia por esses assassinos, é isso?

EVE: Estou dizendo que, durante uma sessão comigo, os acusados frequentemente compartilham histórias que me lembram das pessoas que eles eram antes de matarem alguém.

JOSHUA: Lembram-se de que já foram seres humanos?

EVE: Que eles foram, sim, e ainda são. Mas a minha preocupação era de que qualquer pergunta que eu respondesse poderia ser influenciada por essas histórias e que isso induzisse os votos do seus telespectadores. E estamos falando de muita gente.

KRISTINA: Com certeza!

EVE: E influenciar os votos desses milhares... centenas de milhares...

KRISTINA: Milhões. Nossos índices de audiência geralmente chegam ao topo das tabelas, com índices como 13,1 milhões. Temos uma estimativa de que a execução desta noite trará os maiores índices de audiência na TV desde o funeral da Princesa Diana.

EVE: Assim, imagino que, se eu dissesse alguma coisa inadvertidamente, isso poderia afetar os votos de todas essas pessoas.

JOSHUA: Com certeza. Entendo.

Eve olha para a plateia do estúdio com um sorriso.

EVE: Eu sempre quis vir aqui. É o meu programa favorito. Meu filho e eu o assistimos todos os dias.

Kristina se endireita em sua banqueta.

KRISTINA: Mesmo que o seu marido tenha sido executado em nosso programa?

O sorriso de Eve se desfaz. Seus dedos se agitam, tocando as pontas das unhas roídas.

EVE: Devo admitir que é difícil, às vezes. Houve momentos em que todas as pessoas no corredor da morte se pareciam com o meu marido, e eu conseguia vê-lo sentado naquela cadeira outra vez. Mas tenho que lembrar a mim mesma de que Jim não era a pessoa que eu pensei que fosse quando me casei com ele.

JOSHUA: Como assim, Eve? Você pode dividir isso conosco?

Os olhos dela se enchem de lágrimas.

EVE: Eu me casei com um homem honesto, trabalhador, gentil e muito educado.

JOSHUA: Mesmo assim, ele se transformou em um assassino de sangue frio.

Joshua coloca a mão sobre a dela.

JOSHUA: Eu lamento por isso, mas... Eve, todos nós já passamos por isso, não é mesmo, telespectadores?

Ele olha para a plateia e depois para a câmera.

JOSHUA: Não com a mesma intensidade, mas todos nós já nos apaixonamos, saímos, tivemos um relacionamento com alguém que mostrou ser uma pessoa mentirosa ou dada à traição. Não é mesmo, senhoras e senhores?

Aplausos ressoam pela plateia.

JOSHUA: Eve, nós sabemos como é a dor que você sente.

Ele pega uma caixa de lenços de papel debaixo da mesa e passa um para ela. Eve pressiona o lenço contra o rosto, respira fundo e olha para a plateia.

EVE: Obrigada. Já faz muitos anos, e eu tenho a sensação de que já devia ter superado, mas ainda sofro com isso. O que aconteceu ainda volta para me assombrar.

A plateia aplaude novamente.

JOSHUA: E eu suponho que essa seja outra razão pela qual você achava difícil vir até aqui?

Ela concorda com um aceno de cabeça.

JOSHUA: Você sabe que somos todos seus amigos aqui, Eve. Todos nós a apoiamos.

Ele olha para a câmera e depois para a plateia.

JOSHUA: Não é mesmo?

Ele sorri para a plateia e as pessoas vibram e aplaudem.

JOSHUA: Mas, Kristina, você está muito quieta esta noite. Tem alguma coisa a acrescentar?

KRISTINA: Bem... eu estou curiosa.

JOSHUA: Compartilhe isso conosco, então.

KRISTINA: Estou curiosa, Eve, sobre o motivo pelo qual você escolheu esta ocasião para vir ao nosso programa.

Eve respira fundo, enxuga os olhos, afasta os cabelos do rosto e se endireita no assento.

EVE: Tenho certeza de que vocês sabem que o sistema de acompanhamento psicológico no corredor da morte foi atualizado...

JOSHUA: Ah, sim. Foi um escândalo.

Eve abre um sorriso ligeiro. Kristina a olha com uma expressão dura.

EVE: É um sistema fabuloso, que permite que os telespectadores tenham um acesso sem precedentes aos acusados...

KRISTINA: Estou surpresa por você pensar dessa forma.

EVE: Devemos receber o progresso de braços abertos, não é?

KRISTINA: Sim, mas ele tirou o seu emprego. E você sempre foi uma defensora ferrenha do sistema de acompanhamento psicológico que está sendo substituído.

Eve respira fundo, olha para Joshua, para a plateia, para a câmera e finalmente encara Kristina, com um sorriso no canto dos lábios.

EVE: Kristina, chega um momento na sua vida, eu acredito, no qual você tem que aceitar que o tempo que passou com alguma coisa chegou ao fim. Por qualquer motivo. Uma tecnologia mais avançada, inovações, um sistema mais eficiente, um...

Ela olha para Joshua e depois volta o olhar para Kristina.

EVE: ... um companheiro de palco mais jovem. E você se torna um peso desnecessário.

O rosto de Kristina se enrijece.

Alguns membros da plateia soltam risadinhas.

EVE: Você pode aceitar isso com graça e dignidade, ou bater de frente e fazer papel de idiota. Posso dizer que aproveitei cada minuto do tempo que passei como psicóloga designada. Foi difícil, mas também foi imensamente gratificante. Mas tudo isso chegou ao fim, e, como tudo acabou para mim, esta é a minha última chance de vir a este grande programa de televisão.

JOSHUA: Bem, é maravilhoso ter você aqui e nós certamente gostaríamos de vê-la aqui outras vezes, não é mesmo, gente?

A plateia aplaude outra vez.

JOSHUA: Mas diga-me uma coisa: os acusados falam dos seus crimes? Eles compartilham todos os detalhes sórdidos?

A plateia inspira o ar e prende a respiração. Eve morde o lábio e olha em volta.

EVE: Eu não deveria revelar esse tipo de coisa, não é? Isso seria trair uma confidência.

Ela olha ao seu redor outra vez. Kristina abre a boca para falar, mas Eve se adianta.

EVE: Sim, Joshua, eles contam tudo. Com bastante frequência. Às vezes isso me dá pesadelos. Às vezes isso chega a me deixar fisicamente enjoada.

JOSHUA: Até mesmo aqueles que dizem que são inocentes?

EVE: É claro! Você não sabia? Todas as pessoas no corredor da morte são inocentes!

Ela ri da própria piada e todo o estúdio começa a rir junto.

EVE: Mas, falando sério, isso me lembra do motivo pelo qual eles estão ali, o porquê nós estamos fazendo as coisas que fazemos. Isso também me lembra sobre como, e por que, a pena de morte evoluiu no decorrer dos anos: desde o pelotão de fuzilamento, passando pelo enforcamento e depois para eletrocução. Desde uma época em que se passava anos, meses e semanas em uma cela para um período curto de sete dias; de batalhas nos tribunais entre advogados, dificuldades com os júris e juízes, alegações de ilegalidades, provas que nem sempre eram adequadas, provas falsificadas ou adulteradas, até chegarmos a um sistema elegante e eficiente. O sistema é uma força viva, e evolui como todas as outras forças vivas.

Ela faz uma pausa e olha para os rostos encantados da plateia.

EVE: E agora, mesmo para os crimes nos quais o sistema jurídico foi abolido, o sistema como um todo vai continuar evoluindo. Por quê? Para que as nossas ruas e casas sejam lugares mais seguros para se viver. Para que os nossos filhos possam voltar a pé da escola, para que nossos avós possam ir fazer compras, para que as nossas filhas possam sair sozinhas e para que os nossos filhos não tenham medo de gangues.

A plateia aplaude intensamente, e alguns chegam até a se levantar. Joshua acena afirmativamente com a cabeça e aplaude também. Kristina não faz nada. Lentamente, o barulho da plateia perde força.

KRISTINA: Eve, deixe-me perguntar a sua opinião a respeito deste caso histórico. Martha Honeydew. Ela tem a mesma idade do seu filho, Max. Como você se sentiria se fosse o seu filho que estivesse enfrentando uma execução na noite de hoje?

EVE: Eu não estaria feliz. Não porque ele estaria enfrentando a execução, mas porque ele teria cometido um crime que resultou nessa condenação. Eu sentiria que teria fracassado como mãe.

JOSHUA: Isso é algo do qual estávamos falando há pouco tempo. Essa garota, essa criança, a sua criação foi...

EVE: Ela não é uma criança. É uma jovem mulher.

KRISTINA: Então você acredita que ela deve ser executada?

Eve baixa os olhos, segurando o lenço de papel diante da boca.

KRISTINA: Desculpe, senhora Stanton. Não ouvi a sua resposta.

Eve ergue o rosto e olha para a plateia.

EVE: Trabalhei como psicóloga designada durante seis anos, atendendo mais de 250 acusados que acabaram sendo executados e menos de vinte que foram libertados. Antes, eu trabalhava na promotoria para a Coroa. Durante todos esses anos eu vi, conheci, conversei e lidei com algumas pessoas que eram realmente horríveis, mas os vi chorarem como bebês diante da possibilidade de morrer. Vi essas pessoas implorarem por clemência, recorrerem a Deus para conseguirem o perdão. Também tive a infelicidade de conhecer algumas pessoas genuinamente boas durante esse tempo. E digo que tive a infelicidade porque, por qualquer razão que seja, essas pessoas acabaram quebrando as leis. Algumas eram culpadas, as circunstâncias os empurraram para situações realmente terríveis, como defender um filho, por exemplo. Será que todos nós não faríamos tudo que fosse possível para defender um filho?

Um sussurro de concordância repercurte pela plateia.

EVE: Outros, poucos, foram acusados injustamente.

JOSHUA: Isso é terrível.

KRISTINA: Como você pode saber disso?

Eve a ignora, ainda olhando para a plateia e depois para a câmera.

EVE: Com toda a experiência que tive na promotoria e com a função de psicóloga, e a experiência de ser enganada por alguém muito próximo de mim, eu posso dizer, com toda a certeza, que sou capaz de julgar muito bem o caráter de uma pessoa. Posso enxergar isso nelas.

A plateia devora cada palavra.

EVE: Sou capaz de enxergar a loucura de algumas pessoas que não entendem realmente o que fizeram. Consigo enxergar a raiva que levou outras pessoas a cometerem seus crimes. Consigo ver o ódio, a maldade, a feiura de uma personalidade que só quer ferir, ou a ganância de alguém que mata para ganhar alguma coisa. Mas...

Ela ergue uma mão, endireita-se no assento, olha para cada um dos rostos presentes e depois para a lente da câmera.

EVE: Sou capaz de ver o remorso naqueles que não tinham a intenção de cometer tal ato. A culpa naqueles que achavam que essa era a sua única alternativa e a frustração em alguém que é inocente.

JOSHUA: Diga-nos o que você viu nos olhos de Martha.

Kristina estala a língua, impaciente, e cruza os braços diante do peito.

EVE: Não vi nenhuma dessas coisas.

Ela deixa aquelas palavras no ar. A plateia, Joshua e Kristina ficam paralisados pelo suspense.

EVE: Eu vi o desespero.

JOSHUA: Desespero?

EVE: Vi uma jovem mulher que foi forçada ao desespero. Não a raiva, nem a frustração, loucura, feiura, ganância, e nenhuma outra coisa. Vi uma pessoa encurralada. Que lutou contra tudo que a vida jogou contra ela até não conseguir mais aguentar e que se levantou, em meio ao desespero, e disse "foda-se".

A plateia exclama com aquela linguagem chula. Joshua se agita em sua banqueta, sentindo-se encabulado.

JOSHUA: Eve, preciso lembrá-la de que ainda não passamos do horário adulto...

EVE: Peço desculpas. Eu detesto ofender os seus telespectadores, mas às vezes...

JOSHUA: Entendo. Prossiga. Sem as palavras de baixo calão.

EVE: Bem, eu acredito que isso vai ser bastante controverso...

JOSHUA: Vá em frente.

A câmera se aproxima de Eve em zoom. Seus olhos estão fechados, a cabeça baixa. O suspense toma conta do estúdio, da plateia e das pessoas que assistem ao programa em casa.

Eve ergue a cabeça e abre os olhos. O azul dos seus olhos e as lágrimas apelam à alma das pessoas.

EVE: Eu acredito que ela é inocente.

A plateia solta um gemido.

EVE: Eu acredito que ela está tentando proteger a pessoa que realmente matou Jackson Paige. Tem alguma coisa nessa história que não se encaixa.

JOSHUA: Ainda assim...

Ele para e uma expressão de choque se forma em seu rosto. Ele olha para a plateia e depois para Kristina. E toca a orelha.

JOSHUA: Produção? Sim. Podem verificar os arquivos de ontem, por favor?

KRISTINA (sibilando): O que você está fazendo?

JOSHUA: Telespectadores, eu não sei se vocês se lembram, mas...

Ele volta a concentrar a atenção na voz dentro da sua orelha.

JOSHUA: Sim, a seção com Martha Honeydew na nova sala do PV, por favor. Sim, procurem pela palavra "segredo".

A plateia geme outra vez e um murmúrio se espalha. Joshua olha para o público.

JOSHUA: Sim. Não sei se vocês se lembram, mas ontem, na nossa nova sala com o psicólogo virtual, Martha disse algo muito interessante. E isso pode se encaixar facilmente com a alegação da nossa estimada convidada de hoje.

Ele leva o dedo até a orelha.

JOSHUA: Sim, estamos com o vídeo. Obrigado, produção.

O vídeo do dia anterior na sala do psicólogo virtual aparece na tela. Martha faz um sinal negativo com a cabeça para a tela do computador.

MARTHA: Não. Vou lhe contar o meu segredo, tudo que sei, quando disser as minhas últimas palavras amanhã. Logo antes de morrer.

O vídeo é repetido duas vezes. Na terceira exibição, a imagem congela no rosto de Martha. O estúdio fica em silêncio. Em um milhão de lares por todo o país, em bares e restaurantes, os telespectadores param e olham fixamente para o rosto de Martha Honeydew.

JOSHUA: Acredito que o segredo é a identidade do verdadeiro assassino. Será que ela é inocente? Tudo que podemos fazer é esperar.

MARTHA

— O horário é: dezesseis horas. Você tem: cinco horas até a sua possível execução. As estatísticas atuais são: 76,4% a favor, 23,6% contra. Iremos atualizar sua situação em: uma hora.

Merda. Devo ter dormido. Está escuro lá fora. Dormi no meu último dia de vida. Quatro da tarde, foi isso que o sistema disse? Minha cabeça está girando. Estou me sentindo enjoada.

Restam cinco horas. São trezentos minutos. Ou... 18 mil segundos? É isso mesmo? Menos, agora. Estou feliz por não haver um relógio aqui.

Jesus, está frio no chão. Eu devia me levantar. Vou ficar doente. Ah, mas o que isso importa? Eu posso fazer tudo que as pessoas não devem fazer. Eu podia ficar na chuva: *você vai morrer de gripe, minha mãe costumava dizer.* Bem, sabe de uma coisa, mãe? Pois é, vai acontecer comigo. Só que não exatamente desse jeito!

Eu poderia fumar, usar drogas, atravessar a rua sem olhar para os dois lados, ignorar a barreira dos trens, fazer o que eu quisesse!

Espere um pouco, o que foi que o computador disse? Setenta e seis por cento a favor? Não era aí que estava a contagem. Estava mais alto. Por volta de noventa e alguma coisa quando cheguei aqui. O que está acontecendo? Por que está diminuindo?

Por que você é inocente.

Cale a boca.

Você não fez aquilo. Você sabe quem fez.

Cale essa boca, porra.

Esfrego os olhos e a porta atrás de mim bate com força. Eu me viro.

— Achamos que você iria querer jantar cedo, moça — diz um guarda. — Já que... bem, você sabe.

Levanto-me e vou até ele. Sinto-me instável. Tonta.

— Obrigada — eu resmungo. Não havia visto esse guarda antes. Eles normalmente não entram nas celas, mas suponho que nesta as coisas sejam diferentes. — O cheiro está maravilhoso — eu digo a ele.

— Frango *tikka masala* indiano, arroz pilau, pão indiano *peshwari naan*. Com pudim de caramelo cremoso e creme de baunilha.

— São os meus pratos favoritos.

Ele sorri. — Que bom, não é mesmo? A mesma comida que a sua mãe costumava fazer para você quando estava viva.

Sinto um sorriso se formando no meu rosto. Olho para a comida, que está fumegando, e de novo para o guarda, mas ele não está mais lá. É a minha mãe que está.

O enjoo toma conta de mim. — Mãe? — eu digo. — Meu Deus, mãe... senti tanta saudade de você...

Ela sorri para mim e os meus olhos se enchem de lágrimas. Eu as enxugo com um gesto desajeitado e tudo fica borrado. Pisco os olhos, enxugo-os outra vez e, quando a minha visão clareia, eu percebo que não há ninguém ali. Não vejo a minha mãe, nem comida, nem nada.

A tontura que eu sentia começa a passar. Ando pela sala a passos trôpegos e sento-me na cadeira da morte.

Ao erguer os joelhos até o peito, olho até o outro lado do salão vazio.

— Estou assustada — eu digo. — Mas está tudo bem.

EVE

Eve volta para os bastidores com as pernas trêmulas. Max a ampara e a abraça com força enquanto ela chora em seus braços.

— Não era verdade — sussurra ela no ouvido do filho. — O que falei sobre o seu pai. Nada daquilo era verdade.

— Eu sei, mãe — responde ele, embalando-a gentilmente. — E ele também sabe.

Eve se afasta, com as lágrimas escorrendo pelo rosto, e ele a leva para longe do burburinho das pessoas.

— Você conseguiu trazer a plateia para o seu lado. Estavam praticamente comendo na sua mão.

— Eu detestei dizer aquelas coisas horríveis, mas tinha que fazer para que pudessem acreditar em mim — responde ela. — E como está a votação?

— A diferença está diminuindo — diz ele, assentindo.

— Espero que seja o suficiente. E, durante todo o tempo em que estivemos fazendo isso, ela ainda tem uma carta na manga, e ainda está dizendo que é culpada. Não entendo. Ela e Isaac estão aprontando alguma coisa.

ISAAC

Uma longa limusine branca estaciona diante dos gramados bem cuidados da casa da família Paige. Isaac ajusta a gravata, alisa o tecido do terno e sai pela porta da frente.

— Eles chegaram! — grita ele.

Quando abre a porta para um homem e uma mulher uniformizados, sua mãe desce pela escadaria elaborada atrás dele.

— Por favor — diz ele. — Entrem.

Eles assentem, entram na casa e vão cumprimentar a mãe de Isaac com um aperto de mão. Quando Isaac se vira e a vê, ele se detém abruptamente, olhando fixamente para ela. — Você não pode vestir isso — comenta ele.

— Isaac, por favor — diz ela. — Temos convidados.

— Não é apropriado — ele balbucia.

Os convidados desviam o olhar. — A saia é curta demais — diz ele. — E é *rosa-choque*, e essa blusa é... — ele aponta para uma blusinha branca com babados, transparente e decotada. — Ela é... mãe, dá para ver o seu sutiã.

— E daí? — diz ela.

— Vamos para uma execução — diz ele por entre os dentes. — Você devia demonstrar respeito.

— Por ela? A garota que matou o meu marido? Que roubou a minha felicidade? — A voz de Patty vai ficando cada vez mais alta e estridente enquanto ela fala.

— Senhora Paige — diz o homem. — Há algumas coisas que precisamos repassar. Somos os agentes de segurança que vão acompanhar vocês dois durante os momentos difíceis do dia de hoje. Seria interessante se pudéssemos nos sentar em algum lugar e talvez a senhora e o seu filho possam discutir isso mais tarde.

— Sim, senhor. Vou me sentar com vocês porque não preciso discutir nada com o meu filho. — Ela olha para Isaac. — Francamente. Você precisa parar de se preocupar tanto.

— Mãe...

Os saltos dos sapatos de Patty estalam no piso de mármore quando ela se afasta, levando os convidados até a sala de estar. Isaac os segue, balançando negativamente a cabeça.

— Senhora Paige — diz a mulher. — Nós trabalhamos para a empresa que produz o programa *Morte é Justiça*, que, como a senhora sabe, tem direitos exclusivos sobre os casos do corredor da morte, incluindo também, mas não limitado apenas ao sistema de votação, o trato com os prisioneiros e todas as entrevistas que sejam relevantes, assim como a supervisão tanto dos acusados nos dias que antecedem a execução e também a execução em si. Além disso, naturalmente, a empresa também cobre todos os aspectos relativos aos parentes do falecido e os direitos sobre a participação na execução.

— Certo — diz Patty.

— Estamos aqui para repassar com você precisamente o que vai acontecer e responder quaisquer perguntas que a senhora tenha. É a nossa prioridade que o procedimento desta noite ocorra com o máximo de tranquilidade possível e que você e seu filho não sejam submetidos a nenhum estresse ou constrangimento indevido. Como já trabalhamos com muitas famílias em luto no passado, entendemos o quanto este momento pode ser difícil para vocês.

— Ver aquela garota morrer vai ser um dos momentos mais felizes da minha vida.

O agente de segurança respira fundo e se ajeita em seu assento. — Tenho o dever de lembrá-la, senhora Paige, de que é impossível dizer com certeza se ela será executada. Você precisa ter isso em mente. No passado, nós vimos algumas mudanças surpreendentes nas últimas horas da votação ou mesmo nos últimos minutos.

— Ela já está morta. Podem escrever o que eu digo.

— Mãe, as estatísticas mudaram bastante hoje.

— É mesmo?

— Sim, senhora Paige. — A mulher aciona um aparelho móvel. — Os votos para "culpada" caíram em 23% nas últimas oito horas. As estatísticas atuais mostram que há 74% de votos favoráveis à execução.

As sobrancelhas maquiadas de Patty se erguem. — Bem, isso é uma surpresa — diz ela. — Se vocês me dão licença por um momento...

Enquanto se levanta e sai da sala, ela tira o telefone celular do bolso, digita um número e, antes de sair da sala, já está falando ao aparelho.

— Sim, aqui é Patty Paige. Preciso falar com William Crawford, o advogado do meu marido, agora mesmo. Não, não posso esperar.

Isaac observa os agentes de segurança. Ele sabe o que está acontecendo, sabe o que sua mãe está fazendo. Tem certeza de que os agentes também sabem, mas eles não dizem nada.

Os dois estão com as cabeças baixas, como se seus corpos estivessem ali, mas as mentes não.

— William? Sim... Bem, escute aqui. Eu pago o seu salário... — Por um momento, a voz da sua mãe fica muito baixa e ele tem que se esforçar para ouvi-la, e mesmo assim tudo que consegue escutar são sussurros.

— VOCÊ VAI, SIM! — Patty grita essas três palavras. Os agentes ficam sobressaltados e olham primeiro para Isaac, e depois um para o outro.

— Não me importa o custo — grita a mãe dele —, nem o que você vai ter que fazer. Meu marido e eu sempre fomos leais a você, nós o ajudamos a se estabelecer e você nos deve. É assim que você nos retribui? E por acaso, eu preciso lembrá-lo daquelas informações que tenho?

— Vocês sabem o que ela está fazendo, não é? — pergunta Isaac aos agentes.

— Como nem eu e nem o meu parceiro somos oficiais da lei, o que a sua mãe está fazendo não nos diz respeito — diz a mulher.

— Ela está manipulando a votação.

— Não faz parte do nosso trabalho julgar esse tipo de atitude.

— Não estão interessados na justiça, então?

— A justiça é feita pelas pessoas. Um milhão de vozes tomando uma decisão verdadeiramente democrática.

— Isso é uma piada.

— O que é uma piada? — Patty volta para a sala, com passos mais leves e um sorriso se formando no rosto.

— Nada — diz ele.

Ela se senta ao lado de Isaac. — Bem, onde estávamos?

— Senhora Paige, tenho algumas perguntas para fazer, para garantir que todos os procedimentos desta noite ocorram da maneira mais tranquila possível. Temos algumas opções para visualização que estão disponíveis para a senhora e o seu filho, e será mais simples se discutirmos essas questões agora.

— Eu quero ver o rosto dela — diz Patty.

O homem a observa. — OK. Isso seria a resposta para uma das perguntas, mas se pudermos repassar o cronograma do evento...

— Não se incomode — responde ela. — Eu já assisti ao programa.

Há uma tela, não é mesmo? Uma parede de vidro ou coisa assim. Percebi que às vezes ela está lá e outras vezes não.

— Isso mudou agora — diz ele. — Há uma janela com um vidro de segurança entre a plateia e o acusado, mas percebemos que removê-la causava problemas.

— Não quero saber desses problemas!

— Houve problemas com os odores associados...

— Não me importo com isso.

— E houve casos em que o acusado cuspiu contra a plateia.

— Ela que tente. Vou retribuir a cuspida no rosto dela.

— Mesmo assim... — prossegue o agente — ... o vidro agora fica travado no lugar, por meio de um sistema central computadorizado.

Isaac desvia os olhos. No sofá, ao seu lado, há um envelope. Ele coloca a mão por cima do papel.

— Uma pergunta, senhora Paige, se não se importa — diz o homem. — Algum de vocês gostaria de dizer algumas palavras aos convidados e para a imprensa no momento da execução?

— A imprensa vai estar na sala? — pergunta Isaac.

Ele confirma com um movimento de cabeça. — Sempre. É vital para nós, como um registro dos procedimentos e para cumprir com a responsabilidade que temos com o público votante, para garantir que sua vontade seja feita da melhor maneira.

— Eu gostaria — diz Isaac, aproveitando rapidamente a deixa.

— Então acho que estamos prontos — diz a mulher, olhando para o seu relógio. — É hora de irmos.

— Já? — retruca Patty.

— Receio que sim, senhora Paige.

Sentindo um enjoo subir pelo corpo, Isaac pega o envelope que está ao seu lado e sai da casa com eles.

— O horário é: dezenove horas. Você tem: duas horas até a sua possível execução. As estatísticas atuais são: 77,6% a favor, 22,4% contra. Iremos atualizar sua situação em: trinta minutos.

A cada trinta minutos agora, não é?

Ainda restam duas horas da minha vida, e tudo isso pode ser assistido ao vivo pela TV.

E em *pay-per-view* agora, também.

Quem imaginaria que eu seria alguém tão interessante a ponto de outras pessoas pagarem para me ver morrer? *Voyeurismo* é isso aí.

Quantos vão ver o meu último suspiro?

Mais do que aquelas que viram o último suspiro de Jesus! Ha ha!

Meu Deus, espero não molhar as calças ou qualquer coisa do tipo quando eu morrer. Ou soltar um pum, porque dizem que é isso que acontece, não é? Nossa, isso seria horrível. Bem, mas eu vou estar morta, então não vou me importar.

A menos que eu vire um fantasma. Aí eu vou ranger os dentes e tentar esconder o rosto.

Não me importo que outras pessoas me vejam assim, mas você, Isaac... não quero que você se lembre de mim assim.

Quero que se lembre de mim sorrindo, perto de você, segurando na sua mão ou beijando você, deitada nos seus braços.

Antes de tudo isso.

...

Os sem-teto haviam começado a voltar para o seu lugar embaixo da Galeria. Era uma área protegida do vento e dos efeitos do clima e ajudava a manter o calor das fogueiras que eles acendiam dentro daqueles latões de metal. Jackson havia dado dinheiro a eles para ficarem de bico calado depois que a minha mãe foi morta e, durante algum tempo, eles se enfiaram em hotéis ou pousadas e coisas do tipo, mas, pouco a pouco, eles foram voltando para o lugar que, suponho eu, consideravam ser a sua casa.

Um ou dois deles acenaram para mim quando passei por ali naquela noite; outros baixaram as cabeças. Imagino que não queriam se lembrar do que havia acontecido. Todos eles sabiam quem eu era. "Aquela garota órfã", diriam, ou "a filha dela", ou "aquela pobre menina".

Somente um ou dois me conheciam realmente pelo nome, e aqueles que vieram para o funeral ficaram com as cabeças baixas por causa da vergonha de não poderem dizer a verdade.

Está tudo bem, eu disse a eles. *Eu sei, eu entendo.*

Eu estava furiosa, louca da vida, mas com a sociedade, não com eles.

O trem iluminou o seu caminho pela estação escura. Seriam vagões quentes e confortáveis, não fosse pelo cheiro de urina, suor e álcool. Sabe, os Arranha-Céus abrigam um monte de gente boa e decente, mas têm também uma boa quantidade de bêbados, drogados e idiotas como em qualquer outro lugar, e essas eram as pessoas que usavam o trem apenas como um local para passar o tempo.

Você, no entanto, ficava quieto no trem, encostado em um canto com o capuz sobre a cabeça, uma garrafa no bolso porque isso fazia com que fosse mais fácil evitar encrencas, como me disse certa vez. Até que eu vi você se levantar e seguir em direção à porta. E, quando o trem parou e você desceu, o seu sorriso me aqueceu mais do que qualquer bebida quente ou fogueira poderia ter feito naquela noite.

Passeamos por entre os gramados cobertos pela geada com os braços dados, conversando sobre o que poderíamos fazer, e paramos debaixo de um poste e nos beijamos, e você baixou o rosto para olhar para mim e eu consegui ver tudo aquilo nos seus olhos.

— Temos que fazer alguma coisa — você sussurrou. — Não podemos continuar assim. Ele sabe que ainda estamos namorando. Ele vai vir atrás de você. Você sabe que vai.

— Então deixe que ele venha.

— Não...

— Estou de saco cheio de ser intimidada por ele, Isaac. Alguma coisa precisa mudar. Não somente para mim. As pessoas precisam saber a verdade.

— Você acha que elas já não sabem?

— Então elas precisam que isso seja esfregado nas suas caras, para serem forçadas a agir.

Saímos debaixo do poste, passando pelas lojas com as vitrines cobertas por tapumes onde eu o havia visto pela primeira vez. Mais adiante, na rua Crocus, um carro escuro estava estacionado ao lado da calçada.

— Você não pode forçar as pessoas a agirem — você disse.

Atrás de nós a porta de um carro bateu e nós dois nos viramos. Alguém vinha caminhando em nossa direção.

Por que nós não fugimos ou fazemos alguma coisa? Por que a gente simplesmente fica esperando ele chegar até nós?

— Martha Honeydew, você é uma puta suja, igual à sua mãe.

Eu reconheci aquela voz imediatamente.

— E é hora de livrarmos o mundo da sua presença. Você foi um erro que nunca devia ter acontecido.

— O quê? — você disse.

Ouvi um clique e, quando ele se aproximou, eu vi o reflexo da luz da lua no cano de uma pistola.

— Não. — Eu vi você avançar, mas meus pés estavam presos ao chão.

— Não quero machucar você, Isaac, mas vou matar essa garota e fazer com que algum vagabundo de merda frite na cadeira elétrica por isso. Ninguém vai se importar e, daqui a uma ou duas semanas, ninguém vai se lembrar do que aconteceu. Dois coelhos, uma cajadada só. Dois degenerados de merda que não farão a menor falta para essa cidade. Ela não é boa para você; não é nada, assim como aquela cadela imprestável que era a mãe dela.

— Minha mãe era uma pessoa boa! — eu gritei, e comecei a me aproximar dele. — Mas você a deixou sem nada! Nada além de mim!

— Do que você está falando, sua idiota?

— Você sabe muito bem do que ela está falando, não é? — você respondeu a ele.

Estávamos começando a nos aproximar como se aquilo fosse uma dança elegante e de movimentos lentos, um passo para cá, um passo para lá, nenhum dos dois conseguindo levar vantagem, pairando pela rua Crocus e de volta para baixo da Galeria.

— Eu tenho provas, também — eu disse.

— De quê? — retrucou Jackson.

— Para começar, de que você matou a minha mãe. Depois falamos do resto.

— Você não pode provar nada — disse ele.

Uma bala passou zunindo ao lado da minha orelha. O estouro do disparo foi muito alto e a noite ficou paralisada em silêncio após o tiro.

— Não vou errar o próximo — disse ele.

Uma arma apontada para a sua cabeça, o homem que você ama ao seu lado, sua família morta, nenhum futuro pela frente, sem educação... bem, isso coloca as coisas em perspectiva.

— O horário é... — anuncia a voz eletrônica. — ... dezenove horas e trinta minutos. Você tem: uma hora e trinta minutos até a sua possível execução. As estatísticas atuais são: 79,6% a favor, 20,4% contra. Iremos atualizar sua situação em: trinta minutos.

Merda.

ISAAC

A limusine branca estaciona diante dos portões da prisão. A multidão é imensa; a imprensa com seus microfones e câmeras, pessoas com cartazes, turistas que vieram assistir ao espetáculo. Estão bastante agitados, repetindo palavras de ordem como "Matem a acusada" e "Olho por olho".

Do outro lado há um grupo menor, com faixas que proclamam "Queremos provas", "Votos justos para todos", mas suas vozes são baixas e a imprensa os ignora.

Quando Isaac e sua mãe saem do carro, um silêncio toma conta de toda a multidão, alguns chapéus são erguidos em forma de respeito e o tumulto fica mais fraco. As pessoas ficam paradas, com as cabeças abaixadas ou com as mãos sobre o coração.

— Jackson era o nosso herói! — grita alguém, e, por trás dos óculos escuros, Patty Paige abre um sorriso enorme.

— O herói do povo! — grita outra pessoa, e o restante aplaude.

— Se vocês soubessem a verdade — murmura Isaac, mas ninguém o ouve.

...

Os dois são levados até a lateral do prédio, passando por uma árvore onde uma andorinha está empoleirada e por uma janela com grades. Na porta, são revistados em busca de armas.

— O que é isso? — pergunta o guarda a Isaac, encarando o envelope em sua mão.

— Um discurso — responde. — Vou falar em nome da minha mãe.

O guarda balança a cabeça, fazendo um sinal afirmativo, e permite que eles passem.

— Por aqui, por favor — diz a agente de segurança, e os leva até uma sala maior. — Devo informá-los que, neste ponto, o vidro é iluminado para permitir apenas que o interior da cela fique visível. A acusada, neste momento, não consegue ver vocês, ou pode apenas enxergá-los com bastante dificuldade.

Isaac entra na sala.

O lugar o faz lembrar um cinema ou um teatro. Uma sala com fileiras de cadeiras e com degraus, luzes apontadas para a frente, um espaço vazio entre a primeira fileira de cadeiras e o palco.

Ele para bem diante da tela de vidro, que está sem cortinas ou nada que indique o show que começará em breve, porque é lá que ela está.

Os olhos dele a encontram e ele não consegue evitar o impulso de ir em direção a ela, até chegar bem diante do vidro e os seus dedos se estenderem para tocá-la.

— Ela consegue me ouvir? — pergunta ele.

— Não, absolutamente não — responde a agente. — Você pode xingá-la de todos os nomes que quiser, e ela não vai ouvir nem sequer um sussurro.

Ele a observa, sentada na cadeira da morte, o rosto vermelho, inchado e a cabeça raspada, sem os longos cabelos que tinha. — Martha — suspira ele.

Seja lá o que o outro agente está explicando para a sua mãe, Isaac não dá atenção, e, conforme o seu coração o mantém completamente colado ao vidro, ele observa Martha se levantar da cadeira, descalça, com certa dificuldade.

Os olhos dela não focam nele quando ela vem em sua direção. Estão perdidos ou distantes, como se ela estivesse tendo algum tipo de lembrança profunda, mas ela para diante do vidro, exatamente na frente de Isaac, levanta a mão e a coloca ao lado da dele.

— Consegue me ver? — sussurra ele. — Consegue me ouvir?

Os olhos dela passam por ele, sem foco.

— Amo você — sussurra Isaac.

Martha olha através do vidro, agora na direção dele. Em seguida, aproxima o rosto e exala o ar diante da superfície, criando uma nuvem de vapor. Ele a observa deslizar o dedo pelo vidro, e, começando pela direita, à esquerda dele, as letras, borradas e desajeitadas, começam a se formar.

AMO VOCÊ.

Enquanto ele engole em seco, ela olha por cima do ombro dele e apaga rapidamente a mensagem com a palma da mão.

Atrás de Isaac a conversa continua, mas ele observa Martha.

— Desculpe-me — murmura ele.

Ela faz um sinal negativo e exala novamente sobre o vidro.

LEMBRE-SE DA SUA PROMESSA.

Ele fecha os olhos, e, quando volta a olhar, ela está na cadeira.

— Temos assentos reservados para vocês na primeira fila — diz a agente de segurança, surgindo subitamente ao lado de Isaac. — Haverá algumas personalidades ao seu lado, como o presidente da Life Visions, o editor-chefe do *National News* e um representante da Cyber Secure. Se houver quaisquer outras pessoas que vocês gostariam que estivessem com vocês, podemos cuidar disso, como outros membros da família, amigos mais próximos...

— Eve Stanton — diz ele.

— O quê? A psicóloga? — pergunta Patty. — Por que você quer que ela esteja aqui? Você não a conhece.

— E o juiz Cícero — emenda ele.

— O quê? — diz ela outra vez.

A mulher levanta a mão. — Senhora Paige, ter pessoas como essas na lista de convidados certamente vai aumentar a curiosidade do público e atrair telespectadores. Podemos emitir um rápido comunicado à imprensa agora.

Patty concorda com um aceno de cabeça e as duas mulheres se afastam juntas.

O outro agente olha para Isaac. — No horário combinado, duas telas vão descer do teto, uma de cada lado do vidro, e as duas vão transmitir ao vivo o *Morte é Justiça*. Em algum momento antes disso a iluminação será alterada, permitindo que a acusada enxergue o que há do lado de fora do vidro, e a plateia continuará vendo o interior.

Isaac faz que sim com a cabeça.

— Ela terá a oportunidade de dizer suas últimas palavras em aproximadamente... — ele olha para o relógio — ... cinquenta minutos. E não se esqueça: ela disse que tem um segredo para revelar, então isso vai atrair bastante atenção. Estamos esperando ter os maiores índices de audiência da história! É uma oportunidade fantástica. A primeira do tipo. Uma adolescente acusada de matar alguém como o seu pai...

Isaac o interrompe. — E quando eu vou poder falar?

— Depois que as ligações forem encerradas e os votos sejam contabilizados. Cinco minutos antes que ela seja executada. Então, às 20h55.

— Você tem certeza de que ela será considerada culpada.

Ele ri. — Ah, isso é certeza.

MARTHA

— O horário é: vinte horas. Você tem: uma hora até a sua possível execução. As estatísticas atuais são: 97% a favor, 3% contra. Iremos atualizar sua situação em: trinta minutos.

E voltamos para onde estávamos há doze horas.

Como o tempo voa.

É isso: a última hora.

Faça valer, Martha.

Agora é uma questão de minutos. Cinquenta e nove minutos até a minha possível execução...

"Possível execução" é o meu cu.

Cinquenta e nove minutos até eu morrer.

Cinquenta e oito, já?

Nossa, o vidro mudou. Consigo ver o que há lá fora.

Meu Deus, quantas cadeiras. Como eles esperam encher esse lugar inteiro? Mas estão enchendo! Não conheço ninguém ali!

Alguém está recolhendo os ingressos e indicando onde ficam os assentos. Meu Deus, isso é... isso é assustador... ai, meu Deus.... que merda. Estão olhando para mim, me observando, como se eu fosse algum animal no zoológico. Jesus!

Quero me esconder, mas não há para onde ir.

Sentados ao redor da mesa, Kristina e Joshua estão observando a tela cheia que está preenchida pelas imagens da Cela 7 e da sala de observação. O rosto dele está carrancudo, fazendo movimentos lentos e decididos. Enquanto ela sorri durante todo o tempo e os olhos brilhando pela empolgação.

JOSHUA: O que você está achando disso, Kristina?

KRISTINA: Francamente, eu mal consigo conter o meu entusiasmo! Queria muito que pudéssemos estar lá, fazendo uma transmissão ao vivo.

O rosto dele se retorce. Uma careta ou um sorriso falso.

JOSHUA (rindo): Você devia ter vivido na época dos gladiadores romanos, Kristina. Parece até que gosta do espetáculo do sofrimento!

O sorriso dela se desfaz, e ela deixa de olhar para a câmera e passa a encará-lo. Ignorando a reação, ele continua.

JOSHUA: Ouvi dizer que os ingressos estavam sendo revendidos a um preço quatro vezes maior do que o da bilheteria.

KRISTINA: Sim. Bem, falando honestamente, eu teria dado um rim para estar lá! Seja um espetáculo do sofrimento ou não, é uma oportunidade única na vida.

JOSHUA: Bem, é isso que se espera. Nós certamente esperamos e oramos para que possamos viver em uma sociedade onde esse tipo de crime seja uma ocorrência bastante irregular.

KRISTINA: Com certeza. Caramba, dê uma olhada nisso!

Os dois se concentram na tela.

JOSHUA: Minha nossa...

KRISTINA: Na primeira fila, se eu não estiver enganada, está não somente a família da vítima, mas também tem o senhor Cícero e Eve Stanton! O que você diz disso?

JOSHUA: Kristina, eu não faço a menor ideia!

MARTHA

Eve. Ali está Eve, e eu reconheço o homem ao lado dela, também. É o juiz Cícero.

Eve, você está me vendo?

Tento implorar a ela com o olhar que levante o rosto, mas ela não faz o que eu peço.

E Isaac. Ele está olhando para mim. Não tira os olhos de mim.

Ai... estou me sentindo enjoada. Quero chorar.

Ajude-me. Alguém me ajude.

Eu não... eu não...

Não. Não faça isso... seja forte...

EVE

— Eu não quero estar aqui — sussurra Eve para Cícero. — Não consigo olhar para ela.

— Você precisa — responde ele. — Precisa ser forte por ela. Converse com ela pelo olhar.

— Isso é errado — diz Eve. — Não devia estar acontecendo. Mas eu não sei o que fazer.

Cícero se aproxima dela. — Os garotos planejaram alguma coisa — sussurra ele.

Ela o encara com uma expressão confusa. — Os garotos? De quais garotos está falando?

Ele inspira o ar. — Isaac e o seu Max.

— Max! — ela sibila. — O que Max está fazendo? Cícero, eu não posso deixar que ele se envolva.

— Shiu! — diz ele. — Está tudo bem. Ele me prometeu que não seria pego. Disse que nem estaria por aqui.

— Então como...? E desde quando você e ele se conhecem?

— Desde hoje de manhã, com as ligações dos telespectadores do programa. Seu filho tem talento para lidar com a tecnologia.

— O quê?

MARTHA

— O horário é: vinte horas e trinta minutos. Você tem: trinta minutos até a sua possível execução. As estatísticas atuais são: 97,4% a favor, 2,6% contra. Iremos atualizar sua situação em: dez minutos.

Ai, meu Deus.

Deus do céu, me ajude.

Acho que não vou conseguir fazer isso.

Estou com medo de morrer.

Quero mudar de ideia...

...

Naquela noite, naquela noite, você se lembra? Há uma semana! Já faz uma semana inteira!

A esta hora, na semana passada, eu havia atravessado o parque coberto pela geada, me encontrei com você na estação, caminhamos de mãos dadas, o tempo todo sabendo, pressentindo alguma coisa... alguma coisa...

E, então, ali estava ele. Jackson, olhando para nós, com a arma em punho, ameaçando...

Subitamente, tudo ficou em perspectiva.

Pensei que ia morrer. Pensei que ele atiraria em mim ali mesmo e se livraria de mim. Pensei também que Jackson teria sua pequena família de volta para si e que o segredo dele ficaria seguro para sempre. Tudo que ele tinha que fazer era puxar o gatilho. Ele sabia, eu sabia e você também sabia, que ele nunca seria apanhado por isso.

Eu seria apenas mais uma.

Sua mãe, minha mãe, eu.

Essas eram apenas as que conhecíamos.

Havíamos dito que as coisas tinham que mudar, e, quando encarei o cano daquela arma, eu sabia que o momento havia chegado. Tinha que agir agora ou nunca mais.

Gritei com todas as minhas forças e avancei contra ele. Ele não atirou, para a minha surpresa. Eu o derrubei no chão e ouvi o baque da cabeça dele batendo no asfalto.

Mas ele se levantou com um salto e me agarrou com força quando eu tentei correr.

Eu achava que sentiria o frio da arma na minha pele, mas não senti.

— Isaac! — eu gritei, e tentei me desvencilhar das mãos dele, desferindo um soco que pegou de raspão na lateral do rosto dele.

— Sua puta! — ele rosnou para mim.

Tentei me desprender para o lado, mas não fui rápida o bastante. De repente eu estava no chão outra vez, com o rosto ardendo e a cabeça girando. Os sapatos dele estavam diante de mim e eu senti o choque de um deles contra a minha barriga. Não tinha ar para gritar ou mesmo para pedir socorro.

Isaac, onde você está? Pensei.

Pisquei os olhos em meio à dor e, largada no chão, vi a arma de Jackson no asfalto e coberta pela geada.

Não posso fazer isso, eu pensei, sentindo o ar queimar os meus pulmões devido aos golpes.

Posso, eu retruquei. *Tenho que fazer.*

Tentei engatinhar até ela. Senti outro chute nas pernas e outro soco na cabeça. Tudo começou a rodar.

Ai, meu Deus... a pior maneira de morrer. Apanhar até a morte.

Senti um outro golpe nas minhas costas.

Estendi o braço para pegar a arma.

Você tem que fazer isso, eu disse a mim mesma.

Um baque no meu braço. Eu me encolho. Meu Deus, que dor. Por favor, pare. Concentre-se. Ali está ela. Estique o braço para pegá-la.

Um par de sapatos surgiu perto dos meus dedos. Mãos pegaram a arma que estava diante de mim.

Estou morta. É o fim.

Ouvi uma voz. — Você não vai fazer isso — disse.

— Vou — disse outra.

Não consegui distinguir entre as duas. Rolei pelo chão. Vi os pés de Jackson perto de mim.

— Afaste-se dela.

— Não posso fazer isso, filho. Você sabe que eu não posso. Ela pode acabar com a gente. Precisamos nos livrar dela.

Olhei para cima. Ele estava desafivelando o cinto. Puxando-o por entre os passadores da calça.

— Ela pode acabar com você, não com a gente. E você está errado. Não é "pode"; ela "vai". Ela... não, eu e ela, eu e Martha, nós vamos acabar com você, e você merece.

— Isaac, você não está pensando direito. Essa garota está mexendo com a sua cabeça.

— Não, Jackson.

— Pai. Eu sou o seu pai.

— Não é, não. Você me adotou, mas só porque não queria que eu abrisse o bico sobre o fato de você ter empurrado a minha mãe da sacada e ainda ficar com a fama de caridoso. Para dar um toque de humanidade na sua imagem pública! Eu sei que você a matou!

— Isaac...

— Não negue!

— Tudo bem. Se você precisa ouvir da minha boca, sim. Eu a matei! Ok? Mas não foi por isso que eu adotei você. Foi porque você... você olhou para mim com aqueles olhos grandes e inocentes, e tudo que eu consegui pensar foi em como era a minha vida quando eu morava naquele lugar e no que iria acontecer com você.

— O quê? — você perguntou, com um tom de voz debochado. — Você teve um momento raro de compaixão?

— Acredite se quiser, eu tive, sim. Mas Patty, ela transformou aquilo em outra coisa. — Ele bufou e balançou a cabeça negativamente. — Patty... o resto... foi Patty quem armou tudo.

— Não. Patty não vendia drogas nos Arranha-Céus, deixando as pessoas viciadas para conseguir mais dinheiro. Patty não tinha casos com outras mulheres apenas para provar que ainda era atraente ou, não sei, para satisfazer alguma fantasia de poder. Patty não empurrou a minha mãe daquela sacada, não atropelou a mãe de Martha, não subornou as pessoas para conseguir o que queria, não...

— TUDO BEM! — A voz dele ecoou pela Galeria. Pelo canto dos olhos eu pude ver o cinto deslizar pelas mãos dele.

— Não quero ser associado a você — você disse.

— Você não precisa ser — respondeu ele. — Você pode ir embora. Viver a própria vida.

— E você vai deixar a imprensa ver isso? Uma família despedaçada? Um pai fracassado?

Senti ele se aproximando de mim. — Eles não precisam saber. Vamos mantê-los na nossa mão. Vamos mostrar ao público o que eles querem ver enquanto fazemos o que quisermos nos bastidores.

— Mentir para eles? Manipular a imprensa com todos os seus contatos sujos? Claro, claro. Porque é isso que você sempre faz.

— Abaixe essa arma. Você não está enxergando as coisas direito. Vamos nos livrar da garota e tudo vai voltar ao normal.

Olhei para cima e vi que você fazia que não com a cabeça.

Jackson se aproximava de mim aos poucos. Eu estava tremendo, só olhando enquanto ele passava o cinto pela fivela. Não conseguia me mexer.

— Temos que fazer isso — disse Jackson, e ele estava logo atrás de mim. O cheiro do cinto de couro no meu nariz, a corrente tocando o meu ombro enquanto balançava.

— Saia de perto dela! — você disse.

— Não. Vou dar um fim nisso, você vai voltar para casa e nós vamos esquecer esse incidente.

— Eu disse para sair de perto dela!

— Você é uma criança. Não sabe o que está fazendo.

Eu estava chorando, desesperada para me levantar e sair correndo, mas não conseguia me mover. Não conseguia falar.

— PARA TRÁS! — você gritou.

Atrás de mim, Jackson riu.

— Estou avisando! — completou.

— Não está, não. Você é só um garotinho que não sabe como se comportar no mundo adulto.

Senti o cinto passar pela minha cabeça.

Olhei para você, segurando a arma com o braço estendido, o dedo no gatilho e lágrimas nos olhos.

Senti o couro no meu pescoço.

— Foi você quem me transformou nisso! — você gritou.

— A maçã nunca cai...

O estrondo da arma terminou aquela frase.

...

Fico de costas para aquela maldita cadeira elétrica que está esperando para me matar e me aproximo do vidro. Quero pedir desculpas a você. Por favor, Isaac, olhe para mim. Me diz que vai ficar tudo bem. Diga que não vai doer.

Meu Deus, estou assustada.

Meu peito está ardendo. Estou me sentindo enjoada.

Não... acalme-se... respire fundo... vamos lá.

Alguma coisa está acontecendo atrás de mim. A porta está se abrindo. Vejo um guarda, e... o que é aquilo?

ISAAC

— O que é aquilo? — pergunta Isaac.

O agente de segurança que está na poltrona de trás se inclina para frente. — A nossa nova máquina. — Ele sorri para Isaac e aponta para as telas de televisão que estão descendo do teto.

— Observe. Eles vão apresentá-la no *Morte é Justiça*.

MORTE É JUSTIÇA

Kristina e Joshua estão em pé ao lado de uma tela grande, dentro do estúdio. Nela, aparecem uma versão ilustrada da Cela 7 e um desenho animado de Martha sentada na cadeira da morte. As tiras estão presas ao redor dos seus pulsos, tornozelos e do peito. Acima dela, uma coroa de metal desce e se encaixa em sua cabeça.

KRISTINA (sorrindo): Sim, telespectadores, a invenção que nos dá mais orgulho até hoje, acredito eu.

JOSHUA: Muitas pessoas acham isso...

KRISTINA: Vou explicar como funciona.

Na tela, uma pequena porta se abre na parte de trás da cela e uma máquina entra, seguindo um caminho predeterminado.

KRISTINA: Esta nova invenção é completamente automatizada, eliminando a necessidade de um carrasco para fazer a execução.

Quando a máquina chega até o desenho de Martha, um braço se estende e se conecta à parte de trás da cadeira. Ao mesmo tempo, surge na tela um cronômetro, as estatísticas de votação e um medidor de voltagem que mostra o valor zero.

KRISTINA: Conforme o cronômetro conta os últimos votos e as estatísticas, ele aciona uma reação automática na máquina. Se o veredicto de "culpado" for alcançado, um outro contador inicia uma contagem regressiva de três minutos...

A tela mostra o desenho animado de um homem em frente a um púlpito diante da área de visualização, falando para a plateia que assiste à execução.

KRISTINA: ... permitindo que a família diga suas últimas palavras.

O homem retorna ao seu assento, e, quando o cronômetro chega ao zero, o medidor de voltagem aumenta e a eletricidade começa a passar pela ilustração de Martha. Depois de alguns minutos, a energia é reduzida e os olhos de Martha se fecham.

Joshua se vira de frente para a câmera.

JOSHUA: O que acham disso, telespectadores?

Aplausos ecoam pelo estúdio.

KRISTINA: Percebam, senhoras e senhores. A função deste aparelho é colocar a justiça e a morte totalmente nas mãos de vocês. Vocês são os juízes, os jurados e até mesmo os carrascos agora. Essa máquina recebe informações diretamente das linhas telefônicas, convertendo-as em ação. Nosso compromisso é dar poder ao povo!

ISAAC

— A máquina pode ser desligada se algo der errado? — sussurra ele.

O agente dá de ombros. — O que poderia dar errado?

— Tudo. Mas eu acho que as coisas já deram errado há muito tempo.

Cícero se vira e o toca no braço. — Isaac, olhe.

Dentro da cela, Martha está se levantando.

MORTE É JUSTIÇA

Sentados ao redor da mesa, Kristina e Joshua viram-se para a tela grande, que transmite a cena ao vivo da cela, para acompanhar a transmissão da condenação.

JOSHUA: Bem, este é o momento pelo qual estamos esperando.

KRISTINA (rindo): Um deles!

JOSHUA: Não consigo descrever o quanto estou ansioso para ouvir qual é o segredo que Martha tem para nos contar, telespectadores. Quanto tempo ela vai ter para falar, Kristina?

KRISTINA: Ela vai ter seus três minutos, como já é habitual, o que francamente me surpreendeu, já que é o mesmo tempo que a família da vítima vai ter. Não me parece algo muito equilibrado. Com certeza, a parte culpada deveria ter menos tempo.

A transmissão ao vivo mostra que o guarda prendeu os pulsos e os tornozelos de Martha, e a moveu para perto do vidro.

Joshua leva os dedos aos lábios e olha para a plateia. O som muda, ouvem-se estalos, o ruído da respiração pesada de Martha paira sobre o estúdio.

MARTHA

Martha se concentra em Isaac. Abre um sorriso tão pequeno que somente ele é capaz de perceber. Em seguida, volta a sua atenção para a plateia.

— Eu prometi um segredo a vocês — diz ela, com a voz encabulada e trêmula. — Não acho que é algo que vocês queiram ouvir e não é algo que eu tenho vontade de contar a alguém.

— Andem logo com isso e matem-na! — uma pessoa grita.

— Mas eu preciso começar a história do começo, então peço que sejam pacientes... — Ela respira fundo e olha para os rostos que aguardam. — A minha mãe...

— Sua mãe era uma prostituta! — diz uma voz de mulher. — Os Arranha-Céus estão cheios delas!

Martha faz uma pausa. — Minha mãe não era, mas você tem razão quando diz que há prostitutas nos Arranha-céus. Diga-me, o que você faria? Venderia o seu corpo ou passaria fome?

— Eu procuraria um emprego!

Martha faz uma careta. — Por favor, eu tenho só três minutos. Não quero usá-los para discutir a falta de empregos, salários baixos e todo o resto com você...

A respiração dela fica trêmula. Seus olhos pairam sobre a plateia, encarando cada um dos presentes.

— Minha mãe acreditava no amor. Na verdade e na honestidade. E na confiança. Gosto de me lembrar dela como uma pessoa idealista, mas, para dizer a verdade, eu suponho que ela era ingênua. — Ela olha para o relógio.

— Dezessete anos atrás, ela se apaixonou por um homem. Ele era bonito, charmoso, a enchia de presentes e prometeu que daria o mundo a ela. Minha mãe cresceu em meio à pobreza e a sua família lutava para sobreviver a cada mês.

— Não vou sentir piedade de você! — grita um homem. — Nada justifica o que você fez!

Algumas pessoas ao redor dele o encaram com expressões hostis.

— A última coisa que eu quero de você é a sua piedade de merda! — grita Martha em resposta.

Há um movimento generalizado de pessoas que respiram fundo, e Martha olha para Eve, que está com as mãos erguidas como se quisesse acalmá-la.

— Desculpem — diz ela, com a voz mais baixa. — Eu só queria que vocês escutassem com a mente aberta. — Ela respira fundo. — Acho que ela era vulnerável. Acho que ela devia ter percebido o que estava para acontecer. Ela sabia quem era aquele cara, já o havia visto por ali e ouvido as fofocas. Amigos tentaram avisá-la. Quando ela me contava essa história, dizia que havia sido idiota. Eu não acredito nisso. Acho que ela foi manipulada.

— Esse homem era inteligente. Sabia o que queria e conseguiu: deu um fim na sua vítima e concentrou-se em outra. Deixava um rastro de destruição por onde passava, que foi ficando cada vez maior com o passar do tempo. Quando a minha mãe o conheceu, o rastro estava só começando. Quando ela contou que estava grávida, ele a abandonou e deixou-a à própria sorte. Eu nunca soube qual era o nome dele, ela nunca me contou. Dizia que era melhor daquele jeito, e eu acreditei nela.

Ela volta a olhar para o relógio. Resta um minuto e trinta segundos.

— Mas as coisas têm esse hábito estranho de se revelarem. Depois que ela morreu, depois que ela foi assassinada, algum tempo depois, não imediatamente porque eu não tinha condições de fazer isso, eu comecei a olhar as coisas da minha mãe. Eram coisas particulares dela, mas eu tinha que fazer isso. E encontrei algumas cartas. Estive com essas cartas em minhas mãos. Olhando para o nome dela no envelope, com um coração desenhado no verso, eu sabia que devia ter sido escrita por ele. Não consegui imaginar por que ela guardaria essas coisas. Sabia que deviam ter sido escritas por ele, pelo meu pai, e... e... eu peguei os papéis... e os li.

Ela estremece, cruza os braços e esfrega as mãos pelo corpo e pelos olhos. Ela pisca e as lágrimas começam a cair.

— Junto com esses papéis havia uma outra carta, com o endereço datilografado, parecendo ser um documento oficial. Eu li aquilo também. Era a carta de um advogado, um acordo que ela havia assinado que dizia que em troca de não entrar em contato com ele, com o meu pai, e de manter a sua identidade em segredo, ela receberia cinquenta libras por mês até que eu completasse dezoito anos. Cinquenta libras por mês pelo seu silêncio.

— As cartas manuscritas estavam assinadas somente com as iniciais dele, e eu me lembro de olhar para elas, pensando que aquela não poderia ser a pessoa que eu pensava que fosse. — Ela aspira o ar com força, trêmula, e olha para os trinta segundos no cronômetro e depois mais uma vez para a plateia.

— Mas a carta do advogado tinha o nome dele por extenso. O meu pai... o meu pai... — Ela olha para a plateia.

— Era Jackson Paige.

MORTE É JUSTIÇA

O estúdio está em silêncio. Kristina e Joshua estão boquiabertos, os dois, e sem reação.

JOSHUA: Ah... bem... telespectadores...

KRISTINA: Mentira. Isso não pode ser verdade.

JOSHUA: A esta altura, Kristina, eu fico me perguntando que motivos ela teria para mentir.

MARTHA

A plateia vibra cada vez mais alto.

— Foi por isso que você o matou! — grita alguém.

— Jackson Paige fazia visitas frequentes aos Arranha-Céus — grita Martha por cima do vozerio. — Suas ações de caridade eram só um disfarce. Ele tinha amantes e vendia drogas também. Não nos respeitava e também não respeitava o lugar de onde veio, ele nos usava!

O barulho está ficando cada vez mais alto. Um guarda aparece por trás de Martha e a segura, tentando contê-la, mas ela continua firme.

— Ele engravidou a minha mãe e a deixou sem nada. Não se importou com ela. Simplesmente foi ficar com outra pessoa. Era mentiroso e infiel. Era um corrupto. Ele matou a minha mãe, e não o garoto que foi executado, e conseguiu se safar porque tinha dinheiro!

— Ela o odiava! — alguém grita. — Tinha inveja dele!

— Ela queria que ele morresse!

— Executem-na!

O guarda arrasta Martha de volta até a cadeira da morte, mas ela se debate e consegue se desvencilhar, correndo de volta para perto do vidro e olhando para a plateia.

— Eu nunca quis que ele morresse! — grita Martha. — Eu só queria que a verdade fosse revelada, para vingar a minha mãe e Ollie. A justiça deveria servir para todas as pessoas, não somente para quem tem dinheiro para comprá-la!

Eve, Cícero e Isaac se levantam e aplaudem.

MORTE É JUSTIÇA

KRISTINA: Você viu aquilo? Um grupo muito estranho: a psicóloga, o juiz e o filho da vítima juntos, não acha estranho? O que está acontecendo?

JOSHUA: Eu acredito, Kristina, que as pessoas sabem muito mais do que nós...

KRISTINA: Isso é impossível!

JOSHUA (balançando negativamente a cabeça): Há mais detalhes neste caso do que parecia haver à primeira vista. Ainda não terminou.

A plateia do estúdio está estranhamente quieta, estarrecida, enquanto observam o desenrolar dos fatos.

MARTHA

— Por favor — diz Martha. — Estou dizendo a verdade!

— Sua hora chegou, sua vaca! — grita uma voz de mulher.

Martha olha para a plateia e se detém no rosto de Isaac, que a observa. As lágrimas escorrem pelo rosto dela. Por um momento ela baixa a cabeça e os seus ombros estremecem enquanto ela inspira e expira o ar.

— Eu garanto que vocês vão entender ainda mais quando ouvirem tudo — continua ela, erguendo o rosto outra vez. — Pensem no que eu acabei de dizer. Alguém me disse, certa vez, que chega um momento em que você precisa escolher entre agir ou ficar calado para sempre. Tenho só dezesseis anos, mas até mesmo eu vi a apatia de quem poderia fazer alguma coisa e a frustração de quem não pode. Esta é a única coisa que eu posso fazer para, talvez, talvez, tentar mudar as coisas. Desde o dia em que o gatilho foi puxado e Jackson tombou, eu sei que o meu papel é o do mártir. Alguma outra pessoa, alguém que é mais forte do que eu, vai ter que continuar a luta.

O guarda a arrasta de volta para a cadeira e a joga sobre o assento.

— Pare, por favor! — diz ela. — Deixe-me continuar, por favor!

As correias se apertam ao redor dos seus punhos e das pernas.

— Parem! — ela grita. — Por favor!

Uma mordaça é colocada ao redor da sua boca e seus olhos se arregalam, horrorizados.

Ela se contorce, puxa e se debate, mas não consegue se libertar.

MORTE É JUSTIÇA

KRISTINA: Como eu dizia, telespectadores: mentiras e desespero.

JOSHUA (discretamente): Não se esqueçam de participar do debate no nosso ambiente de mídia social e continuem ligados para acompanhar estes eventos ao vivo e ouvir às perguntas que recebemos aqui no estúdio. Inclusive, Kristina, as coisas estão ficando meio loucas no território da internet, não é?

KRISTINA: Realmente. Senhoras e senhores, tenho certeza de que vocês devem ter opiniões muito fortes a respeito deste caso, mas não deixem a idade da acusada influenciar suas opiniões. Estamos chegando aos últimos cinco minutos da votação, então é hora de botar os dedos para trabalhar. E não se esqueçam: nesta noite, vocês são os carrascos também! Vamos repassar aqueles números tão importantes...

MARTHA

— O horário é: vinte horas e cinquenta minutos. Você tem: dez minutos até a sua possível execução. As estatísticas atuais são: 98,3% a favor,

1,7% contra. Iremos atualizar sua situação em: cinco minutos, com a contagem final.

Acabou, então. Aposto que todo mundo pensa que estou inventando essas coisas. Tentando ganhar tempo. Eu vou morrer e tudo que eles vão saber e se lembrar a meu respeito são mentiras.

Ela falou que tinha um segredo e então veio com aquela mentira de merda de que Jackson era o seu pai. Já consigo ouvir isso. *Com certeza ela tinha algum motivo para querer se vingar dele, ou então tinha inveja. Era uma vaca de coração frio que puxou um gatilho e matou o nosso herói.*

Só que eu não puxei o gatilho, não é mesmo?

...

Tive a sensação de que várias horas haviam se passado, jogada ali no asfalto gelado, dolorida e cheia de hematomas. O estouro da arma ainda estava nos meus ouvidos. Olhando para o corpo caído ao meu lado. Os olhos abertos e vazios. Um buraco na cabeça. Somente um. O corpo não estava perfurado de balas como os jornais disseram.

Eu não conseguia parar de olhar para ele.

Não vi você cair no chão ao meu lado. Eu simplesmente tive a sensação de que você estava ali.

— Eu... ele... — eu não conseguia encontrar as palavras. Não conseguia pensar nem raciocinar direito, nem...

— A polícia vai chegar em breve — você sussurrou.

Eu coloquei a minha mão sobre a sua. Minha cabeça começou a entrar em foco. — Nós dissemos que as coisas precisavam mudar, não foi? A mudança começou.

— Martha, você precisa ir. Não quero que a polícia a envolva nisso. Não quero que tentem culpar você.

— Deixe que tentem — eu disse.

E assim começou.

— Deixe que me culpem. Isso pode funcionar. Pode ser exatamente o que precisamos. — Eu sabia que tudo estava acabado para mim, tudo. Não tinha um futuro no qual pudesse confiar. Estava em uma situação impossível, sem chance de fuga.

Tudo que eu sempre quis foi a justiça e a verdade, não que ele morresse... mas dizer que eu havia sido a responsável por aquilo?

— Isaac, isso pode acabar funcionando. Pode realmente mudar as coisas. Ter um impacto, fazer algum bem, você não acha?

— O quê?

Eu observei a luz do luar nos seus olhos e olhei para o céu que compartilhamos. — Essa é a nossa chance. Se eu disser que fui eu, a mídia vai dar muita atenção ao que houve, e se eu disser a eles que sou filha de Jackson na hora das minhas últimas palavras, as pessoas vão ter que escutar. Você pode reunir as provas. Depois, na hora do discurso da vítima, você pode mostrar o que ele fez. Nós temos tudo. Todas as coisas que estão na casa de Gus. A carta do advogado para a minha mãe, os documentos que você copiou. Você pode mostrar tudo isso para as pessoas, porque elas estarão prestando atenção. É o que estávamos esperando. Isso foi o que conversamos. E depois as coisas vão ter que mudar. As coisas vão ter que mudar!

— Não vou deixar você assumir a culpa. Você pode mostrar as provas para eles. Teremos o bastante para criar uma tempestade na mídia.

Eu fiz que não com a cabeça. — Não, eu não posso fazer isso. Sou apenas uma garota órfã dos Arranha-Céus que não tem importância nenhuma, que não é ninguém. Ninguém vai dar atenção ao que eu disser. Você sabe disso. Você é o filho de Jackson Paige! As pessoas vão te ouvir.

— Não, Martha, não vou deixar você fazer isso. Você está em estado de choque. Você não está pensando claramente...

— Estou pensando mais claramente do que nunca. Escute, Isaac! A imprensa vai simplesmente me desacreditar, você sabe como eles agem. Vão rir de mim, e tudo que temos... aquela lista, e todas aquelas pessoas inocentes... não vão servir para nada. Mas eles vão escutar você! Você é instruído. Tem influência. As pessoas gostam de você. Elas vão escutar. Eu posso ser a mártir, Isaac. Posso fazer isso, mas o guerreiro tem que ser você.

— Não.

— Tem que ser assim. Você tem a influência e o dinheiro. As pessoas vão ouvir, se você falar. Você pode fazer isso. Eu, não. Mas há outra coisa que eu posso fazer.

No meio da escuridão e do silêncio, escutamos os primeiros uivos das sirenes.

Percebe o que o desespero o obriga a fazer? Em que momento você decide abrir mão da própria vida em nome dos seus princípios?

Você segurou na minha mão. — Mas... eu não quero que você morra. Não é justo. Você não é culpada. Sou eu que devo pagar por isso.

Eu estava tremendo. Conseguia sentir os nervos à flor da pele, mas sabia que isso era a coisa certa a fazer.

— Isaac, não se trata mais só de você e de mim. Isso é maior do que nós. Pense em todas as pessoas naquela lista. As famílias que nunca viram a justiça, os inocentes que foram presos ou executados, os culpados que nunca foram punidos. Quantos mais?

A sirene estava mais alta. O azul estava mais intenso, piscando...

— Podemos mudar isso, e você sabe que podemos — eu sussurrei. — Pelo menos, temos que tentar.

Você me pegou nos braços. — Amo você — você me disse. — Não...

— Deixe-me fazer isso — implorei. — Pela minha mãe e pela sua. Por Ollie e por todo mundo. Por favor, deixe-me.

Você segurou meu rosto nas mãos e me beijou, e quando se afastou, eu vi as luzes azuis piscando nos seus olhos.

— Prometa — eu disse. — Prometa que não vai contar a ninguém. Prometa que você vai fazer tudo que puder.

— Se é isso que você quer... — você respondeu. — Então eu prometo. Do fundo do meu coração, eu prometo.

A sirene estava ainda mais alta, com os faróis brancos e a luz giratória azul penetrando na escuridão.

— Vá! — eu gritei.

...

Tudo depende de você agora, Isaac.

Presa na cadeira, eu observo enquanto você vai até o púlpito.

Fico feliz por termos nos conhecido.

Pudemos passar somente um ano juntos, mas esse foi o melhor ano da minha vida.

Neste mundo, nunca poderíamos compartilhar mais do que isso.

Lembra-se da primeira caminhada que fizemos juntos na floresta? Lembra-se de olhar para o céu escuro cheio de estrelas? Lembra-se de quando sentamos juntos nos balanços? Lembra-se de quando fizemos amor no meu apartamento?

— Vamos compartilhar o céu — você me disse. Sempre iremos.

Vou sentir saudades de você.

Amo você para sempre.

...

— O horário é: vinte horas e cinquenta e cinco minutos, e as ligações estão encerradas. As estatísticas finais são: 98,6% a favor, 1,4% contra. Sua execução irá começar em: cinco minutos.

Chegou a hora, então.

ISAAC

— Senhoras e senhores, eu sei que não temos muito tempo. Por isso, imploro a vocês que me permitam falar sem interrupção, pois, em relação ao que tenho a dizer, eu também gostaria que a acusada ouvisse na sua totalidade.

— Como vocês sabem, meu nome é Isaac Paige. Sou o filho adotivo de Jackson e Patty Paige. Tenho certeza de que todos vocês sabem que ele me resgatou dos Arranha-Céus, mas também tenho certeza de que vocês não sabem é que ele estava tendo um relacionamento com a minha mãe também. Já vou avisando que ele não é o meu pai. — Ele faz uma pausa rápida, olha ao seu redor e respira fundo.

— Minha mãe não se jogou da sacada do seu apartamento. Ele a empurrou. Sim, Jackson Paige é e foi um assassino. Não, eu não tenho como provar isso.

A plateia no estúdio, a plateia na sala de execução e a multidão de pessoas do lado de fora que assistem à transmissão ao vivo estão em silêncio.

— Na noite em que Beth Honeydew, a mãe de Martha, foi morta, Jackson voltou para casa bêbado. Eu estava na cama; a discussão entre ele e Patty me acordou. Acreditem ou não, eles discutiam sempre, e ela sempre ganhava as discussões. Quando olhei para fora, eu vi que a frente do carro dele estava tão arrebentada que eu achei que aquilo resultaria numa perda total. Havia sangue, também. Eu tirei uma foto.

Do envelope, ele tira uma fotografia em tamanho A4, e a exibe para a plateia.

— E tirei outra foto dos homens que chegaram para consertar o carro — diz ele, erguendo a segunda foto. — E tenho isto aqui também.

Uma gravação com alguns chiados começa a tocar nos alto-falantes.

— Limpem isso aí, rápido. Puta desgraçada... não, aquela Honeydew... não sei, acho que sim. Como vocês costumam fazer isso? Ah, sim. Bem, não sei. Achem algum carro e amassem ele um pouco... descubram quem é o dono e liguem para o advogado... ele é bom para registrar votos.

A voz para.

Isaac volta a falar. — A voz é inconfundível. E isto também.

Na tela, a transmissão ao vivo da TV desaparece e é substituída por uma gravação borrada de vídeo em preto e branco. A data e o horário são exibidos na parte de baixo, enquanto o meio da câmera focaliza a rua ao lado da Galeria. Um carro, com o número da placa bem visível, espera. Uma mulher vem andando da esquerda com uma sacola de compras em uma das mãos. Quando ela pisa na rua, é possível ouvir o motor do carro acelerando. A mulher se vira quando chega ao meio da rua, mas é tarde demais. O carro se choca violentamente contra ela, e o seu corpo sai voando pelo ar, passando por cima do veículo.

Alguns metros mais adiante, o carro para com um barulho alto de pneus freando, um homem sai do carro e a câmera o focaliza: Jackson Paige está claramente visível na tela. Enquanto ele anda em direção ao corpo, curva-se para examiná-lo e depois volta para dentro do carro, a plateia inspira o ar ruidosamente.

— Parece que as câmeras de segurança estavam funcionando na noite em que a mãe de Martha foi morta — diz Isaac. — O filho da vizinha, Oliver Barkova, foi considerado culpado e executado por ter atropelado Beth Honeydew e fugido sem prestar socorro. Ele sempre alegou inocência.

Ele olha para a plateia. — Eu sabia que Jackson era culpado e sabia que não era a primeira vez que ele matava alguém. Por que ele fez isso? Posso especular que o incidente com a minha mãe foi o resultado de uma discussão que teve um fim trágico, ou que o atropelamento aconteceu porque a mãe de Martha ameaçou quebrar o contrato que havia assinado e expô-lo. Ou eu poderia especular que ele era simplesmente um psicopata que estava exercitando o próprio poder.

— Eu gostaria que ele estivesse aqui para responder. Mas de que isso iria servir? Ele tinha um sistema, tinha pessoas sob sua influência. Essas pessoas sabem quem são, e deviam ter vergonha disso. Inocentes foram condenados à morte por causa delas.

— O sistema judicial deste país não funciona. É errado e corrupto.

Para condenar alguém por assassinato e crimes, é necessário ter provas. É necessário ter testemunhas. Não deveria ser feito apenas por meio de votos pelos quais pouca gente pode pagar. Precisamos mudar. Eu sabia disso, mas não fiz nada a respeito. A culpa que eu sentia pelo que houve com Beth Honeydew me levou várias vezes aos Arranha-Céus; todas as noites eu me via perto do lugar onde ela foi morta.

— Em uma dessas vigílias noturnas, eu conheci alguém. Ela me disse que eu a salvei, que a dei motivo para respirar todas as manhãs, mas, na realidade, foi ela quem me salvou. Ela me deu esperanças em uma sociedade que eu imaginava que estava perdida.

— Nós iniciamos um relacionamento, mas, sendo quem eu sou, e considerando também o lugar de onde ela veio, tivemos que esconder o namoro, especialmente das pessoas que moram do meu lado da cidade. E, como dizem, tudo que é bom chega ao fim. Quando Jackson descobriu, ele apontou uma arma para a minha cabeça e mandou que eu não me misturasse com essa *ralé*.

Ele suspira pesadamente, vira-se para trás, olha para Martha e para o cronômetro. Restam dois minutos e trinta segundos.

— Mas eu a amava, e ainda amo. Não podia abandoná-la, mesmo que ele tivesse ameaçado me matar. Ela era... ela é tudo para mim. Mesmo assim, Jackson sempre foi um homem que cumpriu com a sua palavra. Ele me seguiu, ele descobriu o que eu fazia e me encontrou com ela. Com Martha.

MORTE É JUSTIÇA

JOSHUA: Oh. Oh, meu Deus. Eu nunca imaginei que isso pudesse acontecer. Kristina, é uma história de amor. É Romeu e Julieta. O outro lado da cidade. As famílias erradas. É... lindo. É... trágico.

KRISTINA: Telespectadores, imploro a vocês que não levem isso em consideração. Tenho certeza de que não pode ser verdade.

JOSHUA: Mas...

KRISTINA (balançando a cabeça negativamente): Isso é ridículo. Use um pouco de lógica. Por que alguém como Isaac estaria com uma garota daquelas? Pense em quantas garotas se ofereciam para o filho de Jackson Paige.

JOSHUA (com a expressão sisuda): Isso é amor, Kristina, não é lógica!

Ele olha para a transmissão ao vivo e depois encara Kristina.

JOSHUA: De qualquer maneira, vamos ouvir mais.

ISAAC

Ele aponta para Martha. A plateia está fascinada.

— Houve uma discussão, muitos gritos. Nunca pensei que alguém poderia ser tão egoísta, ou ter uma mentalidade tão estreita. Por duas vezes eu vi Jackson cometer assassinatos e sair impune, eu o vi destruir as vidas das pessoas. Mas, acima de tudo, eu o vi perverter a execução. Existe até mesmo uma frase para descrever isso. A justiça, aqui, é uma ligação telefônica. Acham que é fácil? Não se você não puder pagar por ela. Fácil de alterar e de manipular. Não é um sistema justo.

— *Vou matar essa garota*, ele me disse quando descobriu que estávamos namorando. E, alguns meses depois, quando ele repetiu o ultimato porque nós nos recusamos a parar de nos encontrar, ele provou que estava falava sério.

Na tela aparece uma sequência diferente de imagens de câmeras de vigilância. As pessoas na plateia observam em silêncio quando Jackson aponta uma arma para Martha, gemem quando ele a espanca, prendem a respiração quando Isaac recolhe a arma do chão e levam as mãos à boca quando o cinto passa pela cabeça de Martha.

— Quando Martha o derrubou no chão e eu apontei a arma para ele, não estava fazendo isso por raiva, mas para salvar a pessoa que eu amo, porque Jackson precisava ser detido.

Ele respira fundo, ergue o rosto e estufa o peito.

Uma luz branca brilha rapidamente na tela e Jackson cai no chão. A plateia está em silêncio.

— Fui eu quem matou Jackson Paige, não Martha Honeydew — diz ele.

A tela muda outra vez para a fotografia do jornal de Martha na cena do crime. A tela se aproxima de uma área de sombras com zoom e é possível discernir uma forma borrada. O foco é ajustado, o zoom é acionado mais uma vez, clara e iluminada agora, mostrando o rosto de Isaac enquanto ele foge.

— Estava ali para que todos vocês vissem, mas vocês preferiram não olhar. Martha não quer que eu faça isso, mas vocês sabem por que ela está levando a culpa? — Ele ergue as mãos, desesperado. — Porque ela acredita que eu estou numa posição melhor do que a dela para mudar o sistema. Acha que ninguém vai ouvir o que ela tem a dizer, porque ela é *só uma garota dos Arranha-Céus.*

— Eu acho que ela está enganada. E acho que um número suficiente de pessoas já morreram por coisas que não fizeram.

Quando ele se afasta do púlpito, a tela de vidro que separa a cela da plateia se abre, deslizando. A plateia solta um gemido. Martha olha para as pessoas.

O mostrador exibe um minuto e cinquenta segundos.

— Está vendo? — sussurra Cícero para Eve. — Eu disse que o seu garoto Max tem talento para lidar com a tecnologia.

MORTE É JUSTIÇA

JOSHUA: Por que estão movendo o vidro? Isso não devia acontecer.

Kristina está olhando fixamente para a tela.

JOSHUA: Estou embasbacado aqui. Não temos um precedente para isso. O que vai acontecer? Ela foi considerada culpada pela votação, mas agora... será que ela precisa mudar sua alegação? Telespectadores, eu simplesmente não sei.

A plateia está em silêncio.

JOSHUA (em voz baixa): Ela é inocente...

MARTHA

Isaac salta para o interior da cela, corre até Martha e arranca a mordaça da sua boca.

— Temos que tirar você daqui, rápido — diz ele, e puxa as presilhas de metal que ela tem ao redor dos pulsos, mas elas não cedem.

Atrás dele, Eve e Cícero se levantam e correm transtornados para dentro da cela.

— Soltem-na! — grita Eve.

A plateia continua sentada, embasbacada e chocada enquanto os agentes de segurança e os guardas da prisão entram na cela e correm para perto de Martha.

O mostrador exibe a contagem de um minuto, deixando a situação ainda mais desesperadora.

— Não consigo abri-las — diz Isaac para Eve, e puxa mais uma vez as presilhas.

— A eletricidade! — diz Eve. — Podemos cortar a eletricidade? Cícero, me ajude a tentar soltar as pernas dela.

Cinquenta e dois segundos no mostrador.

Isaac corre pela cela. — Não há cabos! — grita ele. — Não consigo achar o cabo!

Eve e Cícero puxam as presilhas de metal ao redor das pernas de Martha, mas não conseguem soltá-las. — Estão presas. Não consigo soltá-las — diz Cícero.

— Desculpe, Martha — sussurra Eve. — Eu...

— Está tudo bem — suspira ela. — Tudo bem.

Isaac olha para a plateia e depois para a câmera. — Como vocês podem fazer isso? — ele grita. — Como podem matá-la agora? Ela é inocente, pelo amor de Deus! Tirem-na daqui!

Ele se vira para Martha, sentada na cadeira, com as lágrimas escorrendo pelo rosto enquanto segura nas mãos dela.

— Diga a verdade para eles. Para que isso seja registrado. Para que as pessoas percebam no que se transformaram.

— Não! — grita ela. — Não. Se eu fizer isso, você sabe o que vai acontecer. — Ela engole em seco e baixa a voz. — Se não puderem me matar, eles vão pegar você, vão matá-lo. Não posso tentar mudar nada. Eu disse, não sou tão forte. Não sou inteligente, não sou...

— Você é, sim! — sussurra ele. — Diga a eles que você é inocente! — exige ele. — Diga a eles. E diga que fui eu que fiz aquilo. Eles precisam ouvir da sua boca! Você precisa mudar a sua alegação!

Martha o encara. Quarenta segundos no mostrador.

MORTE É JUSTIÇA

KRISTINA: Mas... nós precisamos de uma execução... os telespectadores, as pessoas que votaram, não podem ficar sem o que querem. Eles pagaram para ver isso.

JOSHUA: Mas ela é inocente. Estão prestes a executar uma garota inocente de dezesseis anos. E o que vai acontecer com Isaac, agora que ele disse que é o culpado?

KRISTINA: Executem os dois, na minha opinião.

Joshua apenas olha para ela.

ISAAC

Trinta e cinco segundos no cronômetro.

— Diga a verdade a eles! — implora Isaac. — Eles precisam ouvir isso de você. Tem que ser oficial. Por favor, Martha, faça isso por mim. Confie em mim. Diga a verdade!

— Mas...

— Você é forte. É a pessoa mais forte que eu conheço! Olhe para si mesma. Você trabalha duro para conseguir se sustentar, consegue viver sem os seus pais, traz felicidade para a Senhora B. e para mim, constrói amizades com pessoas como Ollie e Gus. Você é forte. Você é uma boa pessoa. Diga a verdade! Se eles realmente querem matá-la, você irá para o túmulo com todo mundo sabendo da sua inocência. Porque você é inocente!

Martha olha para o todos os rostos cheios de expectativa e em seguida para os guardas que impedem que a cela seja invadida pelas pessoas da plateia que tentam subir ao palco, para Eve que está chorando enquanto puxa as presilhas em vão, para Cícero que tenta quebrar a máquina, para o cronômetro que segue na contagem regressiva... trinta... vinte e nove... vinte e oito... e finalmente para Isaac.

— Eu... não... não... fiz aquilo — suspira ela. — Eu não matei Jackson Paige.

Os olhos dela se fixam nos de Isaac.

— Vá em frente — implora ele. — Diga a eles quem o matou!

As lágrimas rolam pelo rosto de Martha e ela balança silenciosamente a cabeça, de um lado para o outro. — Isaac — sussurra Martha. — Isaac o matou. Mas ele fez isso por mim.

Vinte e cinco segundos.

— Eu disse a vocês, não foi? — ele grita. — Agora, soltem-na!

Ele puxa as presilhas, várias vezes, mas nada se move.

— SOLTEM-NA!

As lágrimas escorrem pelas bochechas dele. Ele toma o rosto de Martha nas mãos e a olha fixamente nos olhos.

— Eu lamento... — diz ele. — Desculpe. Eu nunca devia ter concordado com isso. Não posso...

Vinte segundos.

Ele se vira mais uma vez. — FAÇAM ISSO PARAR!

— Isaac, você tem que sair daí. — Eve o puxa.

— Vamos — diz Cícero.

— Alguém tem que pagar! — grita um homem na plateia.

— Eu paguei uma boa grana para assistir a uma execução.

Um guarda segura Eve e a leva para longe dali. — Isaac, você não pode fazer nada. Precisa sair daí! A eletricidade... se você a tocar... — Ela grita, do outro lado da cela.

Outro guarda tenta puxar Cícero.

Treze.

— Vocês são monstros! — grita Isaac.

A coroa começa baixar para se encaixar na cabeça de Martha. Isaac a puxa e tenta arrancá-la da estrutura, mas o equipamento é sólido.

Um guarda segura Isaac com força, mas ele gira e acerta um soco na cara do homem.

— Por que vocês estão fazendo isso? — grita ele. — Ela é inocente! Fui eu que o matei, eu já disse isso. Ela também já disse! Eu sou o culpado, não Martha!

— Isaac, me escute — diz Martha.

Nove.

Ele se vira para ela, e as lágrimas escorrem pelos rostos dos dois.

— Deixe-me ir — sussurra ela.

— Não...

Sete.

— Eu fiz o que queria. Vai aparecer nos jornais. As pessoas vão saber. Agora você precisa me deixar ir.

Seis.

Ele faz que não com a cabeça outra vez.

Cinco.

— Você tem que me deixar ir. Não há como eu fugir disso agora, mas você pode lutar no futuro. Como planejamos.

Quatro.

— Mas...

Três.

— Deixe-me ir e crie um futuro melhor. Prometa-me — ela diz.

Dois.

As lágrimas escorrem pelo rosto de Martha.

— Deixe-me ir — ela diz. — E prometa que você vai lutar.

Um.

— Eu prometo — sussurra Isaac, soltando a mão dela.

DEPOIS

MARTHA

Ouço o som de metais batendo. As luzes se apagam.

Não há dor. Será que morri tão rápido assim?

Não senti nada. Não consigo ver nada. Tudo está escuro.

Fico sentada, sem saber direito o que está acontecendo. Parece que há pessoas se movendo ao meu redor. Vozes balbuciando. Som de passos. Pisco e olho ao redor. Nada muda.

É isso? Estou morta?

Essa é a vida após a morte que eu questionava?

Tento mover as mãos, esperando que elas ainda estejam presas, mas elas passam pelas presilhas sem que eu precise fazer nenhum esforço. Meus tornozelos também.

Talvez eu seja um fantasma.

Ergo a mão e toco o rosto.

Acho que sinto a respiração saindo pela boca. Eu acho... acho... que o meu peito está se movendo, para cima e para baixo.

Abro a boca. — Isaac? — eu digo, com a voz embargada. Minha boca está seca, mas consigo senti-la, então isso deve significar que...

Ou isso é a minha imaginação?

Estendo os braços, apoio cuidadosamente o peso do corpo sobre os pés e tento andar para frente. Meus pés ainda estão acorrentados.

— Isaac? — eu digo outra vez, e consigo ouvir a minha própria voz.

— Martha? — Mãos se estendem. Sinto os braços dele ao meu redor. — Martha, Martha, ah, meu Deus, Martha, você está viva. — Ele me abraça com força e eu me seguro nele. O rosto dele toca o meu e a umidade das suas lágrimas também. Nossos corpos tremem e as minhas mãos passam por ele, para ter certeza de que é realmente Isaac que está comigo nesse momento.

— Amo você — eu digo para ele. — Amo você. Amo você, me desculpe por tudo isso.

— Você está viva! — Ele diz outra vez.

Eu sorrio porque, sim, estou. Realmente estou.

Nós caímos ao chão juntos, abraçados na escuridão.

— Como isso aconteceu? Por que tudo parou? — eu digo.

— Deve ter sido Max — responde ele, enxugando as minhas lágrimas com os dedos.

— Max?

— O filho de Eve... mas não importa... você está livre... está segura...

— O que vai acontecer agora? Vamos fugir? Acho que devemos fugir, sair daqui. Encontrar um lugar seguro para nós. Vamos, vamos embora. Rápido.

Lanternas se acendem. Rostos saltam ao meu redor e me encaram como se fossem fantasmas.

— Liguem as luzes de emergência! — alguém grita.

Em algum lugar, uma porta se abre. Mais sons de botas e corpos passando de um lado para outro.

— Podemos tentar — eu sussurro. — Vamos!

Tento me levantar, mas subitamente os dedos dele me soltam e as suas mãos se afastam de mim.

— Isaac? — eu o chamo e apalpo a escuridão para encontrá-lo.

— Isaac? — Eu digo outra vez, mas não consigo mais encontrá-lo.

Engatinho pelo chão, tateando em busca dele.

— Isaac! — eu grito. Pés pisam nos meus dedos, corpos trombam em mim.

Não consigo encontrá-lo.

— Isaac, por favor, onde você está? — eu grito outra vez.

Luzes verdes começam a piscar. Ergo os olhos e enxergo por entre as sombras mal-iluminadas. É como se eu estivesse em um sonho. Não; isso está mais parecido com um pesadelo. Ou talvez eu esteja morta e isso é algum truque do inferno.

A luz verde pisca mais forte agora. Acende, apaga, acende, apaga, acende, apaga, muito rápido, como um efeito especial de algum filme ou alguma técnica psicológica inventada para desorientar uma pessoa ou para fazê-la vomitar.

Mas, no meio de tudo aquilo, eu o vejo. As pernas dele se agitam enquanto ele é arrastado para trás, o corpo se debatendo contra os braços que o seguram, a boca contorcida pela dor ou pela frustração.

Eles o estão levando para a porta da cela!

Eu me levanto e corro na direção deles. — Isaac! — grito.

Durante um dos lampejos da luz verde os nossos olhares se cruzam, mas eu tropeço e escorrego e perdemos o contato. Levanto-me outra vez e corro em direção a ele, observando por entre os lampejos de luz ele espernear contra os guardas. Mas outro guarda chega, e já são três agora, todos tentando dominá-lo. Uma mão cobre a boca dele, um braço se fecha ao redor do seu pescoço, as pernas são levantadas do chão enquanto outro, e mais outro, e mais outro guarda se juntam ao grupo.

— Não! — eu grito.

Mas, atrás dele, a porta da cela se abre. A luz branca invade a escuridão e eu ergo a mão diante dos olhos, enquanto ela quase me cega.

Por um segundo eu espio por entre os dedos e vejo a silhueta de Isaac desaparecer em meio à luz das celas. Há mais sombras de guardas do que eu consigo contar; ele está dominado.

Eu corro para a porta.

Talvez eu consiga travá-la com o pé, talvez eu consiga fazê-los parar, mudar de ideia, soltá-lo. Mas ela se fecha com um estrondo antes que eu chegue até ali. Sólida. Escura. Inabalável.

Estou a pouco mais de meio metro dele, mas é como se pudesse estar em outro mundo.

Sem qualquer vergonha, timidez ou preocupação de que eu não devesse fazer isso, eu choro, choro, e não me importo nem um pouco com qualquer pessoa que possa me ver ou comentar o que estou fazendo. Quero derrubar essa porta aos chutes e arrebentar as caras dos guardas por tirarem-no de mim. Quero gritar com os desgraçados que aprovaram esse sistema corrupto e injusto. Fazer com que sintam a dor da perda, o desespero de verem morrer alguém que sabem que é inocente. Quero que sintam tudo que eu senti e tudo que passei — a dor, o ódio, a angústia, a solidão, a confusão, o medo e essa maldita, interminável e desumana agonia do caralho.

Grito com a porta. Esmurro-a.

Eu grito. A plenos pulmões.

Chuto-a.

Soco a porta, puxo a maçaneta com força e tento sacudi-la para arrancá-la do batente.

— Devolvam-no para mim! — eu grito. — Devolvam!

Faço de tudo para passar por aquela porta, até finalmente desabar no chão, exausta.

Sua vaca inútil, eu digo a mim mesma. Sua vaca inútil e egoísta.

— Vocês estão cometendo um erro! — eu tento gritar, mas a minha garganta e a boca estão secas.

Mas ele é culpado, não é mesmo? Ele mesmo disse isso, e eu também. Vão prepará-lo para a Cela 1 como fazem com todos os prisioneiros, e daqui a uma semana ele vai estar ali, sentado naquela cadeira, esperando pela contagem regressiva. Quem vai votar pela inocência dele, agora que não há "circunstâncias atenuantes" e nenhum fato desconhecido?

Como ele vai conseguir lutar agora?

Você tem que lutar, diz uma voz na minha cabeça. Com tudo que você tem e de todas as formas que puder. Ele está ali dentro agora, em vez de você. Você vai ter que lutar!

Uma mão toca o meu ombro. Eu me viro e Eve está agachada ao meu lado. Eu aceno positivamente para ela com a cabeça. Ao seu lado está o juiz Cícero. Ele está dizendo aos guardas para me deixarem em paz.

A intermitência das luzes verdes vai ficando mais lenta até parar e ser substituída pelo branco novamente, como antes.

Atrás de nós a tela se acende mais uma vez, ganhando vida, e o olho enorme pisca para nós antes de desaparecer.

MORTE É JUSTIÇA

A plateia está sentada em silêncio. Kristina e Joshua olham para a tela, boquiabertos. O rosto de Kristina é uma rocha; seus olhos são frios e seu corpo está rígido. Joshua funga o ar discretamente, tira um lenço de papel do bolso e enxuga os olhos.

MEMBRO DA PLATEIA 1: Queremos o nosso dinheiro de volta! Ela devia ter fritado!

Aplausos se espalham.

MEMBRO DA PLATEIA 2: Ela foi considerada culpada!

MEMBRO DA PLATEIA 3: Quem se importa se ela disse que era inocente? É tarde demais para isso!

MEMBRO DA PLATEIA 4: Digo que devíamos executar os dois por terem mentido!

Joshua ergue uma das mãos enquanto a outra está junto da orelha. Ele confirma cautelosamente com um aceno de cabeça.

JOSHUA (discretamente): Senhoras e senhores, eu acho que não há dúvidas de que todos nós fomos testemunhas de algo notável na noite de hoje e creio que não é possível nem mesmo colocar isso em palavras. As emoções estão à flor da pele. Há muitas questões a serem debatidas e discutidas e não podemos perdê-las de vista. Acusações de corrupção nos escalões mais elevados, insinuações de um sistema jurídico inadequado, exigências de mudanças, alegações de assassinato. A "quase" execução de uma adolescente que era claramente inocente. Todos os ingredientes de uma telenovela. É possível termos mais drama? Bem...

Ele toca a orelha outra vez.

KRISTINA (interrompendo): Bem, realmente foi uma...

JOSHUA: Posso continuar, Kristina? Sim, o que aconteceu com a eletricidade na cela e com a cadeira da morte ainda é desconhecido, mas uma investigação completa será iniciada, sem dúvida. Entretanto, para concentrar a nossa atenção no que está acontecendo neste momento, convido os telespectadores a me acompanharem.

Ele se levanta e atravessa o palco, indo até a tela à direita. A imagem está borrada, falhada, e em meio aos lampejos uma sala surge no campo de visão: uma cama, uma pia e um vaso sanitário. Uma janela no alto da parede. O jovem que está ali dentro veste um macacão branco e tem correntes nos pulsos e nos tornozelos. Sentado, enquanto a sua cabeça é raspada, ele para e olha para a câmera. Isaac.

JOSHUA: Sim, senhoras e senhores. Após a revelação de que foi ele quem matou Jackson Paige, Isaac Paige agora está sendo preparado para a Cela 1 do corredor da morte. E certamente vocês vão poder acompanhar a sua jornada aqui, com atualizações diárias. Mas, enquanto isso...

A tela muda. É possível ver Martha na Cela 7 com Eve e Cícero. Atrás deles a cadeira elétrica, lembrando o quanto ela esteve próxima da morte.

JOSHUA: Acho que estamos no início de algo. Essa moça que batalhou contra a pobreza, contra a orfandade, contra a solidão, a perda e a injustiça, que foi exposta aos olhos do público em sua luta particular pelo que é certo, pode até mesmo ser a heroína que não sabíamos que nos faltava. Uma heroína que vai nos guiar em meio aos problemas e rumo a uma sociedade melhor. Tenho certeza de que toda a imprensa vai acompanhá-la de perto e eu estou ansioso para que isso aconteça. Posso dizer com toda a honestidade que tenho orgulho deste programa por trazer a história dessa moça à tona.

A plateia aplaude. Kristina está em silêncio.

MARTHA

Todo mundo está indo embora.

Isaac se foi. Eu estou viva. Estou feliz? Não sei. Diante de mim tudo parece difícil, e não vejo como eu posso ser a pessoa certa para essa luta.

Não tenho dinheiro e, agora, nem lugar para morar. Sou menor de idade, não tenho pais nem responsáveis legais. Vão me colocar em uma daquelas instituições que cuidam de pessoas como eu. Que tipo de futuro é esse?

Eu balanço a cabeça. Isso é impossível. Eu devia ter morrido ali. Isaac devia estar aqui, não eu. Não sei o que fazer.

Escute o que está dizendo, digo a mim mesma. *Você não é fraca. Você não desiste. Nunca desistiu antes, então por que faria isso agora?*

Você sabe o que fazer. Você vai lutar, lutar e lutar, eu digo a mim mesma. Você mostrou às pessoas o que Jackson fez. Todos sabem que ele matou a sua mãe e também a de Isaac. Vocês dois fizeram isso: você e Isaac. Continuar essa luta é algo que você deve a si mesma. E deve a ele também. Você vai conseguir.

DO LADO DE FORA

Martha segura na mão de Eve e, juntas, elas atravessam o piso e saem do prédio, com Cícero ao lado.

Está escuro, mas os postes da rua formam áreas iluminadas e as luzes brilham pelas janelas; surgem *flashes* de câmeras da imprensa e dos celulares das pessoas que estão por perto e tudo isso se mistura como num parque de diversões. Causando confusão e desorientação.

Elas caminham pela calçada e param.

— É assim que a árvore é aqui fora — sussurra Martha para eles. — Nunca pensei que veria de perto. — Ela a observa. — É bem maior do que eu pensava...

Uma andorinha está descansando nos galhos. Elas continuam a caminhar. Uma multidão de pessoas está esperando nos portões, alguns jornalistas com câmeras e microfones, manifestantes que parecem ter desistido dos seus cartazes, enquanto outros, aqueles que exigem um sistema melhor e mais justo, erguem os seus bem alto. Gus foi embora e não se pode vê-lo em lugar nenhum.

Cícero para diante da multidão.

— O que ele está fazendo? — Martha pergunta a Eve.

— Não sei.

— Se eu puder ter a atenção de vocês, por favor — diz ele.

As pessoas olham para Cícero.

— Suas câmeras estão ligadas? Os microfones também?

Elas confirmam com acenos de cabeça.

— Tenho certeza de que todos vocês viram o que acabou de acontecer aqui, e tenho certeza de que todos vão compreender quando eu pedir que Martha possa ter direito à sua privacidade nos próximos dias. Entretanto, neste momento, há algo que preciso fazer.

Ele faz uma pausa e olha para um envelope que tem nas mãos.

— Pouco antes... dos eventos desta noite, Isaac Paige me entregou isto. Disse que, se não tivesse condições de compartilhar o conteúdo depois do evento, eu deveria cuidar disso. Não sei o que há aqui, mas...

Ele rasga o envelope e puxa uma folha de papel. Por um segundo, seus olhos correm pelas palavras; depois, olha para a multidão outra vez.

— Vou ler para vocês. Isto foi escrito por Isaac. São as palavras dele.

— Embora eu soubesse do que estava ocorrendo na sociedade e com o nosso sistema judicial, só entendi realmente o impacto quando conheci

Martha. Vi a frustração silenciosa da perda que ela, e outros, tiveram que suportar por causa da insensibilidade do meu pai adotivo e do poder que ele tinha sobre as pessoas, e dei-me conta de que algo tinha que ser feito. Juntos, nós tivemos uma ideia: a de que poderíamos procurar a justiça para a mãe dela, para a minha e para Oliver Barkova. Esperávamos que isso pudesse levar à mudança. Mas a ideia de uma justiça mais igualitária dependia de perverter a execução da justiça para ser realizada, ou seja: Martha devia assumir a culpa pelas minhas ações. Hipocrisia, eu pensei. Mas eu havia feito uma promessa — às pressas, pois não havia tempo para discutir. Mesmo assim, era uma promessa, e eu não estava disposto a quebrá-la.

Cícero fica de frente para Martha e continua a leitura.

— *Martha, se eu não tiver a oportunidade de dizer, preciso que você saiba de algumas coisas. Em primeiro lugar, você estava errada. Sei que você não vai gostar disso, mas estava. Você duvida de si mesma e das suas capacidades, mas muitas pessoas não duvidam. Tire forças das pessoas ao seu redor, aceite ajuda quando precisar, e sempre defenda o que acredita. As únicas coisas que podem impedi-la são você mesma as oportunidades e, infelizmente, o dinheiro. Você mal tem condições de se alimentar, assim como não tem condições de pagar por estudos e menos ainda de liderar uma luta por mudanças. Por essa razão, eu passei tudo que tenho em meu nome para você. Não é muito para um garoto de dezesseis anos, mas como meu pai, para a minha surpresa, deixou tudo para mim, com exceção de uma pequena mesada para Patty, eu acho que você vai achar que é o suficiente.*

Cícero faz uma pausa para limpar a garganta.

— *Em segundo lugar, neste envelope há uma coisa para você que pertenceu à minha mãe verdadeira; um anel com um quebra-cabeça. Eu costumava brincar com ele quando era criança. É difícil no começo, ela me dizia, mas persevere e você vai chegar lá.*

— *Espero que você aceite usá-lo, e que se lembre de mim, onde quer que eu esteja agora. E espero que ele a inspire para continuar lutando.*

— Você iluminou a minha vida, Martha Honeydew; agora chegou a hora de você iluminar as vidas das outras pessoas também.

— Amo você para sempre. Isaac.

Cícero coloca a mão no envelope e retira o anel. Cinco peças interligadas, mas elas se separaram.

Ele as coloca nas mãos de Martha.

— Vou usá-lo — sussurra ela. — Sempre.

MORTE É JUSTIÇA

Joshua tira os olhos da tela. Pega um lenço de papel do rosto e novamente o pressiona contra a face, mas não consegue esconder as lágrimas. O logotipo do olho no canto pisca lentamente e se fecha.

JOSHUA: Meu Deus. Senhoras e senhores, que espetáculo. Que espetáculo nós trouxemos para vocês esta noite. Durante toda esta semana, de fato. Uma semana de fortes emoções. Uma montanha-russa de emoções. E eu não me importo em dizer a vocês: estou exausto. Kristina? E você?

O cabelo e a maquiagem de Kristina ainda estão perfeitos, e ela ainda está sentada com o corpo ereto em sua banqueta habitual diante da mesa, mas os olhos da plateia agora estão em Joshua.

KRISTINA: Com certeza, mas não se esqueçam de deixar os dedos prontos para votar em...

JOSHUA: E Jackson não deixou seu dinheiro para Patty? Que diabos está acontecendo por lá?

Ele corre os olhos pela plateia, respira fundo e se levanta. Um holofote o segue conforme ele atravessa o piso do estúdio, deixando Kristina na sombra. Ele para diante da tela, olhando fixamente uma imagem enorme de Martha no interior da cela, com lágrimas no rosto enquanto seus olhos apontam para cima.

JOSHUA: Martha Honeydew... que garota.

Ele volta a olhar para a plateia, e um lento sorriso começa a se formar em seu rosto.

JOSHUA: Senhoras e senhores, mal posso esperar para ver o que a nossa boa Martha vai fazer a seguir, e também o que vai acontecer com Isaac ao final de mais sete dias. Mas, até que isso aconteça, é hora de terminar este episódio *monumental* de *Morte é Justiça*. Esperamos poder trazer a vocês uma entrevista exclusiva com a nossa Martha e talvez fazer a pergunta para ela: a morte é justiça? A Olho Por Olho Produções deseja a vocês uma boa noite, telespectadores, e obrigado por assistirem ao nosso programa.

AGRADECIMENTOS

Este livro não estaria em suas mãos sem o apoio e a ajuda de muitas pessoas, e eu me sinto incrivelmente feliz por tê-las ao meu lado.

Muito obrigada a um grupo de pessoas que sempre me recepciona incrivelmente bem, que me faz rir e lembrar que existe vida fora do meu computador e que me ofereceu as mais incríveis amizades nos últimos anos, ao mesmo tempo em que ficávamos molhados, enlameados, tomando fôlego para tentarmos não nos afogar: John Sharp, Stephen Johnson, Martin Ball, Simon Sharp, Tracey Wilkinson, Kate e Richard Conway, Jo e Steve Hunt e, é claro, Jackie Hall.

Agradeço a Peter Bretan por sua sugestão sensata de nomes e pelas bebidas e o bolo enquanto estávamos no meio de um lago na manhã do dia de Ano Novo.

Quando comecei a pensar em *A Sétima Cela*, li um artigo escrito pela historiadora Liz Homans intitulado *Os Dançantes Anos Sessenta: A Abolição da Pena Capital*, e gostaria de agradecê-la por uma leitura tão informativa e interessante que realmente me colocou para pensar no que poderia acontecer.

Obrigada a Ian Durant pelo tempo que dedicou para conversar comigo e pelas noções que me deu sobre o sistema jurídico atual do Reino Unido, e a Miriam Barber pela apresentação.

A comunidade de entusiastas pela literatura *Young Adult* é um lugar incrivelmente receptivo e eu me sinto honrada por ser parte dele. Assim, agradeço a todos os Manatees (vocês sabem quem são!) e aos Author Allsorts. Vocês são os melhores.

Agradecimentos especiais às autoras Rebecca Mascull e Emma Pass, que leram as primeiras versões deste livro e que foram as minhas rochas e minhas parceiras de preocupações. O seu apoio, sua amizade e a sua gentileza tem uma importância muito maior do que vocês jamais conseguirão imaginar.

Agradeço imensamente à minha maravilhosa agente, Jane Willis (da United Agents), que, na minha casa, é identificada como Agente Jane, totalmente equipada com sua capa e poderes de superagente, por seu entusiasmo desde o início e apoio constante. Também na UA, obrigada a Julian Dickson e Emily Talbot, e por todas coisas relacionadas com filmes e televisão, obrigada a Yasmin McDonald.

Sinto-me privilegiada por ter sido tão bem recebida na família da editora Hot Key, e gostaria de agradecer Emma Mathewson por todos os seus conselhos e trabalho duro para ajudar a transformar este texto num livro melhor. Obrigada a Jenny Jacoby por seu olho de águia (e eu prometo usar menos “murmúrios”), a Ruth, Monique, Rosi, e a James Frase pela belíssima capa.

E finalmente, muito obrigada, muito amor e promessas de cheesecake à minha incrível família. Meu marido, Russ, meus filhos, Jess, Dan e Bowen, meu pai Richard, minha madrasta Ann, e meu irmão Colin. Amo todos vocês.

Primeira edição (outubro/2016)
Papel de Capa Cartão Triplex Ningbo 300g
Papel de Miolo Off-White Lux Cream 70g
Tipografias Gotham e Minion Pro
Gráfica GRAFILAR Gráfica